KB057807

맛동산
리시브

맛동산 리시브

양선미 소설집

문이당

작가의 말

　연둣빛 줄기 하나가 내 집 베란다에 몸을 들이민 건 지난 8월이었다. 처음엔 작은 잎사귀 하나가 바람에 날려 창문에 붙은 걸로만 알았다. 그리고 일주일 뒤에 무명실에 물을 들인 것 같은 그 여린 줄기가 미세하게 커가는 것을 발견하고 많이 놀랐다. 비록 2층이긴 해도 명색이 아파트가 아닌가. 1층의 창을 버팀목으로 삼고 올라오기에는 행적이 너무 고단했을 것 같았다. 줄기는 내 눈에 띈 뒤로 작정이라도 한 듯 하루가 다르게 자라났고 마침내는 여섯 개의 갈래로 나누어진 보랏빛 통꽃을 밖으로 내보냈다. 꼭 아이의 새끼손톱만 한 그 꽃은 뜻밖에도 별로 예쁘지 않았다. 보랏빛이 주는 환상적이고 따스한 느낌은 들지 않았다. 투박했고 표피에 무성한 융모들은 고집스러워 보였다. 개미와 날벌레와 거미들을 잔뜩 끌어안은 채 베란다 창을 온통 휘감고 있는 줄기들은 불청객처럼 뻔뻔스러워 보였다. 그런데도 아침이면 어김없이 베란다로 나가 그것들을 본다. 이 차가운 공기 속에서도 기죽지 않고 꿋꿋하게 자라고 있는 게 신통해서다.

결혼한 뒤 첫아이를 낳고 좀 울었었다. 자식을 얻었다는 감동보다는 그 아이를 책임져야 한다는 게 두려워서였다. 이제 첫 소설집을 내려니 또 무섭다. 내가 벌인 이 일들을 끝까지 책임져야 한다는 사실 때문인 것 같다. 그래도 건강하게 태어나 준 내 자식들이 참 고맙다. 두고두고 내게 힘이 되고 버팀목이 되어 줄 생각을 하면 대견하고 든든하다.

2003년 10월

양 선 미

차 례 / 맛동산 리시브

4   작가의 말

9   차를 타고 안개 속으로

41 4월의 눈

63 어드벤처 그린 반점

89 고양이 대학살

117 맛동산 리시브

145 마술 램프

181 휴가

237 푸른 용

263 해설 : 무의식의 심연에서 긷는 이야기

차를 타고 안개 속으로

경비실 앞에는, 낡은 소파가 하나 있다. 쓰레기를 모아 두는 곳에 놓여 있던 그 소파는 아파트 담 옆에 놓여 있을 때와는 달리 다리 한쪽이 기울어져 매우 위태로워 보였다. 등받이가 조금 낡았고 앉는 부분이 찢어지는 바람에 내장되었던 스펀지가 더러운 속옷처럼 비죽이 튀어나와 있었다.

소파는 둔하리만큼 크게 느껴졌다. 둔중한 크기와는 전혀 무관하게 디자인되었고 색깔도 불그스름하고 침침한 게 퍽 이물스러워 보였다. 붉은빛이 섞인 갈색과 검은색의 중간쯤이나 될까. 색깔과 디자인 모두 요즘 유행하는 가구와는 전혀 다른 것이어서 눈 빠른 사람들의 기호에는 맞지 않을 소파였다.

며칠 전만 해도 소파는 음식물 썩는 냄새가 진동하는 각종 폐활용품 사이에 세워져 있었다. 아파트 아이들이 수시로 소파에 앉아 뒹구는 모습을 본 건 그때였다. 봉고차를 기다리기가 무료한 유치원 아이들의 덤블링 대용으로, 조금 더 큰 아이들의 멀리뛰기 도구로 소파는 오래전부터 그래 왔던 것처럼 덩그러니 놓여 있었다. 저녁이 되어 사방이 어두워지면 먹이를 찾던 고양이의 휴식처가 되어 주기도 하면서.

쓰레기를 버리러 밤에 나간 적이 있었다. 물안개가 지독하게 낀 날이었다. 그날 나는 모처럼 먼지 쌓인 책장을 정리했었다. 늘 그런 것은 아니지만 가끔 집 안에 있는 것들의 자리를 모두 옮기고 싶을 때가 있다. 좁은 거실을 차지하고 있는 냉장고를 문 옆으로 밀어 넣고 싶고, 이제는 너무 오래되어 군데군데 칠이 벗겨지고 광택조차 나지 않는 식탁을 당장 쓰레기장으로 내던져 버리고 싶을 때도 있다. 아마도 그런 날이었을 거다. 별안간 책꽂이에 무질서하게 꽂혀 있는 책들이 견딜 수 없게 느껴졌던 것은. 그날, 아홉시 뉴스가 끝나고 겨자색 와이셔츠를 입은 스포츠 뉴스의 아나운서가 낮에 있었던 일본과의 축구 경기 내용을 몇 번인가 되풀이해 전하는 것을 들으며 나는 좁은 방에 쪼그리고 앉아 몇 시간 동안이나 책 정리를 했다. 책꽂이 곳곳에 아무렇게나 끼워져 있는 오래된 잡지와 팸플릿 따위를 묵은 때를 벗기는 것처럼 책장에서 빼내었다. 간간이 형태를 알 수 없는 먼지 입자들이 뭉쳐져 책 사이로 무심히 굴러다니다가 어깨 위로 날아와 앉았다. 오랫동안 손길을 타지 않아 제법 덩이가 커진 먼지들이 급작스레 분해되어 허공으로 날아올랐고 그 바람에 양손을 입에 댄 채 한참 동안 재채기를 해야 했다. 나는 책의 종류와 키에 맞추어 윗단부터 차례로 책꽂이를 정리해 나갔다. 그러다가 문득, 나란히 뉘어 있는 두 권의 책을 발견하게 되었다. 내가 아직 학생이었을 때, 20대 초반에 즐겨 읽던 어떤 작가의 단편집이었다. 지금은 흰머리가 잘 어울리는 단편집의 저자가 장발을 하고 책의 앞날개에서 건강하게 웃고 있었다. 미농지처럼 깔려 있는 먼지를 닦은 뒤, 치아가 고르게 드러난 그 사진을 보니 가슴 한쪽이 뭉클 내려앉는 것처럼 진동이 왔다. 그가 집을 나갈 때 모르고 남겨 둔 것이었다. 새삼 가슴이 먹먹해졌다. 예기치 않게 그와 관련된 무엇인가를 대하는 것이 당황스럽기도 했다. 짧은 한숨이 내 안에서 새어 나왔다.

나는 한 권을 버리기로 작정하고 후드득 책장을 넘겨 보았다. 속지 어딘가에 그의 것이나 내 필체가 숨어 있을 것이었다. 책장을 넘길 때마다 친숙한 활자 냄새가 났다. 글씨들이 숨어 있던 먼지와 섞여 내는 종이 냄새는 내게 이상스러운 안정감을 안겨 주었다. 나는 곧 낯익은 글씨체를 찾아내었다. 그의 것이었다. 그러나 그 책은 내 것이었다. 나는 나머지 책도 훑어보았다. 미색 모조지로 속이 꾸며진 책은 가장자리부터 누렇게 변색되어 가고 있는 중이었다. 내 글씨가 적힌 그의 책이었다. 창밖으로 버스 정류장이 보이던 대전의 어느 서점에서 그와 낄낄대던 때가 책 속에 숨어 있던 먼지들처럼 생생하게 허공으로 피어올랐다. 우린 똑같은 책을 손에 들고 있었고 한껏 멋을 부려 사인을 한 후 서로의 품에 안겨 주며 몹시 행복해했다. 그런 때도 있었던 것이다.

나는 잠시 고민했다. 책과 글씨 중에서 한 가지를 선택해 버리는 게 쉽지 않았다. 그러나 곧 두 권 다 필요하지 않은 자료를 모아 두는 라면 박스에 집어넣었다. 할 수만 있다면 그의 흔적을 다 없애고 싶었다. 그 밖의 낡은 문고본들과 오래된 시사 잡지를 옥색 비닐 끈으로 묶은 뒤 쓰레기장으로 향했다. 쌓여 있는 쓰레기 한쪽으로 책을 옮겼고 간간이 허리를 펴고 하늘을 바라보았다. 몸의 중심이 한쪽으로 쏠린 건 두 번째 박스를 옮길 때였다. 갑작스러운 어지러움을 느끼고 나는 흐트러진 균형을 잡기 위해 한쪽에 놓여 있던 소파에 몸을 의지했다. 그러나 곧 화들짝 놀라며 소파에서 손을 떼고 말았다. 따뜻하고 뭉클한 무언가가 손에 잡혔기 때문이었다.

살아 있는 물체가 빠르게 내 눈앞까지 솟구쳐 올랐다. 나는 당황했지만 알 수 없는 힘에 이끌려 꼼짝도 하지 못한 채 속수무책으로 서 있었다. 그다음 순간 짧은 통증이 얼굴에서 느껴졌다. 무엇인지는 알 수 없었다. 안개가 너무 짙은 탓이었다.

그때까지 남아 있는 따뜻한 온기에 나는 두 손으로 얼굴을 감쌌다. 따끔거리는 통증과 함께 피부가 보푸라기처럼 일어난 게 느껴졌다. 책들을 버려둔 채 나는 경비실 앞으로 가서 거울을 보았다. 조가비의 빗살무늬처럼 길고 짧은 몇 개의 줄이 왼쪽 눈 아래에 확산적으로 그어져 있었다. 손가락으로 누르면 곧 없어질 작은 핏방울들이 그 틈으로 오종종히 맺히고 있는 중이었다. 오른쪽 중지로 핏방울을 눌러 보았다. 몇 개의 핏방울들이 형체를 잃고 주위로 번져 나갔다. 갑자기 가슴이 두근거렸다. 예기치 않은 상처에 대한 어떤 불길함이 목에서부터 가슴으로 서늘하게 가라앉아 마치 모래알들이 가슴속에서 이리저리 쏠려 다니는 것 같았다. 나는 거울에 바싹 얼굴을 대고 내 안에 감추어져 있는 어떤 징조를 감지하려 애썼다. 거울 저쪽으로 희부연 안개가 납처럼 굳게 가라앉아 있는 게 보였다. 반쯤은 누운 자세로 앉아 라디오를 듣던 경비원이 나와서 물었다. 무슨 일이 있었나요? 얼굴이 하얗군요. 웬 상처죠? 경비원은 얼굴에 난 상처를 보고 좁은 경비실로 들어가 급히 자신이 앉아 있던 의자를 가지고 나오려 했지만 좁은 문에 끼여 잘되지 않는 것 같았다.

그리고 어느 날 보게 되었다. 그날 생긴 상처가 병원을 찾기에는 대수롭지 않아 보였고 그렇다고 해서 연고를 찾아 얼굴에 바르는 부산함을 떨고 싶지도 않았기 때문에 당분간 외출을 삼가는 것으로 치료를 대신하고 있던 중이었다. 그러나 그날은 이상스럽게도 일상이 피곤했다. 더군다나 아르바이트로 하고 있는 논술 첨삭 지도도 잘되지 않고 어쩐지 잠도 오지 않아 나는 근처의 슈퍼로 캔 맥주를 사러 가고 있었다. 나가다 보니 경비원은 의자에 구부리고 앉은 채로 잠들어 있었고, 아파트 출입문 밖은 예의 그 짙은 물안개로 하얗게 차 있었다. 안개를 헤치고 나갈 엄두가 나지 않아 카디건을 걸치고 나오지 않은 것을 후회하며 나는 밖을 내다보았다. 두터운 안개 속으로 누군가가 웃으며 지나가는 소리가 들려왔다. 무언가에 대해 이야기하며 소리를 낮추는 느낌이 좋아 나는 저 사람들은 행복하구나, 하고 조용히 되뇌어 보았다.

내게도 행복한 때는 있었다. 행복이라는 낱말은 지금은 내집에서 자취를 감춘 투박하고 낡은 소파 하나를 떠올리게 한다. 그 소파가 아직 우리 곁에 있을 때 나는 행복했던 것 같다.

그와 나는 자동차가 유난히 많이 다니는 어느 거리에서 떠들썩하게 웃고 있었다. 지나가는 사람들이 거리에서 웃어 대는 그와 나를 보고 간혹 인상을 찡그리기도 하고, 또 어떤 연인들은 손을 잡거나 팔짱을 끼고 우리 곁에 다가와 같이 웃어 주기도 했었다. 그때 그는 소파에 앉아 땀을 식히고 있었고, 나는 그의 무릎 위에 앉아 이온 음료를 마시고 있었다. 생각해 보면 참으로 우스운 광경이었다. 4차선으로 뚫린 도로변에서 소파에 앉아 웃고 있는 꼴이라니. 그러나 누군가를 좋아해 본 경험이 있는 사람이라면 이해하겠지만, 그 사랑이라는 것은 도저히 이성으로는 설명할 수 없는 부분이 많다. 그렇게 비상식적인 모습으로 거리에서 웃고 있었던 그와 나는 서로 깊이 사랑하고 있었고, 우리가 앉아 있던 소파는 우리의 사랑을 잇는 중요한 매개체였다.

소파는 그의 자취방에 놓여 있었는데 그때 이미 낡아서 그 틀만 간신히 유지하고 있을 뿐 장식으로서의 기능은 잃은 상태였다. 그는 그 소파를 자취방 구석에 놓고 그곳에 앉아 책을 읽거나 커피를 마셨다. 그리고 오랜 자취를 끝내고 본가로 들어갈 때는 나에게 주고 싶어했다. 유난히 정도 들었고, 무엇보다도 그는 뭔가 내 방에 자신의 흔적을 남기고 싶어했다. 그러나 집까지 운반할 방법이 없었다. 워낙 부피가 컸던 까닭에 택시에는 들어가지 않았고, 용달차를 부르기에는 너무 거창한 것 같았다. 리어카를 빌릴까도 생각해 보았지만 여의치 않아서 결국은 머리에 이고 나르는 것으로 결정을 보았다. 다행히도 그의 자취방과 내 집은 20분 정도만 걸으면 닿을 수 있는 거리에 있었다. 그 무거운 소파를 머리에 이고 게처럼 비틀거리던 그를 생각하면 지금도 웃음이 난다. 목이 꺾일 듯이 불안한 상태였는데도 그는 찡긋 눈을 감는 여유까지 내게 보여 주었고, 나 또한 옆에서 그에게 이온 음료를 먹여 가며 철없이 웃고 있었다. 그러나 젊음도 바위처럼 머리를 누르는 소파의 무게를 감당하지 못해 그는 5분 이상 걷지 못했고, 그 때마다 소파를 거리에 세워 두고 그 위에서 한없이 휴식을 취해야만 했다. 그 소파가 우리 집, 그것도 2층 내 방에 놓인 것은 이미 해가 져버려서 사방이 어둑어둑해진 뒤였다.

허랑하게 안개를 바라보던 나는 한기를 느끼고 카디건을 추슬렀다. 그리고 막 움직이기 시작했을 때 갑자기 무언가가 숨을 죽이고 있다는 느낌에 걸음을 멈추었다. 알 수 없는 두려움이 가슴을 눌렀다. 나는 짧게 호흡을 조절한 뒤 천천히 뒤를 돌아보았다. 그리고 그 순간 숨을 멈추고 말았다. 소파였다. 얼마 전까지만 해도 내 아파트에 놓여 있던 그 소파가 안개 속에 웅크리고 있었다. 그 위에서 잿빛 야생 고양이가 낮게 웅크리고 앉아 내게 적의의 눈빛을 보내고 있었다. 금방이라도 튀어 오를 듯 도전적인 자세로 세모 모양의 귀를 날카롭게 세우고 도발적으로 나를 쏘아보고 있었다.

어두울 때 보는 고양이의 눈동자 안에는 낮에는 결코 볼 수 없는 야성의 날카로움이 있다. 고개를 숙인 채 자동차 밑을 기어다니거나 후미진 쓰레기더미를 뒤지던 고양이라도 밤에는 그 본성을 드러내고 발톱을 세운다. 퍼렇게 빛나는 눈을 보노라니, 걷잡을 수 없는 고양이의 주술에 빠져드는 것처럼 두려움이 몰려왔다. 나는 고양이의 눈동자에 질려 서둘러 엘리베이터를 탔고, 그날 밤 내게 상처를 입혔던 그 따뜻한 온기의 실체가 바로 그것이었음을 깨닫게 되었다.

이 작은 도시는 밤이면 안개가 된다. 강에서부터 몰려오는 공기는 유령처럼 들과 산을 떠돌다가, 해가 지고 그래서 땅에서 가장 먼 곳부터 하나 둘씩 주홍빛 불이 밝혀지면 어느 틈에 그 불빛들을 감싸 안곤 한다. 너풀거리는 노방 커튼마저 거실에서 떼어 버린 뒤, 나는 통으로 난 거실 창에 기대어 맥주를 마시는 버릇이 생겼다. 커피를 마시듯 한 모금 한 모금 천천히 맥주를 목으로 넘기면 가슴에서부터 배 밑까지 기다랗게 연결된 샘물이 흐르고 있다는 느낌이 든다. 이미 개척된 어떤 길이 뱃속 어딘가에 존재해, 내 더러운 위와 소장과 대장을 깨끗하게 정화시키고 지나가는 것 같다.

그렇게 유리창에 기대어 맥주를 마시는 일이 계속되던 어느 날 나는 새로운 발견을 하게 되었는데, 그것은 몇 개의 소리들이 아파트 주변에서 일정한 간격으로 떠돌고 있다는 것이었다. 주로 급브레이크로 멈추는 자동차 바퀴 소리와 술 취한 남자들의 웅성거림과, 연인과 싸우는 여자의 날카로운 소리들이었다. 그 소리들은 밤마다 번갈아 가며 잠들어 있는 아파트 주변에서 안개의 틈을 비집고 다녔다. 사람의 신경을 자극하는, 가슴 한 구석에 찌익 선을 긋고 지나가는 듯한 날카로운 모습들을 하고서. 소리의 근원지를 찾고자 베란다로 나가 창문을 열면 소리들은 온데간데없이 어둠 속으로 빨려 들어가 버리고, 대신 창밖에서 갈 곳을 정하지 못해 옹송거리고 있던 안개들이 찬 공기에 떠밀려 내 집으로 몰려 들어왔다. 나는 양팔을 벌리고 안개들을 가슴에 안아 보았다. 크게 숨을 쉴 때마다 안개들이 내 겨드랑이 사이로, 폐로, 가슴으로 앞다투어 스며 들어왔다.

그 안개들을 마시며 때로는 이곳에 없는 그를 생각해 볼 때도 있다. 아직 이 도시에 안개가 몰려오기 전에 그는 커다란 트렁크 하나와 카메라가 들어 있는 작은 가방 하나만 어깨에 멘 채,

거칠게 현관문을 닫고 나갔었다. 그가 빠져나간 현관에 기대어 서서 나는, 한참이나 그가 남긴 차가운 바람을 맞고 있었다.

집에서 나가기로 한 전날 밤에 그는 오랫동안 지나간 시간들을 불태우는 것으로 나에 대한 이별을 암시했다. 철 지난 양복과 셔츠들을 꺼내고, 즐겨 읽던 원서와 사진첩들을 빼내 미련 없이 불 속으로 집어넣었다. 12층에서 바라보는 불은 아이러니컬하게도 내게 따뜻한 기운을 안겨 주었다. 주홍빛으로 일렁이는 그 작은 불을 보니 잠시 그가 옛날에 그랬던 것처럼 처리하기 어려운 쓰레기들을 태우고 있다는 착각마저 들 지경이었다.

혼자 산다는 것은 수많은 공상, 과거의 일을 되돌아봄, 그리고 후회를 의미한다는 생각을 해본다. 그날 이후, 샤워를 하거나, 논리가 전혀 맞지 않아 따분함을 느끼게 하는 답안지를 보거나 캔 맥주를 마실 때에, 문득문득 고양이 생각이 났다. 의지와는 상관없는 현상들이 머릿속에 나타났다 사라지곤 했다. 바빠서 이리저리 뛰어다닐 때는 느끼지 못하다가 문득 창밖의 안개를 본다거나 거실 구석에 엎드려 책을 읽다 보면, 어느 틈엔지 초승달 모양의 빛나는 눈동자로 적의에 가득 차서 나를 바라보던 그 잿빛 고양이가 눈앞에 그려지는 것이었다.

어쩐지 점점 잠은 오지 않고, 전화조차 울리지 않는 날이 계속되었다. 이즈음에는 학생들의 시험지조차 잘 들어오지 않았다. 통신으로 하는 논술 공부에는 별로 신경을 쓰지 않아서이기도 하겠지만 그보다는 제때 시간을 맞추지 못하는 내 불성실에 기인한 것 같기도 했다. 그가 주고 간 통장 덕분에 쌀과 맥주 사는 일에는 아직 불편함을 느끼지 못하는 나는, 매일 나가는 번거로움을 덜기 위해 아예 캔 맥주 두 박스를 슈퍼에서 배달시켰다. 이제 막 소년 티를 벗어나 턱에 수염이 듬성듬성 나기 시작한 펑크 머리의 배달원은 적요에 가득 찬 내 집 현관문을 열며 잠깐 알 수 없다는 표정을 하고 맥주 박스를 문 안에 들여놓았다.

나는 캔을 들고 있는 손에 살짝 힘을 주어 보았다. 신기하게도 캔은 챠츠측 소리를 내며 쉽게 그 형체를 잃었다. 마치 가운데는 다 베어 먹히고 머리와 꽁지만 남은 사과처럼 보였다. 그 모양을 유심히 보고 있자니 취기가 몰려왔다. 비틀린 캔처럼 혹, 내 뇌 속의 회로도 알코올에 의해 비틀린 것은 아닐까 하는 의심이 떠올랐다. 나는 시계를 보았다. 또 하루가 시작되고 있었다. 문득, 새로 시작되는 이날이 이렇게 맥주에 몽롱하게 젖은 채로 맞아서는 안 되는, 가장 잊지 못할 날임을 나는 기억해 내었다. 나는 서둘러 장롱에서 카디건을 꺼내 입었다. 한두 시간만 차가운 공기를 맞으면 다시 정신이 맑아질 것이었다.

현관을 빠져나오다가 입구에 걸려 있는 사진을 보았다. 빨간 등산복을 입은 나와 미키 마우스 머리띠를 한 딸아이가 키보다 높은 곳을 바라보며 어색하게 웃고 있었다. 그가 처음 카메라에 흥미를 갖기 시작할 때 찍은 것이었다. 아마도 속리산이었을 것이다. 동양 최대 높이라는 불상을 보기 위해 스멀스멀 올라오는 멀미를 참아 가며 갔던 그곳은. 그날 이른 아침을 먹고 꼬박 달려 늦은 점심에 도착했을 때, 이미 딸아이와 나는 지친 상태였다. 그런데도 남편은 아랑곳하지 않고 더 좋은 표정을 잡기 위해 끝없는 주문을 해댔다. 시선은 왼쪽 하늘에 둬라. 아니, 턱이 너무 치켜 올라갔잖아. 자연스럽게 웃어 봐. 왜 그렇게 경직됐어. 은진아, 머리띠가 비뚤어졌잖니. 자연스러운 포즈로 찰칵, 자동 카메라에 몸을 맡기는 관광객들 옆에 서서 딸아이와 나는 끊임없는 그의 요구에 따라 움직여야 했다. 짙은 파운데이션 속으로 벌겋게 상기된 내 얼굴이 드러났고, 딸아이는 흐르는 땀에 눈을 깜박이며 자연스럽지 못한 미소를 짓느라 애쓰고 있었다. 그날, 불상의 크기는 어느 정도였는지, 산을 오르는 길은 완만했는지 혹은 가팔랐는지, 정상에서 바라본 그 고장의 풍경은 어떠했는지 전혀 알 수가 없다. 사람의 기억이라는 것은 어느 장소, 어느 때에 각인된 한 장면으로 그 시간을 품는 것 같다. 내게 있어 속리산에서의 기억은 뜨거운 태양이다. 하늘로 하늘로 그 키를 뻗어 나갔지만 풍성한 나뭇잎을 소유하지 못해 뜨거운 태양 아래 몸을 고스란히 드러내던 속리산의 침엽수들. 발밑의 뜨거운 모래와 돌들.

시동을 켜고 차 안에 앉아 있으니 새삼스레 한기가 느껴졌다. 차 안에 가득 차 있던 차가운 공기들이 일시에 체온을 뺏으려고 달려드는 것 같았다. 구멍이 송송 뚫린 카디건 사이로 공기들이 들어왔다. 공기의 흐름을 느끼며 나는 옷과 몸 사이에 놓여 있을 작은 통로를 생각해 보았다. 그 작은 터널들 사이로 차가운 산소들이 부지런히 움직이며 내 체온과 섞이고 있었다. 잠깐 경쾌하다는 생각이 들었다. 딱히 방향을 정하지 못한 채 나는 천천히 속도를 내기 시작했다. 헤드라이트를 켜니 떠돌던 안개들이 이슬이 되어 앞으로 달려들었다. 분무기에서 뿜어져 나오는 것처럼 작은 입자들은 끝없이 끝없이 허공으로 흩어졌다.

라디오를 켜보았다. 에프엠에서 어떤 영화와 관련된 에피소드를 소개하고 있었다. 귀에 익은 아나운서와 게스트로 초대된 가수가 무언가에 대해 진지하게 이야기를 하고 있었다. 그들의 목소리가 너무 공허하고 현실감이 나지 않았으므로 나는 라디오를 끄고 그냥 달리기로 했다. 그러나 안개가 너무 지독해서 달린다기보다는 서서히 움직였다고 표현하는 것이 옳겠다. 안개등까지 켜보았지만 사방으로 아무것도 보이지 않아, 혹 이러다 사람이라도 치는 것이 아닌가, 불안한 생각이 들었다. 아직 야간에, 그것도 안개가 이렇게 지독한 밤에 맥주를 먹고 운전하기에는 내 실력이 너무 턱없던 탓이었다. 멈칫멈칫 아파트를 빠져나가 시내로 진입하는 다리에 이르렀을 때에야 새로 난 국도로 가보아야겠다는 생각이 들었다. 그 길은 이제 막 공사가 끝났으므로 알려져 있지 않아 낮에도 지나가는 차를 손으로 헤아릴 수 있는 곳이었다.

길은 4차선으로 완만하게 이어졌다. 그곳이라면 졸음에 겨운 얼굴로 짜증스럽게 음주 운전을 단속하는 경찰관도 없으리라. 다리 끝에서 오른쪽으로 돌아가는데 개 짖는 소리가 들렸다. 한밤중의 고요를 깨는 나에 대한 경계의 표시일 것이다. 그 여운이 꽤 길다고 느낄 즈음, 새로 난 국도로 향하는 길목에 도착할 수 있었다.

도로에서 나는, 자유로워짐을 느꼈다. 짐작했던 대로 어느 곳에서도 차는 보이지 않았고, 아파트에서 들리던 취객들의 외침이나 그 속에 섞여 있던 여자들의 비명 소리도 들리지 않았다. 조용할 뿐이었다. 더불어 도로는 완벽한 어둠이었다. 그나마 희미한 가로등조차 끊긴 지점에 도착했을 때는 문득, 내가 공중에 떠 있는 것은 아닐까, 혹여 아주 낯선 곳으로 와버린 것은 아닐까, 두려운 마음이 생길 지경이었다. 운전석의 거울로 멀어지는 도로를 살펴보았다. 조그만 사각 거울 안에는 안개만 가득했다. 다만 눈에 띈 것이 있다면 고양이에게 긁힌 상처였다. 작은 점들이 일렬로 줄을 선 것처럼 왼쪽 눈 아래로 보기 싫게 획을 긋고 있었다. 가만히 만져 보았더니 오돌토돌한 느낌이 왔다. 그 순간 경비실 앞에 앉아 나를 노려보던 고양이가 갑자기 생각나 기운이 빠지는 것 같았다. 나는 음악을 들으며 마음을 달래려고 테이프를 뒤적여 보았다.

한참 테이프 박스를 뒤적인 후에야 낡은 테이프를 찾을 수 있었다. 비틀스였다. 이제 기억조차 희미한 그 이름이 박스 맨 밑에 자리하고 있었다. 테이프를 작동시키니 친숙한 음악이 흘러나왔다. 상태가 좋지 않은지 간혹 테이프 구겨지는 소리가 음악에 섞여 들려왔다. 그럼에도 불구하고 비틀스의 노래는 나를 편안하게 해주었다. 비틀스를 마지막으로 들었을 때의 일이 떠올랐다. 그때 남편과 나는 행복했던 걸로 기억된다. 남편은 매우 기분이 좋은 상태였고 나와 아이도 환하게 웃고 있었다. 아마도 남편의 사진 기법이 많이 좋아진 때일 것이다. 사진을 찍기 위해 남편은 아이와 나를 데리고 어디든지 가고 싶어했다. 시간이 날 때마다 카메라를 들고 차를 탔는데 그날은 아마도 여수의 진남관을 향하던 길이었을 것이다. 이순신 장군이 본영으로 쓰던 자리에 손님 접대용으로 지었다는 몇백 평이 넘는 객사를 구경하기 위해 우리는 새벽부터 서둘렀다. 새벽 공기를 마시며 그때 비틀스를 들었다. 아이는 무어라고 떠들며 창밖으로 손을 내밀어 댔고 나와 남편은 콧노래를 불렀다.

문득 새로운 자신감이 생겼다. 떼고 있던 가속기 페달에 발을 올려놓고 지그시 밟아 보았다. 붕 하고 힘찬 소리를 내며 차가 가볍게 움직였다. 속도계가 위로 위로 올라가는 것을 보며 나는 새삼 음악을 따라 흥얼거릴 수도 있게 되었다. 그다음 안개 속에서의 움직임은 나와 무관하게 진행되었다. 나는 이제 제법 신이 나 있었고, 속도에 대한 두려움에서도 벗어나 있었다. 어차피 급격하게 구부러진 길은 없을 터이므로 앞에 보이는 길만 따라가면 될 것이었다. 차에 장착된 안개등은 최소한 1미터 앞의 도로는 충실하게 밝혀 주었다. 시야가 너무 부예서 창문을 내리니 좀 맑아졌다.

　몇 킬로나 달렸을까. 완만한 산을 하나 넘은 것 같았다. 길은 끝없이 위로 이어졌으나 얼마나 높이 올라왔는지는 알 수 없었다. 다만 귀가 꽉 막힌 것처럼 멍하게 느껴지는 것으로 보아 도로가 이어질 수 있는 높이의 한계가 멀지 않다고 짐작해 볼 뿐이었다. 어느 순간, 차는 다시 아래로 내닫기 시작했다. 가속도를 이기지 못해 몇 번이나 위태하게 급브레이크를 밟고 보면 오른쪽으로 도로의 경계표지가 보였다. 그리고 다시 완만한 길이 계속되었다.

　비틀스의 노래가 어느덧 끝났음에도 나는 의식하지 못한 채 운전에 열중하고 있었다. 차 안은 또다시 내가 내뱉는 이산화탄소로 가득 찼고, 그 때문에 온통 시야가 막힌 채 오직 바람구멍에서 나오는 미미한 공기로 트인 차창을 의지해 달리고 있었다. 바닥에서 쉬익쉬익 타이어 구르는 소리가 들렸다. 그 소리에 맞추어 내 몸도 일정하게 흔들렸다. 안개의 벽이 너무 두터웠으므로 긴장되어 페달 위에 올려진 발에 약간의 통증이 왔다. 그때 무엇인가 툭 하고 바퀴에 부딪치는 느낌에 나는 무의식적으로 브레이크를 밟았다. 갑작스럽게 제어된 차가 심하게 쿨렁거렸다. 핸들에 머리를 댄 채 나는 한동안 움직이지 못했다. 가슴이 사정없이 방망이질을 해댔다. 공기구멍에서 타이어 타는 냄새가 조금씩 새어 나왔다. 가슴을 쓸어내리며 나는 크게 숨을 내쉬었다. 차에서 내려 보니 어이없게도, 고양이였다.

야생 고양이가 숨을 죽이고 도로 위에 누워 있었다. 간혹 달리는 차의 속도를 가늠하지 못하고 지나가던 고양이가 사고를 당한다는 이야기를 들은 적은 있지만 막상 쓰러진 고양이를 보기는 처음이었다. 더군다나 내가 고양이를 죽이다니. 기분이 좋지 않았다.

헤드라이트에 비추인 고양이는 어둠 속에서 선홍색 피로 감싸여 있었다. 뜨거운 체온의 김이 피어오르는 것이 안개 속에서도 드러났다. 나는 그 자리에 쪼그리고 앉았다. 가까이에서 보니 몹시 긴장했던 듯 세모 모양의 귀를 날카롭게 세우고 있었다. 그러나 고양이는 잠든 것처럼 네발을 포개고 매우 편안한 자세로 누워 있었다. 조그만 얼굴이며 날카롭게 발톱을 세운 발은 상한 곳 없이 오직 본래는 흰빛이었을 배만 붉게 물들어 있을 뿐이었다. 땅 위로 쏟아져 나온 내장들을 보니 신기했다. 고양이도 사람같이 이렇게 많은 내장들이 얼키설키 이어져 있구나. 나는 고양이의 등을 살며시 쓸어 보았다. 아직 따뜻했다.

사고가 났다는 말을 듣고 정신없이 뛰어나갔을 때, 운전사는 쪼그리고 앉아 아이를 보고 있었다. 눈물 범벅으로 달려 나간 나에게 미안하다는 인사도 하지 못하고, 누워 있는 아이의 손과 얼굴과 찢겨 나간 발을 만지고 있었다. 아이는 평온하게 눈을 감고 있었다. 전날 밤 내게 얼굴을 비비며 입을 맞추고 난 뒤 침대에 누웠을 때처럼. 아이의 몸에서는 뜨거운 기운이 끝없이 피어올랐다. 그 작은 몸 어디에 숨겨져 있었을까 싶게 많은 속엣것들이 몸 밖으로 튀어나와 도로를 물들이고 있었다. 누군가 경찰을 불러 주지 않았던들, 구급차를 부르지 않았던들 한없이 아이만을 보고 있었으리라. 어이없게도 저 내장들만 쓸어 담아 아이의 속으로 다시 집어넣을 수 있다면 아이가 다시 반짝 눈을 뜨고 일어나 슈퍼에 가자고 칭얼댈 것만 같았다.

나는 주유소에서 준 목장갑이 트렁크에 있다는 것을 기억하고 찾아 끼었다. 그런 다음 천천히 고양이를 품에 안았다. 장성한 고양이는 묵직했다. 아직 남아 있는 온기가 가슴으로 전해져 왔다. 나는 반대편 차로를 건너 산의 가장자리로 갔다. 이제 막 떨어지기 시작한 나뭇잎들이 무한정 쌓여 있었다. 고양이를 내려놓고 나뭇잎을 긁으니 바스락거리며 부딪치는 소리가 났다. 나는 할 수 있는 한 많이 나뭇잎을 긁어 고양이 위에 올려놓았다. 금세 소복한 나뭇잎 무덤이 앉아 있는 내 가슴까지 차올라왔다.

나뭇잎들이 고양이 무덤 위로 굴러다니는 것을 보며 한참을 그곳에 앉아 있었다. 어디로 가야 할지, 얼마나 달려야 끝이 나올지 판단이 서지 않았다. 가슴이 먹먹했다. 그때, 차 오는 소리가 가까운 곳에서 들렸다. 위태위태하게 브레이크를 밟으며 불규칙적으로 바퀴가 구르고 있는 것이 느껴졌다. 나는 그제야 급하게 내리느라고 비상등도 켜지 않은 채 차를 도로 한가운데 두고 온 것을 기억하고 서둘러 일어나 길을 건넜다. 그러나 너무 늦은 것 같았다. 위에서부터 가속도에 밀려 미끄러지던 차는 뜻밖에 나타난 내 차를 보고 서둘러 브레이크를 밟는 것 같았다. 어둠을 가르는 날카로운 소리가 길게 이어졌다. 그런 뒤 번쩍하는 섬광과 함께 급작스러운 파열음이 들렸다. 고무 타는 냄새가 안개 속으로 흩어졌다. 뜻밖의 상황에 놀라 나는 귀를 막은 채 도로에 그대로 서버렸다. 가슴이 진정되지 않았다. 불길한 예감이 목 끝까지 차고 올라와 도저히 몸을 움직일 수가 없었다. 나는 그 자리에 주저앉아 방망이질하는 가슴을 쓸어내렸다. 도대체 무슨 일이 일어난 것일까.

그런데, 소리가 들려왔다. 아귀가 잘 맞지 않는 문이 힘겹게 열리는 듯한 금속성의 소리였다. 나는 자리에 앉은 채로 자동차를 바라보았다. 이제 막 중년의 문턱으로 들어선 것 같은 점퍼 차림의 남자가 비틀거리며 내리고 있었다. 나는 용수철처럼 튀어 올라 남자에게 달려가 그 앞에 섰다. 그리고 불쑥 그의 손을 잡았다. 차에서 내린 남자는 정작 사고가 났다는 사실보다 나를 보고 더 놀란 것 같았다. 황급히 잡힌 손을 빼버리고 두려움이 가득 찬 눈으로 나를 바라보았다. 그의 표정에서 진한 경계심이 느껴졌다. 나는 그가 몹시 두려워하고 있다는 것을 알아챘다. 그에게서 떨쳐진 손을 들어 바라보니 아직 목장갑이 그대로 끼워져 있는 채였다. 뿐만 아니라 소맷부리에도 피가 많이 묻어 있었다. 고양이의 내장이 한 부분 떨어져 나갔는지 바지의 하단에까지도 길게 피가 그어져 있었다. 나는 잠시 망설였다. 나를 어떻게 설명해야 할지 잘 판단이 서지 않았다. 더군다나 나는 어느 정도 취한 상태였고, 이곳은 인적이 없는 깊은 산자락이었을 뿐 아니라 몸에서는 끊임없이 피비린내가 나고 있었다. 이런 상황에서 누군들 놀라지 않겠는가.

나는 장갑을 벗으며 최대한 온화한 표정으로 내가 전혀 정신에는 아무 이상이 없는 여자라는 것과 나 역시 뜻밖의 사고로 여기에 머물러 있었노라는 것을 또박또박 이야기해 주었다. 그런 다음 내 정차에 대해 사과하고 수리 비용을 대겠노라고 제의했다. 그리고 차체를 살펴보았다. 상황은 생각한 것보다도 더 심각해 보였다. 남자의 차는 말할 나위도 없거니와 내 차의 뒷부분이 완전히 나갔고, 트렁크가 압축기로 누른 것처럼 납작해져 있었다. 그 정도로 심하게 부딪쳤는데도 그가 다치지 않았다는 게 신기했다. 남자는 여전히 믿을 수 없다는 표정으로 나를 주시하고 있었다.

나는 그와 고양이 무덤이 있는 곳으로 가서 앉았다. 언뜻 시계를 보니 네시가 되어 가고 있었다. 어디론가 혼자 가기에는 너무 늦은 시간이기도 했고, 너무 이른 시간이기도 했다. 나는 그의 얼굴을 바라보았다. 그는 담배를 피우고 있었다. 담배 연기를 내뱉을 때마다 그의 입에서 단내가 났다. 진한 권태가 그에게서 풍겨 나왔다. 아주 오랫동안 담배를 피운 후에 그가 느리게 말했다. 안개가 너무 짙군요. 꼭 무슨 일이 일어날 것만 같아요. 언제까지 이곳에 앉아 있어야 하는 걸까요. 나는 아무 말도 하지 않고 무릎을 세워 두 팔 안에 집어넣었다. 몸을 한곳으로 모으니 아까는 느끼지 못했던 피비린내가 코끝으로 전해져 왔다. 약간의 구역질이 났다. 남자가 놀라며 내 쪽으로 몸을 구부렸다. 이 피는 어떻게 된 겁니까, 어디를 다치신 거죠? 장례를 치르던 중이었어요, 아주 운 나쁜 짐승의…… 제가 죽였죠. 나는 처음으로 그의 얼굴을 똑바로 보고 말했다. 가까이에서 본 남자는 몹시 피곤해 보였다. 그 나이에 흔히 나타나기 마련인 생활의 질곡이 아닌 또 다른 무엇인가가 주변에 있다는 느낌이 들었다. 약간의 곱슬머리가 적당히 잘 어울리는 그가 입은 점퍼는 언뜻 보기에도 이 도시에서는 팔지 않을 세련된 디자인이었다. 그에게서 이 고장 남자들에게서는 느낄 수 없는 냄새가 전해져 왔다. 나는 고양이 무덤에 낙엽들을 덮으며 말했다. 이곳 분이 아니시군요. 이 고장 사람이라면 그런 점퍼를 입지 않죠. 색깔이 너무 무난하니까요.

남자가 비로소 내 얼굴을 유심히 보았다. 그윽했지만 어쩐지 황폐해 보이는 눈이었다. 그 눈에서 어떤 몰락이 느껴졌다. 언젠가도 본 적이 있는 깊은 절망이 그를 감싸고 있었다. 나는 애써 경직된 표정을 지으며 남자를 외면했다. 남자는 자신이 시에서 조금 떨어진 곳에 있는 수질 연구소의 소장이라는 것과 본가에는 지성적인 아내와 순한 두 아이가 있다는 것을 이야기했다. 남자의 목소리가 위잉, 바람을 타고 날아와 내 가슴에 박혔다. 나는 어깨를 감싸 안은 채로 고개를 들어 하늘을 바라보았다. 안개가 점점 더 짙게 내려앉고 있었다. 무겁고 칙칙한 안개 탓인지 가슴이 답답했다. 나는 그에게 말했다. 이렇게 늦은 시간에 거리를 헤매다니 뭔가 힘든 일이 있으신가요. 남자는 피우던 담배를 낙엽으로 감싸며 탄식처럼 길게 숨을 내뱉었다. 그러고는 이내 감정을 조절하지 못하고 흐느끼기 시작했다. 남자가 안개 속에서 빠르게 허물어지는 게 느껴졌다. 나는 난감하여 어찌할 바를 몰랐다. 그러나 남자를 그대로 내버려 둘 수도 없는 일이었다. 그는 매우 지쳐 보였고, 내 앞에서 울고 있었다. 아마도 안개가 너무 짙은 탓이었을 것이다. 어이없게도 나는, 내 가슴이 무너져 내리는 소리를 들었다. 걷잡을 수 없이 맥박이 빨라지고 있었다. 나는 나도 모르게 남자의 어깨를 감싸 안았다.

 아이를 강에 뿌리고 돌아온 이후 아이의 방에 쪼그리고 앉아 있는 날이 계속되면서 미치지 않고 멀쩡하게 살아 있는 내가 원망스러웠다. 아이가 곁에 있지 않음으로 해서 달라질 수 있는 것은 아무것도 없었다. 나는 변함없이 최소량의 식사로 하루를 연명했고, 밤이면 불면에 뒤척이다가 잠이 들었다. 오히려 더 못 견딜 것은 살아 있는 사람과의 관계였다. 남편은 집에 들어오자 그날로 컴퓨터를 부수어 버렸다. 나를 부수듯, 내 희망을 부수듯, 모니터와 본체와 프린터를 밖으로 내다가 차례로 조각내었다. 그리고 질시에 가득 찬 눈으로 나를 바라보았다. 언제 남편이 그처럼 차가운 눈빛을 한 적이 있던가. 생각해 보면 안타까운 순간이었다. 그날 이후 남편은 내가 잠들기 전에는 집에 돌아오지 않았다.

우리에게 있어서 아이란 무엇이었나 가끔 생각해 본다. 남편의 아이에 대한 애착이 생각보다 훨씬 깊다는 것을 나는 오히려 아이가 없어진 후에야 알게 되었다. 물론 아이에 대한 남편의 사랑은 각별했었다. 가끔 나의 무관심을 질책했고, 방에 틀어박혀 컴퓨터를 두드리는 나를 늘 못마땅해했다. 그러나 그것도 늦게 딸을 둔 아빠라면 누구든지 가질 만한 사랑이라고 생각했었다. 아이 때문에 남편이 내 곁을 떠날 수도 있다는 것은 전혀 예상하지 못한 일이었다.

그러나 사고 이후 남편은 내가 가진 아픔을 믿으려고 하지 않았다. 어느새 그의 마음속에 자리 잡은 나에 대한 어미로서의 인상이 회복하기 힘든 상태에 도달해 있었다는 것은 아이의 유품에 대한 처리 과정에서 확연히 드러났다. 차라리 아이의 흔적을 없애는 것이 빨리 아이를 잊는 방법이라고 판단한 내가 아이의 인형이며 옷가지들을 처리하고 있을 때, 퇴근하고 돌아온 남편은 발작적으로 소리를 질러 댔다. 도대체 당신이라는 여자는 생각만 해도 소름이 끼쳐. 어떻게 이럴 수가 있지. 당신이 과연 엄마 자격은 있는 여자야? 남편은 아이 방에서 거칠게 나를 끌어냈다. 그리고 안에서 나오지 않았다. 식사를 하는 것,

커피를 마시는 것, 또는 늦게까지 잠자리에 들지 못하는 것까지 철없는 허영기로 치부해 버리는 남편 앞에서 나는 웃을 수도 그렇다고 울 수도 없었다. 그 앞에서의 행동은 모두 초라한 가식으로만 보일 뿐이었다. 우리 가족이 공유했던 행복은 아이가 없어짐으로써 완전히 깨진 듯했다. 남편은 더 이상 나를 향해 따뜻한 미소를 짓지 않았고 관계를 회복할 기회를 주지 않았다. 마치 혼자 사는 사람처럼 거실에서 신문을 보고 스스로 옷을 챙기고, 식빵 쪼가리를 뜯으며 출근했다. 새벽에 일어나 보면 남편은 발효된 술 냄새를 풍기며 아이의 침대에서 잠들어 있었다. 잠자면서 그는 웃기도 했고, 때론 숨을 죽여 가며 흐느끼기도 했다. 시간이 가면, 다시 아이가 생기면 회복될 수 있으리라고 여겼던 희망은 이루어지지 않았다. 그에게 있어서 나는 형체 없는 그림자일 뿐이었다.

그럼에도 불구하고 나는, 내가 컴퓨터 앞에 앉아 그때까지 포기하지 못한 채 이제는 더 이상 가망이 없을뿐더러 아무도 기대하지 않는 소설을 끼적이고 있는 동안에 아이가 사고를 당했다는 죄책감에서 벗어나지 못하고 있었다. 유치원에서 이제 막 돌아온 아이에게 조금만 더 관심을 가졌더라면 아이가 가방을 현관에 내팽개치고 그길로 달려가 택시에 부딪치는 일은 없었을 것이었다. 때론, 어차피 내가 붙잡으려 해도 새로 만든 놀이터에 폭 빠진 아이가 말을 듣지는 않았을 것이라고 자위도 해 보았지만 소용없는 일이었다.

울고 있던 남자가 갑자기 몸을 일으켜 나를 바라보았다. 눈동자가 불안하게 흔들리고 있었다. 그가 나를 끌어안았다. 나는 돌연한 태도에 놀라 그를 바라보았다. 그에게서 거역할 수 없는 어떤 광기가 느껴졌다. 남자는 거칠게 고양이 무덤 옆에 나를 쓰러뜨렸다. 볼록한 고양이 무덤이 어깨 위로 느껴졌다. 후욱, 그의 거친 숨결이 귀에 닿을 때마다 피비린내가 입김에 실려 왔다. 숨을 죽이고 있는 그의 입술이 목덜미에 와 닿는 순간, 나는 호흡을 멈추고 말았다. 문득, 경비실 앞 소파 위에 앉아 나를 노려보던 고양이가 생각났다. 그 퍼런 눈과, 도전적인 발톱. 온몸으로 내뿜던 지독한 악의. 눈앞이 아찔해 왔다.

걷잡을 수 없이 그의 몸이 뜨거워지고 있었다. 차가운 땅에 나를 눕히고 남자는 거칠게 안으로 들어왔다. 남자의 호흡이 가빠질 때마다 몸이 조금씩 위로 밀려갔다. 흙이 등으로 파고들었다. 그때 어깨로 어떤 물체가 느껴졌다. 고양이였다. 낙엽더미에 감춰졌던 고양이가 다시 그 시뻘건 내장을 지상에 드러내고 있었다. 목덜미로 차가운 고양이 털이 느껴졌다. 울컥, 하고 속엣것이 일어났다. 나는 나도 모르게 남자를 세게 끌어당겼다. 목으로, 어깨로 차갑게 부서진 고양이 피의 알갱이들이 스며 들어왔다.

깊은 숨을 몰아쉰 뒤 남자가 일어났다. 짐승처럼 낮게 울부짖으며 좁은 어깨를 늘어뜨린 채였다. 그에게서 한층 더 깊은 절망이 느껴졌다. 가슴 깊은 곳에서 허기가 느껴졌으므로, 나

는 바닥에 그대로 누워 있었다. 목구멍에서 어떤 슬픔 같은 것
이 솟구쳐 올랐다. 나는 숨을 고르게 조절해 가며 몇 번이고 깊
게 침을 삼켰다. 서늘한 공기는 남자에 의해서 유지되던 따뜻
한 체온을 밀어내고 내 몸을 차갑게 만들고 있었다. 갑자기 한
기가 느껴졌다. 나는 비로소 일어나 양손으로 내 몸을 힘껏 안
고 경직되어 있는 근육을 풀어 보려고 했다. 그러나 몸에 붙어
있는 한기는 쉽게 떨어지지 않았다. 남자는 다시 담배를 피우고
있었다. 깊게 담배 연기를 들이마시고 한숨처럼 길게 폐에 감추
어 두었던 연기를 내뱉었다. 가장 귀한 것을 잃은, 이제는 그것
을 회복할 수 없는 절망을 품은 사람의 모습이었다.

　멀지 않은 곳에서 견인차 오는 소리가 들려왔다. 어디선가
사고를 기다리고 있다가 출동한 모양이었다. 견인차는 긴 신호
음을 울리며 천천히 다가왔다. 나는 피가 묻은 카디건을 오른
손으로 들며 일어났다. 남자가 내게 다가와 어깨에 재킷을 씌
워 주었다.

　남자의 은비색 자동차가 푸른 견인차에 무기력하게 끌려가
는 것을 본다. 트렁크가 찌부러진 좁은 내 차 안에서 보는 남자
의 차는 어딘지 모르게 슬픈 인상을 주었다. 시야가 불명확한
차 안에서 남자와 나는 서로 시선을 딴 곳에 둔 채 각자의 생각
에 빠져 있었다. 불안정한 몸짓에서 그가 이 돌연한 사태를 난
감해하고 있다는 것이 느껴졌다. 그는 의식하지 못한 채 기다

란 손을 턱에 괴었다가 다시 차창에 대는 행동을 되풀이하고
있었다. 완전히 술이 깬 듯 몹시 창백해 보였다. 명멸하는 견인
차의 비상등이 보이자 문득 따뜻한 커피를 한잔 마시고 싶다는
생각이 들었다. 가슴속의 내장이 뭉텅 빠져나온 것처럼 신산스
러웠다. 그런 다음 어디로 갈 것인가, 생각하니 머리가 답답해
왔다.

그는 지금 어디에 있는 것일까. 그가 떠나던 날 밤이 생각났
다. 현관에 걸려 있는 아이의 사진을 오랫동안 지켜본 뒤 그는
점점 작은 점이 되어 내 앞에서 떠나갔다. 그의 홀쭉한 팔에 매
달린 여행용 트렁크가 너무 큰 것 같아 나는 그의 모습이 작아
지는 내내 불안했다. 혹 저러다 일찍 지쳐 버리는 것은 아닐까.
언젠가 아이를 내려다보았을 때처럼 마음이 아팠다. 아이가 돌
아올 시간이 지난 후에도 오지 않을 때 불안한 마음으로 밑을
내다본 적이 있다. 그러면 제 어깨보다도 더 단단하고 커다란
가방을 메고 햇빛 속을 걷는 아이가 보였다. 같이 다니는 동무
조차 없이 아이는 늘 아스팔트에 뒹구는 돌멩이를 차거나, 제
또래의 아이들이 모여 떠드는 모습을 그 자리에 서서 한없이
바라보곤 했다. 그럴 때 아이는 외로워 보였다. 누구와도 말하
지 않고 굳게 입을 다문 얼굴이 한없이 경직되어 보이는 것이
었다. 그러면 갑자기 가슴이 저려 왔다. 이제 겨우 다섯 해밖에
살지 않은 아이가 저토록 쓸쓸한 표정을 지을 수 있다니.

여름이 시작되기 전에 떠난 후로 아직 그는 한 번의 전화도

편지도 내게 하지 않았다. 그는 어디로 간 것일까. 회사로 연락해 보았으나 지금은 휴직 중이라는 판에 박은 말만 들려줄 뿐이었다. 아이가 떠난 지도 벌써 1년이 지났다. 평소에 자주 나들이 가던 강가에 아이를 뿌리고 난 뒤, 나는 한 번도 그곳에 가본 적이 없다. 혹, 지나가야 할 일이 생기더라도 될 수 있으면 우회 도로를 이용했다. 그라면 어쩌면 한 번쯤 들렀을지도 모르겠다는 생각이 들었다. 그래서 더 아이에게 가는 것이 어렵게 느껴졌는지도 모른다. 아이가 뿌려진 강에서 그의 얼굴을 보는 것이 두려웠으므로.

안개는 여전히 위압적으로 차를 누르고 있었다. 온 신경을 발목에 집중시키고, 가속 페달을 눌렀지만 견인차와의 거리는 점점 멀어져만 갔다. 무엇인가 도로 위에 웅크리고 있다가 자꾸만 자동차를 끌어당기는 것 같았다. 속도계의 눈금은 50에도 채 미치지 못하고 있었다. 대체 무슨 일이 일어난 것일까. 악몽을 꾼 것인지도 몰랐다. 목덜미에 집요하게 엉겨 있는 고양이의 피를 손으로 떼어 내며 내가 무슨 짓을 한 것인지 생각해 보았다. 가슴에 견고한 가시나무가 박힌 것같이 아팠다. 남자는 여전히 창밖을 바라보고 있었다. 조금 전의 광기는 어디론가 사라지고 불안하게 눈동자를 굴리고 있었다. 그런 그의 모습은 너무 초라해 보여서 차라리 혐오스럽게 느껴졌다.

나는 더 이상 참지 못하고 브레이크를 힘껏 밟았다. 완만하게 구르던 바퀴가 뜻밖의 제동에 걸려 요란하게 쿨렁이다가 곧 멈추었다. 공기가 훈훈한 탓인지 벗어 놓은 카디건에서 피어나는 피비린내가 그의 호흡과 섞여 참을 수 없이 역겨운 냄새를 피웠다. 나는 결국 토하고 말았다. 좁은 목구멍을 타고 뭉클한 내 안의 것들이 기침과 함께 쏟아져 나왔다. 이상하게 자꾸 눈물이 나왔다. 남자는 뜻밖의 제동에 놀라 피우던 담배를 떨어뜨렸다. 머리를 심하게 부딪친 것 같았으나 아무 말도 하지 않았다. 나는 고개를 들어 남자를 보았다. 머리칼이 바람에 날려 어지럽게 흩어져 있었다. 길게 늘어진 머리카락 사이로 붉게 충혈된 그의 눈이 보였다. 그는 잠시 나를 바라보았다. 그러나 곧 외면했다. 모멸스러운 표정으로 거칠게 고개를 돌리고 차 문을 열고 나갔다.

창밖으로 그가 멀어져 갔다. 나는 운전석에 앉아 한참이나 그가 안개 속으로 들어가는 것을 지켜보았다. 좁은 어깨를 늘어뜨리고 그는 끌리듯 안개 속으로 빠져 들어갔다. 이제 그는 어디로 갈 것인가. 나는 천천히 가속 페달을 밟았다. 갑자기 어깨와 팔의 기운이 빠졌다. 목 끝에서 차오르는 눈물이 결국 시야를 흐리게 하였으므로 나는 길을 놓치지 않기 위해 안개등을 켰다. 차 안은 답답하도록 고요했다. 갑작스레 숨어든 적막감이 견디기 힘들어 차 안을 한 번 휘, 둘러보다가 그가 앉았던 자리에 놓여 있는 그의 재킷을 발견했다. 아까 그가 내 어깨에 걸쳐 주었던 것이다. 허물처럼 놓여 있던 그것을 들자 그가 피우던 담뱃갑이 무릎에 부딪쳤다가 바닥으로 떨어졌다. 옷을 얼굴에 대보았다. 따뜻했다. 창문을 열자 새벽 공기가 쏟아져 들어왔다. 나는 미련 없이, 정말 아무 미련 없이 그의 재킷을 바람에 날려 보냈다. 허공에서 잠시 머물다 땅으로 추락하던 그것은 빠르게 안개 속으로 사라져 버렸다. 가슴이 아파 왔다. 목에서부터 무엇인가 자꾸 치미는 듯했다. 주체할 수 없이 눈물이 나와 나는 더 이상 운전을 하지 못하고 결국 갓길에 차를 세워야만 했다.

담뱃갑을 들어 보았다. 몇 개비의 담배가 그 안에 있었다. 나는 그중 하나를 꺼내 불을 붙이고 천천히 연기를 들이마셨다. 뜨거운 연기가 폐로 흘러 들어갔다. 갑자기 따가운 유독 가스가 가슴을 휘젓는 것처럼 괴로웠다. 마른기침이 터져 나왔다. 눈물과 기침을 참아 가며 나는 오랫동안 한 개비의 담배를 태웠다. 이상스레 가슴이 편안해지는 것을 느낄 수 있었다. 목은 담배 연기로 가득 차 터질 듯이 아팠지만 마음은 한없이 잔잔하게 안정되었다. 어쩌면 남편도 이런 안정을 갖기 위해 그토록 담배를 즐겼는지도 모른다는 생각이 들었다. 지나칠 정도로 예민하게 반응하는 내 성화에 못 이겨 베란다로 쫓겨 가면서도 남편은 늘 웃으며 담배를 챙겼다. 이제는 너무 낡아서 거실에 들여놓을 수 없는 소파까지 베란다로 내놓은 뒤, 그는 새로 산 바로크 풍의 소파에 앉는 대신 베란다로 나가 오래오래 그곳에서 그의 시간을 즐기곤 했던 것이다. 더군다나 그가 내뿜는 연기가 만들어 내는 도너츠 모양에 반한 딸아이까지도 남편을 따

라 곧잘 베란다로 나가 그의 앞에 쪼그리고 앉아 있기도 했었
다. 그렇게 두터운 창으로 그들과 단절되는 것을 느끼면 갑자
기 외로워졌다. 바람을 맞는 그들이 따뜻해 보이고 거실에서
커피를 마시는 내가 넓은 벌판에 혼자 놓인 것처럼 황량한 마
음이 들었다.

경비실 앞에 놓여 있는 소파가 생각났다. 내가 버린 그 소파
는 어처구니없게도 나로 인해 다시 경비실 앞의 한자리를 차지
하고 있었다. 경비실 앞을 오가며 그 소파를 볼 때마다 또 얼마
나 힘들었던가.

담배는 은은하게 붉은빛을 발산하다가 점차 하얗게 타 들어
갔다. 나는 의식을 치르듯 오랫동안 한 대의 담배를 피웠다. 그
러고 난 뒤 천천히 피 묻은 카디건을 나뭇잎으로 묻었다. 그리
고 나로 인해 생명을 잃은 고양이에게 진심으로 사과했다. 또
한 다시는 야생 고양이로 태어나 들과 산을 헤매는 일이 없기
를 기원했다. 길을 찾지 못해 방황하던 한 여자도 용서해 주기
를. 나는 서둘러 차로 돌아갔다. 도로는 여전히 짙은 안개 속에
서 제 형태를 드러내지 못하고 있었다. 나는 가속 페달을 밟았
다. 차는 곧 움직이기 시작했다. 나는 안개 속으로 천천히 빠져
들어갔다.

4월의 눈

　자판기에서 커피를 빼기 위해 문을 열자, 텅 빈 적막감이 사무실 안으로 쏟아져 들어왔다. 이제 1교시가 막 시작되려는 시간이었다. 그런데도 복도는 지나치게 어둡고 조용했다. 그녀는 잠시 어깨를 으쓱해 보았다. 그러나 금세, 복도가 조용하다는 것은 그다지 이상한 일이 아니라고 생각했다. 교수 연구실이 밀집해 있는 4층은 평소에도 지나다니는 학생들이 많지 않았다. 또 복도가 어두운 것은 아마도 너무 길고, 바깥의 햇빛이 지나치게 밝은 탓일 것이다.

　그녀는 다소 과장된 경쾌함으로 자판기까지 걸어갔다. 그런 다음 동전 세 개를 집어넣고 스페셜 커피를 뽑았다. 그녀는 언제나 스페셜을 선호했다. 물론 일반 커피에 비해 그 맛이 탁월할 것을 기대하는 것은 아니었다. 그녀는 단지 그 말이 주는 특별함을 느끼고 싶을 뿐이었다. 92도로 적당하게 데워진 스페셜 커피를 마시다 보면 특별한 선택에 대한 어떤 위안 같은 것이 느껴졌다.

커피는 달콤하고 따뜻했다. 커피를 마시며 그녀는 모든 것이 정상적으로 돌아가고 있다고 생각했다. 약간은 여전히 쇳내가 나는 커피도, 또 저 교정을 꽉 채운 흐드러진 벚꽃들도 무엇 하나 그녀를 암울하게 이끄는 암시 같은 것은 보이지 않았다. 오늘 하루만 지나면 다시 안일하게까지 느껴지는 이 일상은 계속 이어질 것이었다.

더군다나 오늘은 처리해야 할 중요한 일도 없었다. 어제 퇴근 무렵 교수가 책상 위에 던져 놓고 간 논문의 교정지만 읽으면 오늘 할 일은 끝이었다. 다행히도 논문을 교정하는 것은 그다지 어려운 일이 아니었다. 오자만 찾아내면 되는 것이다. 간혹 매끄럽지 못한 문장까지 잡아내 준다면 어쩌면 교수가 호의적으로 대할지도 모를 일이었다.

교수는 그녀를 좋아하지 않았다. 평소 그의 언행이나 표정만 보고도 그녀는 그 사실을 충분히 느낄 수 있었다. 아니, 좋아하지 않는다는 것은 정확하지 않은 표현일지도 모르겠다. 교수는 그녀를 싫어하지조차 않았다. 좋아한다거나 싫어한다거나 하는 말속에는 인간에 대한 최소한의 감정이 들어 있는 것이다. 만약 교수가 그녀를 싫어한다면 그녀는 기꺼이 그 요인을 찾아내서 고쳐 보려고 노력했을지도 모른다. 그러나 교수는 그녀를 경멸하고 있었다. 그녀에게 말할 때 교수는 늘 먹고 싶지 않은 음식이 입 안에 가득 들어 있는 것 같은 표정을 짓곤 했다. 마지못해 말을 걸 때도 늘 그녀를 뜨악하게 바라보며 입술 끝을 묘하게 비틀고 알아들을 수도 없을 정도로 음울하게 이야기했다. 대개는 학술지에 낼 논문을 교정하도록 할 때였다. 그러나 이즈음에는 그런 말조차 하지 않았다. 아무 말 없이 교정지를 책상에 툭 던져 놓는 것으로 그는 할 말을 대신하곤 했다. 그런 식이었다. 교수는 늘 무엇인가를 그녀의 책상에 툭 던졌다. 교수가 그녀에게 시키는 일이란 대개는 사환 아이에게나 시키면 적당한 것들이었는데, 그것은 자기의 개인 통장에서 얼마간의 돈을 찾거나(이 경우에도 그는 직접 전표를 작성해서 통장에 끼워 왔다), 구독하고 있는 정기 간행물의 대금을 입금시키는 일 따위였다.

물론 이 일들에 대해 그녀도 염증을 느끼지 않는 것은 아니었다. 참을 수 없을 정도로 자신이 하고 있는 일이 싫었다. 교수가 묘하게 입술을 위로 비틀며 바라볼 때면, 그녀는 자신의 몸이 점점 쪼그라들어 물기가 다 빠진 가지처럼 되는 느낌이 들었다. 그의 눈빛에는 사람에게 심한 열패감을 느끼게 하는 무엇인가가 있었다. 그러므로 그녀는 만족할 만한 일을 찾기 위해 여러 군데의 학원에 이력서를 제출하기도 했었다. 그러나 쉽지 않았다. 그녀는 문득 최근에 다녀왔던, 복도가 너무 좁아 두 사람이 나란히 걸을 수조차 없었던 낡은 입시 학원을 떠올렸다. 그곳에서도 그녀는 채용되지 못했다. 원장이 전공을 문제 삼았기 때문이었다. 원장은 그녀에게 제 전공이 아니면 학생들이 등록하지 않는다고 말했다. 그러나 눈초리가 반달 모양으로 올라간 원장을 보며 그녀는 그가 거짓말하고 있음을 알아챘다. 그는 좀 더 눈요기가 될 만한 여선생을 구하고 있었던 것이다. 면접실 안으로 들어갔을 때 원장은 허리를 비튼 채 의자에 앉아 있었다. 그는 못마땅한 표정을 지으며 그녀의 파마 기 없는 머리 모양과 낡은 랜드로바를 훑어보았다. 그녀는 새로 채용될 선생이 무엇을 알고, 또 학생들을 얼마나 잘 가르칠 수 있을까, 하는 문제에 대해서 원장이 아무런 관심도 갖고 있지 않다는 것을 알았다. 그것은 주로 무슨 옷을 즐겨 입느냐, 학원에서 얼마나 먼 거리에 사느냐 등의 전혀 중요하지 않은 사항들을 그가 물어본 것만으로도 충분히 짐작할 수 있었다. 왼쪽 팔꿈치에 지나칠 정도로 몸무게를 의존한 원장을 바라보며 그녀는 엉뚱하게도 그의 허리가 심하게 혹사당하고 있지는 않은 것인가, 하는 생각을 했었다. 광택이 좋은 의자에 앉은 그의 자세에는 변두리 학원에 걸맞지 않은 거만함이 배어 있었다. 당연히 그날 뽑힌 사람은 전공자가 아니었다. 전공자라면 그런 곳까지 올 이유가 없었던 것이다.

그녀는 책상의 왼쪽 서랍에서 교정지를 꺼냈다. 될 수 있으면 교수가 강의를 위해 출근하는 오후까지 마쳐 놓을 생각이었다. 일을 마무리도 하지 못한 채 재임용 동의서를 교수 앞에 내놓을 수는 없었던 것이다. 교무처의 이 계장은 오늘까지 동의

44

서를 제출해 줄 것을 그녀에게 거듭 이야기했었다. 그녀는 아주 잠깐 누런 서류 봉투에 넣어 둔 채 뜯어보지도 않고 서랍 속에 넣어 둔 동의서를 떠올렸다. 이달 17일이면 그녀의 임기가 1년째 되는 날이었다. 사무 조교는 각자의 임용 날짜에 따라 1년 단위로 임용이 되었다. 그러나 개인적인 사정으로 그만두기 전에는 1년만 근무하고 학교를 떠나는 경우는 그리 많지 않았다. 비록 1년 단위로 계약되어 있지만 특별한 일이 없는 한 대개 2년을 근무하는 것이 관례로 되어 있었다. 그러나 그녀에게는 이렇게 남들이 사소하게조차 여기는 문제들이 버겁기만 했다. 교수의 태도로 보아 그녀를 더는 임용할 마음이 없다는 것이 확실하게 느껴졌기 때문이었다.

사실 연구소에서 그녀가 할 수 있는 일은 별로 많지 않았다. 실제적으로 교수를 돕는 것은 대학원에 다니는 연구 조교들이 할 일이었다. 그녀는 말 그대로 일반적인 사무를 맡았다. 이를테면 연구소에서 사용될 볼펜이나 복사용지를 떨어지지 않도록 미리미리 갖추어 놓는다거나 연구실이 썰렁해지지 않도록 관리과에 가서 석유를 넉넉히 타다가 비축해 놓는 일 따위였다. 바로 그런 이유로 교수는 하릴없이 앉아 있는 그녀의 존재를 견딜 수 없어했다. 사환 아이도 할 수 있는 일을 굳이 대졸자를 시켜 쓸데없는 예산을 낭비하고 있다고 그는 생각했다.

'선물환 회계 처리의 중립성 분석', 논문의 제목을 읽고 나니 한숨이 나왔다. 제목만 보더라도 가끔 보는 교정으로서는 도무지 알 수 없는 말들로 가득 찬 논문임이 틀림없었다. 아마도 논문과 사전을 수천 번은 번갈아 가며 보아 목이 빠질 지경으로 뻐근해질 즈음에야 오자를 찾아낼 수 있을 것이었다. 어쩌면 오늘따라 논문이 끝날 때까지 오자가 나오지 않을지도 몰랐다. 그럴 때만큼 맥 빠지는 일은 없었다. 그녀는 자기의 전공과 상관이 있는 과로 배정되었다면 좀 더 일을 잘할 수 있지 않았을까 생각해 보았다. 처음 담임 교수가 급하게 자리가 비었다며 연구소로 추천해 주었을 때 물론 그녀에게는 그런 것을 따질 만한 여유가 없었다. 무엇인가 할 일이 생겼다는 것만으로도 감지덕지할 따름이었다. 무엇보다도 그녀는 졸업만 하면 뭔가 좋은 일이 생길 것을 기대했던 어머니 앞에서 아무것도 하는 일 없이 생활하던 것이 끔찍했던 차였기에 졸업하고 한 달이 지난 뒤 담임 교수가 불러, 좋지는 않은 자리지만 해보겠냐고 물었을 때, 흔쾌히 기쁜 마음으로 대답했다. 오히려 걱정스러워한 것은 정작 추천해 주는 담임 교수였다. 그는 여러 가지 안 좋은 예를 들어 가며 결코 만족할 만한 자리가 아니라는 것을 그녀에게 일깨워 주려고 했다. 단지 용돈이라도 벌어 쓰고 싶다면 해보라는 것이었다.

무역 사전을 들추어 가며 그녀는 정확한 스펠링을 파악하려고 애썼다. 대부분 약자나 영어로 씌어 있는 무역 용어는 자칫하면 순서가 바뀌거나 스펠링이 빠지기 쉬웠다. 그러다 보면 쉽게 눈이 피로해졌다. 알지 못하는 스펠링을 찾는 것만큼 그녀를 날카롭게 만드는 것은 없었다. 마치 한글의 자모를 배우는 유치원생처럼 쉴 새 없이 입으로 뇌까리며 기억하고 있는 스펠링을 잊어버리기 전에 교정지와 사전을 번갈아 봐야 하는 것이다.

일은 더디게 진행되었다. 에이포 용지 한 장을 넘기기도 쉽지 않았다. 그녀는 부지런히 입속으로 스펠링을 주워 담았다. 그러다가 며칠 전, 교무처 직원에게 들었던 이야기를 떠올렸다. 도서관에서 우연히 만난 그 직원은 그녀에게 얼마 전 교수가 교무처로 찾아와 사무 조교를 임용시키는 것에 대해 반론을 제기했다고 이야기해 주었다. 사무 조교를 쓰느니 차라리 예산을 조금 더 세워서 연구 조교를 하나 더 쓰겠다고 이야기했다는 것이었다. 그러면서 그녀에게 요번 재임용이 어쩌면 이루어지지 않을지도 모르겠다고 조심스럽게 말해 주었다. 그런 다음 교수들의 까탈스러움에 대해 다소 분개했다. 그녀는 조금 희미하게 웃었다. 교수의 말이 반드시 그른 것만은 아니라고 말하는 여유도 보여 주었다. 그런 경우 분위기에 휩쓸려 같이 분개하다가는 필시 그녀와 맞닥뜨리는 직원들로부터 위로를 가장한 비웃음을 시도 때도 없이 받아야 한다는 것을 알기 때문이었다.

그녀는 뻐근한 목을 잠시 풀어 주기 위해 볼펜을 놓았다. 사전도 덮은 다음 제 갑 속에 단정하게 넣어 두었다. 이제 겨우 반이 지나간 논문도 덮었다. 그녀는 눈을 감고 가능한 한 깊이 목을 뒤로 젖혔다. 목이 겹치는 부분에서 찌릿한 아픔이 느껴졌다. 그런 다음 목구멍을 크게 열어 최대한 많은 공기를 들이마셨다. 가슴이 활짝 열리는 기분이 들었다. 그때였다. 문득 사환 아이가 교수의 방에 가득 널려 있는 크고 작은 화분에 물을 주었던가 하는 의문이 떠올랐다. 사환 아이는 그녀가 시키지 않으면 절대로 일을 하지 않았다. 틈만 나면 제 또래의 다른 아이들과 어울려 얼마 되지 않은 월급으로 김밥을 사먹거나 벤치에 앉아 얼굴이 가려질 만큼 커다란 풍선껌을 요란스럽게 불어 대는 것으로 하루의 일과를 삼았다. 만약 교수가 예정보다 일찍 학교에 도착해 물기 없는 화분을 본다면 멸시가 가득 찬 표정으로 또 한 번 그녀를 바라볼 것이었다.

그녀는 갑자기 마음이 바빠졌다. 그래서 빨리 사환 아이를 찾아 교수가 아끼는 화분에 물을 주라고 말하리라 마음먹었다. 아이는 필시 창에서 내려다보이는 벤치에 앉아 있을 것이었다. 그녀는 아이를 부르기 위해 창가로 다가갔다. 그 순간, 그녀는 놀라고 말았다. 눈이었다. 햇볕은 여전히 뜨겁게 쏟아지고 있는데 커다란 창 가득 연분홍 눈이 소리도 없이 침잠하듯 밑으로 가라앉고 있었다. 그녀는 그 찬란한 위력에 눌려 벤치에 앉아 풍선껌을 불어 대는 아이를 보고도 감히 부를 생각을 하지 못했다. 모든 것이 신기루처럼 둥둥 떠다니고 있었다. 그 순간 어이없게도 가슴 한구석에서 몽글몽글 작은 슬픔의 가루들이 뭉쳐지고 있는 것이 느껴졌다. 목구멍이 눈물로 가득 채워지는 것 같았다. 그녀는 아이를 부르려고 창가로 다가갔다는 사실도 잊은 채 오랫동안 창밖을 바라보았다. 그때 마침 낡은 전화기가 거친 소리로 울려 대지 않았더라면 어쩌면 교수의 화분에 물을 줘야 하는 것도, 논문을 교정해야 한다는 것도, 또 동의서를 오늘 안에 제출해야 한다는 것도 잊은 채 망연히 그 자리에만 서 있었을 것이다. 그녀는 잠에서 깬 사람처럼 화들짝 놀라며 전화기 앞으로 다가갔다.

전화를 건 사람은 3년간 사귄 그녀의 애인이었다. 플라스틱회사의 영업 사원인 그는 늘 공공칠 플라스틱 가방을 들고 이곳저곳을 돌아다니며 플라스틱 옷장이나 책상과 의자 따위를 팔았다. 그녀는 가끔 플라스틱 회사에서 나오는 책상과 의자가어떻게 생겼는지 궁금했지만 한 번도 물어본 적은 없었다. 그녀의 애인은 별로 유능한 영업 사원은 아닌 것 같았다. 그녀를 만날 때마다 늘 거래가 이뤄지지 않는 것에 대해 울상을 짓고, 회사의 불합리한 영업 정책에 대해 불만을 토로하는 것으로 보아 짐작할 수 있었다. 그래서 그녀는 최근에 그녀가 산부인과에 다녀왔다는 것도 아직 말하지 않았다. 말을 한들 뾰족한 수가 없으리라는 것을 알기 때문에 그럴 필요성을 느끼지 못했다. 처음 생리를 걸렀을 때 그녀는 막연히 결혼을 꿈꾸기도 했다. 그가 지내고 있는 곳이거나, 또 비록 주방이 없어서 세면대에서 밥을 해먹기는 해도 그녀의 자취방에서라도 신혼살림을차릴 수 있을지도 모른다고 몰래 적금 만기일을 헤아려 보기도 했다. 그러나 애인의 생각은 그녀와 많이 달랐다. 그는 결혼이라는 말에 대해 심한 거부감을 나타냈다. 물론 그녀가 다짜고짜 결혼을 하자고 덤빈 것도 아니었다. 단지 결혼에 대해 생각해 본 적이 있느냐고 의중을 떠보았을 뿐이었다. 애인은 두부를 자르듯 분명하게 말했다. 아직은 아니야, 난 벌써부터 얽매이고 싶지 않아, 설마 벌써 결혼이 하고 싶어진 것은 아니겠지. 그 말을 듣고 그녀는 시내에서 아주 많이 떨어진 곳으로 무작정 버스를 타고 갔다. 그러고는 적당한 곳에 내려 여관과 나란히 붙어 있는 산부인과로 들어갔다. 다행히 의사는 그녀에게 왜 수술을 하려느냐고 묻지 않았다. 사실 그녀는 의사가 그 이유를 물을까 봐 버스에 탔을 때부터 대답할 말을 찾고 있었다. 아기를 낳을 형편이 아니라고 할까, 아니면 몸이 안 좋아서 치료제로 독한 약을 쓰고 있기 때문이라고 할까, 그것도 아니면 모르고 감기약을 사흘 치나 먹었다고 할까, 그러다가 '그냥요'라고 말하기로 마음먹었다. 그냥요, 그녀가 생각해 보아도 그것만큼 적당한 대답은 없을 것 같았다. 그러나 수술하는 의사는 너무나 심상해서 마치 귓속의 오물덩어리를 빼내는 것 같은 표정을 하고 있었다. 의사는 아이를 세상으로 내보낸 경험보다는 사정이 많은 임부의 고통을 미리 없애 준 경험이 훨씬 많은 사람으로 보였다. 늦은 시간이긴 하더라도 다행히 대기실엔 단한 명의 산모도 남아 있지 않았다.

수술대에 누워, 아기를 없앤다는 것보다 낯선 남자 앞에서 팬

티마저 벗은 채 두 다리를 있는 대로 벌렸다는 사실에 그녀는 조금 수치심을 느꼈다. 그러나 일주일 치의 약을 받아 가지고 나오며 역시 오기를 잘했다고 생각했다. 들어오는 것은 무엇이든 간에 밀어내던 뱃속도 병원 문을 나서는 순간 거짓말처럼 편안해졌다. 버스를 기다리며 그녀는 5백 밀리리터 코카콜라를 한 병 사서 오랫동안 마셨다. 콜라가 넘어갈 때마다 바늘로 찌르는 것처럼 목구멍이 아파 왔다. 그러나 속은 투명한 사각 얼음을 차곡차곡 채워 넣는 것처럼 상쾌했다.

애인은 관리과에서 전화를 걸고 있었다. 관리과에 잘 아는 친구가 있어서 새 학기에 교체하게 될 책상과 의자의 오더를 따기 위해서 한 시간 전에 왔다고 했다. 이제 볼일을 마쳤으니 들러서 같이 점심을 먹겠노라고도 말했다. 전화를 받으며 그녀는 벽에 걸린 시계를 바라보았다. 교수가 오려면 아직 여유가 있었다. 그녀는 별로 내키지는 않았지만 애인의 방문을 거절할 수 없었기 때문에 그러라고 말했다. 그런 다음 아직까지 덮인 채 놓여 있는 논문을 보고 짧게 숨을 내쉬었다.

그러나 금방 오겠다던 애인은 한 시간이 지나도록 나타나지 않았다. 교수가 올 시간이 임박했기 때문에 그녀는 관리과에 전화를 걸어 보았다. 관리과의 직원은 그가 전화를 끊은 즉시 나갔다고 하며 아직 도착하지 않았느냐고 오히려 놀라운 듯이 그녀에게 물었다. 전화를 끊은 뒤 그녀는 금방이라도 교수가 불쑥 들이닥칠 것만 같아 마음이 불안했다. 펼쳐 놓은 논문은 전혀 진전되지 않고 있었다. 그러므로 꼭 화장실에 한 번 다녀올 시간이 지난 뒤 애인이 나타났을 때, 그녀는 환하게 웃으며 그를 맞이할 수가 없었다. 그녀는 들어오는 애인에게 다소 불쾌한 표정을 지어 보였다. 그걸 본 애인도 조금 머쓱해하며 소파에 가서 앉았다. 그는 한 시간이나 늦은 것에 대해 변명하지 않았다. 그렇기 때문에 그녀는 점점 더 기분이 나빠졌다. 또 뭔가 잘못되어 가고 있다는 생각에 한번 찌그렸던 인상을 다시 펼 수가 없었다.

애인은 처음 소파에 앉은 자세를 고치지 않고 담배를 피우기 시작했다. 왼발이 오른쪽 다리 위에 올라가 있었다. 어깨와 소파의 높이가 같아질 정도로 너무 깊숙이 앉아 있었기 때문에 왼발이 허공에 높이 떠오른 꼴이 되었다. 그녀는 자세가 불량한 애인에게 더 화가 났다. 조용히 말해도 될 텐데 자신도 모르게 벌컥 소리를 지르고 만 것은 그래서였다. 왜 사무실에서 담배를 피우는 거야. 그녀와는 전혀 어울리지 않는 금속성의 날카로운 소리가 좁은 사무실에서 웅웅 울려 댔다. 애인은 물론 그녀도 흠칫 놀랐다. 그녀는 자신의 소리에 놀라 방금 무슨 말을 하려고 했는지조차 잊어버리고 말았다. 애인은 자세를 고쳐 앉으며 의아한 눈으로 그녀를 바라보았다. 그 순간 손가락에 끼워진 담배에서 꼭 볼펜 스프링만 한 회색 재가 탁자 위로 가볍게 떨어졌다. 애인은 천천히 그녀에게 말했다. 왜 그렇게 화를 내는 거야. 왜 이유도 묻지 않는 거지. 계약이 체결되었는지의 여부에 대해 너는 왜 항상 관심이 없는 거지. 그녀는 힐난조의 말을 들으며 관리과에서의 일이 잘되지 않았다는 것을 짐작할 수 있었다. 그러나 그녀는 애인을 위로하고 싶지 않았다. 문득 그의 불평에 가득한 투정을 받아 주는 것이 견딜 수 없이 싫게 느껴졌다. 그녀는 아무 말 없이 복도로 나왔다. 그런 다음 자판기에서 애인에게는 텁텁한 코코아를, 자신의 것으로는 스페셜 커피를 뽑은 뒤 사무실로 들어왔다. 그러면서 언뜻 시계를 보았다. 교수가 올 시간이 지나고 있었다. 교수에게 어떤 사정이 생겼을지도 모른다는 생각이 들었다. 그래서 대다수의 학생이 빠져나간 4학년 강의는 휴강하게 되었을지도 모를 일이었다. 그렇긴 하더라도 아무런 연락이 없는 것은 조금 이상하게 여겨졌다. 어쨌거나 그녀는 아직까지는 모든 일이 순조롭기만 하다고 스스로 위로했다. 아직까지 논문 교정도 끝내지 못한 상태였고, 더군다나 남자 친구가 사무실에 와서 앉아 있는 것은 별로 자신의 재임용에 도움되지 않는다는 것을 알고 있었기 때문이었다. 그녀는 나타나지 않는 교수에 대해 처음으로 고마움을 느꼈다.

애인은 새로운 담배를 꺼내 다시 오른쪽 손가락에 긴 채 아무 말 없이 코코아를 마셨다. 그녀도 책상 앞에 앉은 채로 커피를 마셨다. 그러면서 공연히 소리를 질렀다고 후회했다. 좀 차근차근 늦은 이유를 물어본 다음 화를 내도 됐을 일이었다. 그의 옆자리로 가서 앉아 관리과에서의 일을 물어볼까 생각도 했다. 결과는 뻔하겠지만 자연스럽게 대화를 이어 가기 위해서는 무슨 말이든지 그에 관한 화제를 꺼내는 것이 좋을 것이었다. 그런데 선뜻 말이 나오지 않았다. 그녀는 다시 점심을 먹었느냐고 물어볼까 생각했다. 그러나 그 말도 하지 않았다. 만약 아직까지 식사를 하지 않았다는 소리라도 듣게 되면 식당이 있는 건물까지 한참을 함께 걸어가 그가 식사하는 모습을 봐줘야 할 것이었다. 그러기에는 시간이 너무 빠듯했다. 교수가 언제 올지도 모를 일이었고, 그녀에게는 아직까지 해결하지 못한 과제가 남아 있었다. 그러자 펼쳐진 채 놓여 있는 논문이 눈에 들어왔다. 그녀는 밑바닥에 깔려 있는 커피를 서둘러 마셨다. 그런 다음 종이컵을 손 안에 집어넣고 보이지 않을 때까지 최대한으로 구겨 보았다. 손바닥이 시원해졌다. 그녀는 아직도 애인이 코코아를 마시고 있는지 쳐다보았다. 그도 바닥이 보일 정도로 깨끗이 마신 뒤 종이컵의 둘레를 손톱으로 잘근잘근 찢고 있는 중이었다. 그런 모습은 꼭 그녀의 이야기를 기다리고 있는 것처럼 보였다. 그녀는 벌떡 일어나 말했다. 이제 그만 가줘. 해야 할 일이 너무 많아. 그녀는 말을 하며 다시 후회했다. 이런 식으로 말을 꺼내려던 것은 아니었는데. 그러나 이미 그녀의 차가운 말투에 애인이 즉각적인 반응을 나타내고 있었다. 애인은 손가락에 들고 있던 담배를 둘레가 모조리 찢겨 나간 종이컵에 서둘러 담았다. 그런 다음 아무렇게나 놓여 있던 공공칠 가방을 들고 급하게 일어났다. 그 바람에 무릎이 탁자에 부딪치며 쾅 소리를 내고 말았다. 수치심으로 그의 얼굴이 급격히 붉게 물들었다. 그는 더욱 화가 난 표정으로 그녀를 보지도 않고 말했다. 다음에 만나 얘기하자. 그러고는 요란스럽게 문을 닫은 다음 사무실에서 사라졌다. 그녀는 복도로 뛰어나가 그를 부를까 생각했다. 어쨌거나 그녀는 애인을 사랑하고 있었다. 단지 적절한 표현을 못하고 있을 뿐이었다. 그러나 이미 돌이킬 수 없이 화가 났을 거라는 생각이 머리를 스쳐 갔다. 자존심 강한 그로서는 그녀에게 이런 대접을 받는 것이 너무 낯설었기 때문에 더욱 견딜 수 없을 것이다. 모든 것이 교수 탓이었다. 아니, 그보다 동의서 탓이 컸다. 갑자기 책상 속에 들어 있는 동의서를 갈기갈기 찢어 버리고 싶은 충동에 그녀는 사로잡혔다. 그녀는 서둘러 동의서를 꺼내 들었다. 아직 교수의 사인을 받지 못한 동의서는 처음 접은 그대로 반듯하게 봉투 안에 들어 있었다. 그녀는 일단 동의서를 꺼낸 다음 봉투를 거세게 찢어 버렸다. 그런 다음 동의서를 찢을 작정이었다. 그러나 그렇게 하지 못했다. 이제 1년을 부은 2년 만기 적금 통장이, 아무것도 모르고 딸이 대학교수가 되었다고 만나는 사람마다 자랑하던 어머니의 얼굴이 떠올랐던 것이다. 참을 수밖에 없다고 그녀는 생각했다. 아직은 해결하지 못한 일들이 너무 많았던 것이다. 적금을 시작하면서 그녀는 많은 것을 계획했었다. 우선 시골에 계시는 어머니에게 황금으로 만든 반지를 해주고 싶었다. 어머니의 손엔 그녀가 끼워 준 은가락지가 있었다. 언젠가 맏딸이 해주는 금가락지를 껴야만 장수할 수 있다는 풍문이 사람들 입에 오르내릴 때 학교 앞 팬시점에서 산 것이었다. 어머니는 그 후로 은가락지를 손가락에서 빼지 않았다. 비록 은이나마 군데군데 칠보가 칠해져 있다는 사실만으로도 위로를 삼고 싶었으리라. 그러나 제대로 닦지 않은 은은 점점 까맣게 죽어 갔다. 언젠가 완연히 색이 변한 은가락지를 우연히 그녀가 보고 이제는 그만 빼내어 버리라고 말했을 때 어머니는, 야가 뭔 얘기다냐, 아 은도 귀한 것이여. 소다로 조금만 문지르면 금방 하얘질 것을 왜 속절없이 버리라고 해쌓는 거여, 하며 행여 그녀가 빼앗기라도 할까 봐 두 손을 뒤로 감추고 물러나 앉기까지 했던 것이다. 그 후 그녀는 적금을 타게 되면 너무 무거워서 끼지도 못할 황금 반지를 어머니에게 선물하겠다고 결심했다. 그다음 계획한 것은 이사였다. 지금 살고 있는 집은 따로 부엌이 딸리지 않았다. 양철로 된 문을 열고 들어가면 타일도 깔리지 않은 바닥에 가스레인지며 식기류들이 침침하게 놓여 있었다. 방으로 들어가는 문은 비좁고 턱이 높아서 들어갈 때마다 최대한 몸을 숙이고 무릎을 가슴에 대지 않으면 안 되었다. 아침에 일어나 세수할 때마다 비눗물이 튀어 묻어나는 찬장을 바라보며 그녀는 늘 1년이 빨리 지나가 주기를 빌고 또 빌었었다. 바로 그런 이유들 때문에 그녀는 동의서를 찢을 수가 없었다. 그녀는 조그맣게 한숨을 내쉬었다. 그런 다음 다시 동의서를 책상 서랍에 조심스럽게 넣었다.

교수가 사무실 문을 요란스럽게 열며 들어온 것은 막 책상 서랍을 닫고 있을 때였다. 교수가 너무나 급작스럽게 들이닥쳐서 그녀는 도둑질하던 것처럼 화들짝 놀랐다. 때문에 책상 서랍도 마저 닫지 못한 채 인사할 생각도 하지 못하고 교수의 얼굴을 바라보았다. 교수는 급하게 들어온 것과는 달리 집을 잘못 찾은 사람처럼 사무실 문 앞에서 조금도 움직이지 않았다. 그녀는 빠르게 책상 서랍을 닫고 자리에서 일어나 교수에게 목례를 표했다. 그러나 교수는 그녀의 인사에는 전혀 아랑곳하지 않고 작은 눈을 더욱 실뱀같이 뜨며 못마땅한 표정을 지었다. 그녀는 어떻게 해야 좋을지 몰라 안절부절못했다. 마음이 불안했다. 그러다가 아까부터 교수가 눈도 떼지 않고 있는 곳을 바라보았다. 시선이 멈추어진 곳은 소파 앞에 놓여 있는 테이블이었다. 갑자기 그녀의 가슴이 빠르게 둥당질치기 시작했다. 단정하게 치워져 있는 테이블 위에는 꼭 볼펜 스프링만 한 담뱃재가 조금도 움직이지 않은 채 놓여 있었다. 그제야 그녀는 애인이 나가고 난 뒤 창문을 열고 환기시키는 것을 잊었다는 사실을 깨달았다. 더불어 교수가 술이나 담배를 전혀 하지 않는다는 사실도. 그러므로 교수가 매캐한 담배 냄새에 대해 지나치게 예민하다는 것도 뒤이어 생각해 내었다. 그녀는 정말 어떻게 행동해야 좋을지 판단이 서지 않았다. 그러자 갑자기 속이 메스꺼워졌다. 달치는 것 같기도 했다. 아마도 커피 탓일 거라고 생각했다. 빈속에 산부인과에서 준 약을 아침에 먹은 뒤로 아직까지 두 잔의 커피밖에 마시지 않았던 것이다. 그녀는 혹시 지나치게 긴장했기 때문일지도 모른다고 생각했다. 실제로 교수가 들어오는 순간 몸이 급속도로 경직되는 것을 느꼈던 것이다.

그녀는 아무 말도 하지 못하고 벌을 받는 아이처럼 교수 앞에 머리를 숙이고 섰다. 교수는 못마땅한 얼굴로 쳐다보기만 할 뿐 아무 말도 하지 않았다. 그 대신 그녀의 책상 앞에 놓인 논문을 뒤적이기 시작했다. 그 옆에 놓인 사전을 중지로 톡톡 건드리기도 했다. 그런 몸짓을 보며 그녀는 마치 교수의 중지가 그녀의 뺨에 와 닿는 듯한 느낌을 받았다. 볼이 화끈화끈 달아올랐다. 교수는 한참을 뒤적거린 다음 교정지를 들었다가 책상 위에 요란하게 내려놓았다. 그녀의 어깨가 저절로 움직여졌다. 그러면서 역시 동의서는 퇴근 직전에 받는 것이 좋겠다고 생각했다. 지금부터라도 열심을 부리면 논문은 퇴근 전에 끝낼 수 있을 것이었다. 그녀는 고개도 들지 않은 채 더듬더듬 이야기했다. 죄송합니다. 퇴근 전에 꼭 끝내도록 하겠습니다. 그제야 교수가 그녀의 얼굴을 똑바로 바라보았다. 그가 빙긋 웃으며 입술 끝을 말아 올리는 것이 느껴졌다.

교수가 돌아가고 난 뒤 그녀는 조금 더 의자에 앉아 있었다. 그가 무슨 말을 하려는 것인지 생각해 보기 위해서였다. 한참 아무 말 없이 서 있던 교수가 그녀에게 두 잔의 커피를 뽑아 가지고 오라는 말을 한 뒤 자기 방으로 돌아갔던 것이다. 그녀는 주머니를 뒤져 보았다. 다행히 아직 몇 개의 동전이 남아 있었다.

그녀는 스페셜 커피를 두 잔 뽑았다. 그러면서 오늘은 커피를 많이 먹게 되는구나, 생각했다. 다른 차를 뽑을까도 생각해 보았지만 자판기에는 달리 마실 만한 차가 없었다. 그녀는 두 잔의 커피를 양손에 들고 되도록 천천히 교수의 방 쪽으로 걸어갔다. 교수는 다소 온화한 표정을 지으며 의자를 가리켰다. 그녀는 책상에 커피를 놓은 다음 그가 지정해 준 의자에 가서 다소곳이 앉았다. 그러면서 예감했던 일이 너무 빨리 다가왔다는 것을 직감했다. 교수가 저토록 온화한 표정을 지은 것은 처음 인사를 하러 왔을 때뿐이었다. 그는 보수도 낮고 대우도 좋지 않지만 열심히 해보자고 말했었다. 그때는 그도 막 평교수에서 연구소장으로 발령이 난 때여서 누구에게나 다정하게 대했던 것이다. 그녀는 시선을 두어야 할 곳을 찾지 못해 고개를 숙였다. 그러자 교수의 슬리퍼가 눈에 들어왔다. 언제나 말끔한 용모와 어울리지 않게 슬리퍼 안의 잿빛 양말이 금방 구멍이라도 날 것처럼 심하게 닳아 있었다. 그녀는 혹시 이 어색한 침묵 속에서 풋, 웃음이라도 나올까 봐 더욱 긴장했다. 아무것도 모르고 교수는 천천히 커피를 마심으로써 자신이 퍽 숙고하고 있다는 것을 보여 주기 위해 애쓰고 있었다. 그녀는 점점 입술이 타 들어가는 느낌이 들었다. 공기마저 너무 탁해서 금방이라도 숨이 막힐 것 같았다. 차라리 교수가 빨리 이야기를 끝내 주었으면, 하고 바라게 된 것은 그래서였다. 그러므로 막상 그의 입에서 재임용 동의서에 도장을 찍어 줄 수 없다는 말이 나왔을 때도 그녀는 그다지 슬프지 않았다. 오히려 온몸의 세포 구멍이 시원하게 뚫리는 기분조차 들었다. 스스로 생각하기에도 신기할 정도로 마음이 편해졌다. 그녀는 그를 똑바로 보고 빙긋, 웃음을 보여 줌으로써 낭패스러운 표정을 기대했던 교수에게 복수하는 것 같은 기분마저 즐겼다. 정중히 인사한 다음 교수의 사무실에서 나왔을 때는 며칠 전 산부인과에서 나올 때처럼 부글거리던 속이 확 뚫리는 기분이었다. 그녀는 문득 5백 밀리리터 콜라를 벌컥벌컥 들이켜고 싶은 충동에 사로잡혔다. 그녀는 콜라 자판기가 있는 옥상의 휴게실로 두 계단씩 뛰어 올라갔다. 휴게실에는 아무도 없었다. 그제야 오늘 단 한 명의 학생도 보지 못했다는 사실이 떠올랐다. 그러나 그런 것은 아무래도 상관이 없었다. 갈증을 없애 줄 만한 콜라만 있으면 되는 것이다.

그러나 그녀는 콜라를 마실 수가 없었다. 수중에 단 한 개의 동전도 남아 있지 않았던 것이다. 그녀는 오늘 스페셜 커피를 세 잔이나 마셨던 것을 기억해 내었다. 막상 콜라를 마실 수 없게 되자 뱃속의 것들이 요동을 치며 창자와 창자가 서로 엉키는 듯한 기분에 사로잡혔다. 그러자 걷잡을 수 없이 호흡이 곤란해졌다. 하루 종일 먹지 않은 뱃속이 미식거리며 금방이라도 푸른 토사물이 튀어나올 것 같았다. 그녀는 난간에 기대어 조

심스럽게 호흡을 조절해 보았다. 고개를 힘껏 젖히고 되도록 맑은 공기를 많이 마시려고 해보았다. 그때 너무도 청명한 하늘이 눈에 들어왔다.

그녀는 이렇게 눈부신 햇빛 속에서 아직도 꽃들이 떨어지고 있는지 궁금했다. 그녀는 천천히 밑을 내려다보았다. 그러다 아, 하고 가벼운 탄성을 내지르고 말았다. 수를 셀 수 없는 연분홍 꽃들이 눈처럼 가볍게 흔들리며 밑으로 가라앉고 있었다. 적요로 가득 찬 교정에 떨어진 꽃잎들이 세상을 온통 연분홍으로 물들이고 있었다. 그녀는 문득 자신도 꽃잎 속에 섞여 한 알갱이의 눈이 되고 싶다는 생각을 했다. 그러자 거짓말처럼 몸이 가벼워지는 느낌이 들었다. 미식거리던 속도 점차로 가라앉아 편안해지는 것 같았다. 그녀는 한 알의 눈이 되어 천천히 허공을 향해 발을 내딛기 시작했다.

어드벤처 그린 반점

1

제일 먼저 실내 분위기부터 바꿔야 한다고 주장한 사람은 여자였다. 바야흐로 인테리어 시대였다. 맛은 아무래도 좋았다. 사실 따지고 보면 자장면 맛이라는 게 거기서 거기 아닌가. 돼지비계와 쇼트닝의 적당한 혼합만으로도 맛은 충분히 우러나왔다.

그러나 인테리어는 달랐다. 누런 기름때가 탁자마다 코팅된 것처럼 둘러싸여 있고 한 번도 열린 적이 없는 것 같은 낡고 둔탁한 창문이며 회색 먼지를 뒤집어쓰고 있는 인조 꽃 따위는 정말이지 손님들에게 그것을 보는 순간 더 이상 그린 반점에 발을 들여놓고 싶지 않다는 자각을 불러일으키기에 충분하다고 여자는 생각했다.

남자는 여자의 말에 그다지 관심을 보이지 않은 채, 말을 듣고 있다기보다는 그저 졸린 듯한, 다소는 심드렁하기까지 한 표정으로 앞에 보이는 벽을 응시하고 있었다. 벽에 들러붙은, 여자가 그토록 몸서리치는 외설적인 낙서나 파리 똥 자국을 보는 남자의 생각은 달랐다. 그런 반점에서 나오는 얼마 되지 않는 수입은 대부분 배달에 의해 발생하는 것이었다. 네 동의 아파트를 끼고 있는 가게의 위치로 보아 이변이 없는 한 갑자기 배달 주문이 줄어드는 일은 없을 것이라고 그는 확신하고 있었다. 갓 모양의 전등에 먼지가 앉고 왁스처럼 기름때가 덮여 날카로운 도구나 손톱으로 긁어내기 전에는 도저히 원래의 색깔을 찾아볼 수 없다 해도 사람들은 여전히 자장면을 배달시켜 먹을 것이었다. 그러므로 그다지 필요하지도 않은 일에 돈을 투자하느니 배달하는 아이가 자장면을 배달할 때 깔끔하고 선량한 인상을 주도록 좀 더 웃는 연습을 시키는 게 낫다고 남자는 생각했다.

남자의 실눈이 점점 더 뜨악하게 길어지는 것을 못 본 체한 여자는 실내를 새롭게 정비하는 것이 가져올 효과에 대해 참을성 있게 설명했다. 갈수록 늘어 가는 외식파들을 잡는 게 훨씬 실속 있는 일이라고 여자는 말했다. 그러기 위해서는 기껏해야 얼마 남지도 않는 자장면 배달에 목을 매느니 요리를 시켜 먹을 수 있는 안락한 분위기를 만드는 것에 신경을 써야 한다고 강조했다.

그러나 말을 하면서도, 자신의 말이 가게 안을 분주하게 날아다니는 구릿빛 파리만큼의 존재감도 나타내지 못할 것이라는 것을 여자는 알고 있었다. 가게의 분위기를 바꿔 보자고 말한 게 어디 이번뿐이던가. 기회가 날 때마다 여자는 벽지나 페인트 비용 따위의 견적을 뽑아 남자에게 보여 주었다. 하다못해 어둡게 빛을 차단하고 있는 칙칙한 선팅지라도 바꿔 보자고 했지만 여자의 제의가 받아들여진 적은 한 번도 없었다. 그린반점이라는 상호는 모음자와 받침 하나를 나란히 빼먹은 채 이제까지 그래 왔던 것처럼 꿋꿋하게 반원 모양으로 창문에 붙어 있을 뿐이었다.

쓸데없는 데 돈 들일 궁리는 그만 하고 이놈의 파리나 좀 잡아. 자신의 주위를 빙빙 돌면서 신경을 거스르는 파리를 사납게 몰아내며 남자는 짜증스럽게 말했다. 깊은 권태가 남자의 입 안에서 무방비 상태로 풍기는 자장 냄새와 함께 토해 나왔다. 누군가의 손에서 떨어져 바닥에 뒹굴고 있는 나무젓가락을 신경질적으로 차댄 뒤 남자는 총총히 가게를 빠져나갔다.

창가에 서서 여자는 상가 건물을 나선 남자가 그다지 서두를 것도 없고 조급해할 것도 없는, 한없이 게으른 걸음걸이로 아파트 광장을 가로질러 가는 것을 지켜보았다. 느린 걸음에 비해 머뭇거림이 전혀 없는 것으로 보아 그는 광장 저편, 아파트와 동네의 경계에 있는 점방에서 코흘리개 아이들에게 불량 식품을 파는 곱슬머리 남자와 점 백 원짜리 화투를 치며 지루하고 하릴없는 시간이 지나가기를 기다릴 것이었다.

난데없는 가려움을 느끼고 여자는 새끼손가락으로 정수리를 긁었다. 여자의 입술 끝이 사납게 말려 올라가자 밀가루 같은 비듬들이 손톱 끝에서 먼지처럼 퍼져 나갔다. 흡사 코바늘로 쥐어뜯기라도 한 것처럼 반원 모양으로 점점이 뜯긴 선팅지 사이로 노란 햇빛이 국수 가락처럼 꽂혀 들어왔다. 정수리에서 손을 떼지 않은 채 여자는 창에 바싹 얼굴을 댔다. 차갑고 딱딱한 느낌을 먼저 감지한 것은 짙은 음영이 가늘게 그어진 눈 밑 부분이었다. 흠칫 인상을 찡그렸지만 여자는 유리창에서 얼굴을 떼지는 않았다. 대책 없이 쏟아지는 햇빛을 차단하기 위해 붙여 놓은 코발트빛 선팅지 때문에 밖은 매우 우울해 보였다. 그러나 받침이 떨어져 나간 부분에 가 닿았던 한쪽 눈은 사납게 들끓고 있는 햇빛에 그대로 노출되었고, 어느 순간 우두둑 소리를 내며 눈앞에 와 부서지는 빛의 파편에 여자는 질끈 눈을 감아 버렸다.

2

늘 그랬지만 곱슬머리와의 화투 치기는 약간의 불쾌감을 동반했다. 곱슬머리는 조금 야비했다. 상황이 불리해질 때마다 계산이 헷갈린다는 이유로, 손님이 왔다는 이유로 걸핏하면 판을 뒤엎고 처음부터 다시 시작하자고 막무가내로 떼를 썼다. 심지어는 다 끝난 판에서도 계산에 약간의 의혹이 있다는, 말도 되지 않는 시비를 걸며 내주어야 할 돈을 틀어쥐곤 모르는 체했다. 분명 같이 먹었건만 갈증을 없애기 위해 내왔던 맥주 몇 병과 땅콩 값도 여지없이 남자 쪽에 계산을 물렸고 고맙다는 인사조차 하지 않았다. 마음 같아서는 한바탕 침이라도 뱉고 당장 자리를 뜨고 싶을 지경이었다. 그러나 남자는 그렇게 하지 못했다. 권태 때문이었다.

곱슬머리는 상황에 따라 표정을 변화시킬 수 있는 묘한 재주를 가지고 있었다. 그와 함께 있으면 유쾌하지는 않았지만 권태롭지도 않았다. 말도 제대로 하지 못하는 코흘리개들의 손에 불량 식품을 쥐여 주는 그는 장난꾸러기 같았다. 유전자 변형 콩으로 조악하게 제조된 두부를 사러 오는 중년의 여자를 대할 때는 선량한 이웃 아저씨 같았다. 그리고 남자와 점 백 원짜리 화투를 칠 때 그는 악의적인 건달이 되었다.

곱슬머리는 남자에게 함부로 굴었다. 가끔은 벌컥 짜증을 내기도 했다. 그런데도 남자는 진심으로 그가 밉지 않았다. 오히려 핏대를 높이며 곱슬머리와 서로 손가락질을 할 때, 정신없이 뒤섞인 화투를 서로 빼앗으려 할 때 남자는 야릇한 흥분과 함께 살아 있다는 것을 느꼈다.

언제부터였는지는 몰랐다. 그린 반점이 비로소 정상적인 영업을 할 수 있게 되었을 때부터였는지, 그리하여 큰 고민 없이 생활에 필요한 돈을 그곳에서 충당할 수 있게 되었을 때부터였는지. 정확한 날짜를 알 수 없는 언제부터인가 남자는 이유 없는 무기력증에 시달렸다. 모든 것이 시시하게만 느껴졌다. 실내 분위기를 고치자는, 그래서 좀 더 안락한 분위기로 손님을 끌어 모으자는 여자의 말에 시큰둥하게 반응한 것도 실은 그 때문이었다. 도대체 무언가에 열의를 갖고 일한다는 것이 자신과는 무관한 낯선 일로만 여겨졌던 것이었다.

그러나 실은 지독한 무기력증과 권태를 앓는 것은 남자뿐만이 아니었다. 도저히 끝이 없을 것 같은 이 지루하고 답답한 일상에 대해 진작부터 멀미를 느끼고 있던 것은 오히려 여자였다. 틈만 나면 수리비 견적을 뽑아 보는 것도, 가게 벽에 붙어 있는 메뉴판의 글씨를 수시로 바꾸어 보는 것도, 요리가 나가지 않는다고 공연히 주방장의 심사를 뒤틀리게 하는 것도 다 그런 이유에서였다. 늪처럼 한없이 까무룩해지는 지루한 일상에서 벗어날 수만 있다면 여자는 그런 반점을 걸고 한바탕 도박이라도 하고 싶은 심정이었던 것이다.

그러나 모든 것은 끔찍할 정도로 잔잔했다. 배달 주문은 늘 일정한 숫자로 들어왔다. 연초가 되어도 가겟세는 오르지 않았고, 하다못해 쓰레기봉투에 음료수 캔이나 우유갑을 함부로 구겨 넣어도 미화원에게 들켜 벌금을 무는 일도 없었다. 그랬다. 사실 얼마 전까지만 해도 여자는 쓰레기봉투를 내다 버릴 때 가장 눈에 잘 띄는 부분에 음료수 캔이나 소주병, 플라스틱 접시 따위를 하나씩 집어 넣어 보곤 했지만 그런 반점 앞으로는 단 한 장의 벌금 고지서도 날아오지 않았다.

그래서 생각한 게 남의 쓰레기봉투에 재활용품을 하나씩 집

어넣는 것이었다. 물론 처음엔 그럴 생각이 아니었다. 여자는
선한 사람은 못 되었지만 그렇다고 해서 남에게 일부러 해를
가할 만한 악의적인 사람도 못 되었다. 그러나 무료한 하루를
마친 뒤 쓰레기봉투를 버리러 갔던 어느 날 문득 떠오른 생각
에 제 것에 넣으려고 가져왔던 콜라 캔 하나를 다른 봉투 속에
쏙 밀어 넣었고 전혀 예상치 못한 희열을 맛보고 말았다. 뜻하
지 않은 봉변을 당한 쓰레기봉투의 주인이 경비로부터 면박을
당하거나 벌금 고지서를 받고 범인을 잡겠다며 씩씩대고 다닐
때, 여자는 두려움보다는 죄책감을 느꼈다. 여자는 그런 사람
이었다. 그런데도 아직까지 그 짓을 그만두지 못하는 것을 여
자 자신조차 이해하지 못했다. 가책을 느끼고 다시 그러지 않
겠다고 다짐했지만 번번이 다른 쓰레기봉투에 손을 댔다. 그리
고 괴로워했다.

3

　사방은 어두웠고 조용했다. 그다지 늦은 시간이 아니었는데
도 아파트 주변은 거짓말처럼 텅 비어 있었다. 가끔 귀가를 서
두르는, 후줄근한 양복을 빨래처럼 걸친 남자들이 지나갔지만
아무도 쓰레기장에서 분리 수거 하고 있는 여자를 눈여겨보지
는 않았다. 고량주병과 콜라병과 옥수수 캔과 쇼트닝 통을 분
리 수거용으로 걸어 놓은 비닐 포대에 담던 여자는 잊고 있던

일이 생각난 것처럼 눈에 띄는 쓰레기봉투에 불쑥 캔 하나를 집어넣었다. 그때 손전등을 든 경비원이 불쑥 상가 쪽에서 몸을 드러냈다. 여자는 깜짝 놀랐고 막 넣었던 캔을 다시 집어 들며 자리에서 일어나려 했다. 그러나 잘되지 않았다. 날카로운 캔 뚜껑에 걸려 잔뜩 부풀어 있던 쓰레기봉투가 마치 꽃이라도 벌어지듯 소리도 없이 활짝 열려 버렸던 것이다. 비닐과 함부로 구겨진 종이 조각과 일회용 컵이 꽃잎처럼 바닥에 떨어졌고 쓰레기 틈에 감추어져 있던 포도 껍질이 달콤한 쉰내를 풍기며 모습을 드러냈다. 낭패감에 그만 온몸의 땀구멍이 일제히 벌어지는 걸 여자는 느꼈다.

걱정스러운 눈빛으로, 그러나 다소 의아한 표정을 지은 경비원이 손전등을 비추며 말했다. 어이구, 저런, 봉투가 찢어졌네. 도와 드릴게요. 손전등의 불빛을 받은 그 쓰레기들은 언뜻 보기에 상가의 1층에 위치한 일빛은행 출장소에서 나온 것이 틀림없어 보였다. 그걸 보이는 것은 요즘 들어 남의 쓰레기봉투에 이물질을 집어넣는 불한당이 있다는 민원을 귀가 따갑도록 들어온 경비원에게 피할 수 없는 물증을 보여 주는 꼴이 될 것이었다. 여자는 함부로 떨어진 쓰레기들을 와락 감싸 안을 듯한 자세로 서둘러 말했다. 아뇨, 제가 할게요. 봉투를 너무 허술하게 묶었나 봐요.

여자는 새 봉투를 가져오기 위해 2층 계단을 단거리 육상 선수처럼 뛰어 올라갔다. 심장 움직이는 소리가 목젖까지 차올랐는데, 갑작스럽게 달렸기 때문인지 그간의 행적이 들통날 것을 염려했기 때문인지는 분명치 않았다. 경비원은 하릴없이 손전등을 흔들며 쓰레기장을 서성대고 있었다. 그러다 여자가 다시 나타나는 것을 보곤 천천히 어둠 속으로 사라졌다. 두어 번 헛기침을 했던 것은 여자를 의심했던 것에 대한 민망함의 표시일 것이었다.

땅바닥에 쪼그리고 앉아 여자는 천천히 쓰레기를 주워 봉투에 담았다. 돈을 찾거나 입금시킬 때 쓰이는 전표가 대부분이었다. 도장을 닦았을 것이 분명한 종이 조각이 인주가 묻은 채로 구겨져 있었고, 누군가 감기에 걸렸던지 빳빳하게 굳은 화장지가 바람에 휩쓸려 갔다. 그러다 어둠 속에서도 확연하게 드러나는, 단정하게 묶여 있는 종이 뭉치 하나를 발견하였을 때 여자는 그만 그 자리에서 심장이 멎어 버리고 말 것 같은 위기감을 느꼈다.

어떻게 해야 할지 아무런 판단이 서지 않았다. 밑도 끝도 없는 상상이 수선스럽게 머릿속을 굴러다녔고 감당할 수 없는 불경스러운 생각들이 여자를 충동질하기 시작했다. 아직까지 바닥에 그대로 놓여 있는 수표 뭉치는 그런 여자의 갈등을 비웃기라도 하듯 더욱 선명하게 모습을 드러내고 있었다. 그러므로 그때까지 곱슬머리 남자의 가게에 앉아 점 백 원짜리 화투를 치던 남자가 갑자기 모습을 드러냈을 때, 여자는 지난여름 내내 텔레비전의 납량 특집극에서 숱하게 나오던 귀신들이 일제히 떼 지어 나타나기라도 한 것처럼 기겁해 뒤로 물러나 앉았다.

놀란 건 여자뿐만이 아니었다. 얼큰하게 취해, 제목은 기억할 수 없는 낯익은 노래를 흥얼거리며 아파트 입구로 들어서던 남자 역시 낮게 웅크리고 있던 여자를 발견하는 순간 소스라치게 놀라 비틀거렸다. 놀란 탓에 딸꾹질까지 해대며 남자는 다시 경계를 늦추지 않은 채 검게 웅크린 그것을 바라보았고, 그것이 다름 아닌 자신의 아내라는 것을 알자 버럭 소리를 질렀다. 아니, 지금 여기서 뭐 하는 거여. 어찌나 놀랐던지 여자를 그대로 한 대 걷어차 버리고 싶은 심정이었다. 그러나 넋이 나간 채 주저앉아 있는 여자의 핏기 없는 얼굴을 들여다보는 순간 남자는 뭔가 심상치 않은 일이 일어났음을 눈치 챘고, 입도 벌리지 못하고 슬금슬금 곁눈질하는 여자의 시선을 따라간 뒤에는 그런 자신의 직감이 맞았음을 알았다.

남자는 서둘러 수표 뭉치를 주웠다. 틀림없는 10만 원권이었다. 딸꾹질은 점점 더 빠른 간격으로 튀어나왔다. 그 바람에 남자는 킥킥 웃어 대는 것처럼 심하게 어깨를 들썩여야 했다. 남자는 숨을 멈추었다. 두서없이 섞인 딸꾹질과 이 갑작스러운 사태에 놀라 날뛰기 시작한 심장이 진정되기를 기다렸다. 그때 쓰레기봉투를 단단하게 묶은 뒤 여자가 자리에서 일어났다. 누가 말을 꺼낸 것도 아닌데 남자와 여자는 동시에 주위를 살폈다. 그런 뒤 내기 달리기를 하는 사람들처럼 2층을 향해 뛰기 시작했다.

4

　수표 뭉치를 가운데 둔 채 여자와 남자는 마주 보았다. 양반다리를 하고 직각으로 팔을 구부린 남자와 여자는 거액의 판돈을 두고 내기를 하는 사람들처럼 비장했다. 적어도 이 순간 서로 바라보는 여자와 남자는 일란성 쌍둥이처럼 닮아 있었다.

　곤혹스러움과 난감함이 두 사람 사이를 가파르게 떠다녔다. 그러나 부인하고 싶었지만 권태로운 일상에 툭 내던져진, 일련번호와는 전혀 상관없이 잡다하게 묶인 수표 뭉치가 가져다 준 전율감 또한 만만히 볼 것은 아니었다.

　수만 가지 생각들이 남자와 여자의 머릿속에 잔가지를 뻗기 시작했다. 여행하는 상상을 여자는 했다. 그린란드에 가고 싶다고 여자는 생각했다. 벌써부터 여자는 그린 반점 따위는 기약도 없이 문을 닫고 이 구질구질하고 지겨운 일상에서 벗어나 집시처럼 혼자 떠돌아다니는 상상을 하는 것만으로도 온몸의 털들이 일제히 일어나 촉수를 벼리는 걸 느꼈다.

　그에 비해 남자의 꿈은 소박했다. 엉뚱하게도 남자는 첫사랑을 만나고 싶었다. 결혼한 이후로는 그리워한 적도, 한 번 떠올려 본 적도 없는 첫사랑이었다. 그런데도 아직 독신이었을 때, 늘 배고픔에 허덕이고 가난에 주눅 들어 결국은 멀리하게 된 그 첫사랑을 만나 남자는 호텔의 스카이라운지에서 종업원이 젓가락까지 손에 들려 주는 시중을 받으며 함께 요리를 먹고 싶었다. 그러나 실은 떠오르는 요리도 없었다. 이때까지 남자가 먹어 보았던 요리란 기껏해야 재료비가 적게 들어가는, 이제는 요리랄 수도 없는 그린 반점에서나 만든 탕수육 따위가 전부였다. 그런데도 남자는 꿈을 꿨다. 봉긋이 솟아 올라간 반구 모양의 은 식기가 덮인, 영화에서나 보았던 촛대가 부드럽게 빛을 발하는, 짐작도 할 수 없는 요리와 스프를 먹는 상상을 하며 남자는 해죽해죽 웃었다.

여자는 말을 하지 않았고 남자도 말을 하지 않았다. 어찌하다 출장소의 은행원들이 이렇듯 돌이킬 수 없는 실수를 한 것인가에 대해서도, 뒤늦게 사실을 안 그들이 부랴부랴 일련번호를 조회해 수표의 행방을 추적할지 모른다는 우려에 대해서도 외면했다. 불경스럽게 입을 여는 순간 이제껏 꿈꿔 왔던 모든 것들이 허망하게 사라지고 말 것이라는 위기감에 남자와 여자는 더욱 말을 아꼈다.

그날 밤 남자와 여자는 실로 오랜만에 서로를 탐닉했다. 경망스럽게 뛰는 심장에 맞춰 남자는 메뚜기처럼 끊임없이 팔과 다리를 움직였다. 널브러진, 숨 죽은 풀빵 같은 여자의 가슴에 정성스럽게 입을 맞추었다. 입을 맞추며 남자는 첫사랑을 찾을 방법을 궁리했다. 인터넷을 헤매거나 동사무소를 전전하며 주소지를 찾아야 할지도 몰랐다. 그것도 아니면 용역 회사에 의뢰를 해야겠다고 생각하며, 남자는 자신의 영민함에 탄복을 금치 못했다.

남자에게서 나는 적당한 알코올 냄새에 취한 듯, 여자는 꼼짝도 하지 않고 남자의 손길을 기다렸다. 남자의 손가락이 몸에 와 닿을 때마다 여자는 불에 덴 듯 몸을 움찔거렸다. 가물었던 논처럼 푸석했던 아랫도리에서는 단 샘물 같은 분비물이 생리 혈처럼 흘러내렸다. 꿈을 꾸고 있다고 여자는 생각했다.

5

다음날 여자는 매우 피로했다. 누구에게 호되게 맞기라도 한 것처럼 가슴과 허리와 허벅지가 욱신거렸다. 밤새 악몽에 시달 린 머리는 흔들면 달가닥 소리라도 날 만큼 완전히 해체되어 있는 느낌이었다.

여자의 가슴은 어젯밤 수표 뭉치를 주웠을 때만큼이나 불안 하게 뛰었다. 아파트 뒤로 새로 난 외곽 도로로 낯익은 사이렌 소리가 지나갈 때마다 여자는 만성 변비에 걸린 사람처럼 안절 부절못하며 홀 안을 서성거렸다. 그리고 무슨 중요한 일이 일 어날 때면 으레 그러는 것처럼, 그린 반점을 개업할 때 친목회 로부터 받은 괘종시계가 정확히 열두 번을 울렸을 때 여자는 잊고 있던 일이 갑자기 생각난 듯 분연히 일어나 그린 반점을 빠져나왔다.

일빛은행 출장소가 눈에 들어오자 여자는 제자리에 섰다. 상 가 앞 도로는 평온해 보였다. 해바라기를 나온 노인 둘이 화단 에 앉아 한가롭게 이야기를 나누고 있었고, 가끔씩 이제야 잠에서 깨어난 듯 부스스한 얼굴의 여자들이 그다지 바쁠 것도 없다는 걸음걸이로 슈퍼를 들락거렸다.

한쪽 벽에 몸을 붙인 채 초조한 표정으로 출장소의 출입구를 주시하는 여자의 표정은 영락없이 바람기 많은 남편의 물증을 잡으려고 눈에 핏발을 세운 중년 여자의 그것과 같았다. 늘 그렇듯 출장소는 한가해 보였다. 남자 직원 하나와 여자 직원 하나가 무슨 이야긴가를 하며 시시덕거리고 있었고 출장소 한쪽에 놓여 있는 현금 지급기 앞에 낯익은 남자가 고개를 숙인 채서 있었다. 예견되는 불안에 대한 징후 같은 것은 전혀 느껴지지 않았다.

남자는 곱슬머리에게 달려갔다. 아침부터 달려온 것에 대해 곱슬머리가 끊임없이 빈정댔지만 남자는 조금도 기분이 상하지 않았다. 오히려 곱슬머리의 야유에 가까운 빈정거림을 들을 때마다 남자는 모든 것이 변함없이 계속되고 있다는 것에 대해 안도감을 느꼈다. 가게에 있는 술 중에서 가장 비싼 것을 꺼내 놓으라고 남자는 호기롭게 외쳤다. 수표 뭉치의 한 귀퉁이가 가장 먼저 곱슬머리의 수중으로 들어가는 것이 아깝지 않은 것은 아니었지만 첫사랑을 만나기 전에 남자는 좀 더 이 여유를 만끽하고 싶었다. 곱슬머리는 선반의 맨 위쪽에 위치한, 가게를 정리할 것이 아니라면 전혀 들여다볼 이유가 없어 보이는 곳에서 오랜 세월 먼지에 둘러싸여 상표조차 알아볼 수 없게 된 양주 하나를 꺼냈다. 그러나 안타깝게도 곱슬머리가 꺼낸 양주는 남자의 안주머니에 두둑이 들어 있는 수표 뭉치를 꺼낼 필요성을 전혀 느끼지 못할 만큼의 값싼 것이었다.

다행스러운 일이라고 안도하며 남자는 일회용 음료수 잔에 술을 부은 뒤 잔을 높이 들고 외쳤다. 살맛나는 세상을 위해 건배.

6

여자가 여행사에 전화를 걸어 상품에 관한 문의를 하는 동안 남자는 실로 오랜만에 옷장에서 양복을 꺼내 입었다. 깃이 조금 넓고 스트라이프 무늬가 짙게 들어간 남자의 남색 옷은 이미 유행에서 벗어난 것이어서 많이 촌스럽고 어색했다. 게다가 알뜰한 여자가 그런 양복이 있었다는 것조차 잊을 정도의 긴 시간 동안 왼쪽 주머니에는 밤알만 한 크기의 좀약을, 오른쪽 주머니에는 방습제를 넣어 둔 터였다. 때문에 남자가 그런 반점을 빠져나와 택시를 기다리는 동안에도 끊임없이 코끝으로 차고 올라오는 나프탈렌 냄새가 어찌나 지독하던지 마치 재래식 공동변소 앞에 줄 서 있는 착각을 일으킬 정도였다. 택시에 올라타며 남자는 첫사랑을 찾기 전에 우선 양복을 한 벌 사 입어야겠다고 생각했다. 행선지를 묻는 기사에게 남자는 일단 압구정동으로 가자고 말했다.

남자가 양복을 사기 위해 모범택시를 타고 압구정동으로 가는 동안에도 여자는 벌써 30분째 여행사 직원과 계속 통화하고 있었다. 상냥한 여행사 직원은 지치지도 않고 프랑스와 스위스, 뉴질랜드와 피지 섬까지의 여행 상품을 차근차근 설명해 주었다. 그린란드로 가는 거는 없나요. 그러다 툭 내뱉는 여자의 질문에도 직원은 침착함을 잃지 않았다. 굉장히 세련된 여행을 즐기시는 분이군요. 그린란드로 가는 상품이 없는 게 자신의 탓이라도 된 듯 미안해하며 직원은 여자에게 상품과 상품을 연결시켜 아예 유럽이나 남태평양 전역을 돌아보는 것이 어떻겠냐고 은밀하게 물었다. 그러나 직원으로부터 구체적인 여행 경비를 듣는 순간 여자의 입은 턱이라도 빠진 것처럼 절망적으로 일그러졌다.

전화를 끊은 뒤 여자는 어젯밤 남편 몰래 꺼내 놓은 수표의 액수를 어림해 보았지만 여행사 직원의 권유대로 유럽이나 남태평양 전역을 돌기에는 턱없이 모자랐다. 순간 딱히 누구를 향한 것인지 모를 노여움이 여자를 부추겼다. 불쑥 찾아온 그 것을 어찌 감당해야 할지 몰라 당혹스러워하던 여자는 방금 나간 여섯 명의 음식값으로 받은 2만 천 원을 불쑥 찢어 버렸다. 지르르한, 극소량의 전류가 온몸을 관통하는 듯한 쾌감을 여자는 느꼈다.

그때였다. 오줌을 싸고 난 것처럼 진저리를 치던 여자의 머리에 문득 생각 하나가 떠올랐다. 여자는 찢어진 돈을 비닐 팩에 넣은 뒤 서둘러 살림방으로 들어가 삼단 서랍장 왼쪽에 있

는 장판을 들어 올렸다. 오래된 곰팡이 냄새가 기다렸다는 듯
이 피어올랐고 통통하게 살이 오른 바퀴벌레가 어찌해 볼 새도
없이 여자의 손등을 지나 홀 쪽으로 빠르게 도망갔다.

　여자는 장판 밑에 납작 엎드려 있는 비닐봉지를 거꾸로 들고
흔들었다. 그러자 지난 5년간 납세의 의무를 다한 여자의 성실
성을 증명이라도 하듯 주민세나 소득세 등의 각종 영수증들이
서로 눌러 붙은 채 뭉텅뭉텅 떨어졌다. 여자는 빠르게 영수증
들을 뒤적였다. 오래전에 호프집 여자한테 받은 2박 3일 무료
제주도 여행 쿠폰을 분명 그곳에 놓아둔 기억이 났던 것이다.

　한참이나 영수증을 뒤적인 다음에야 여자는 쿠폰을 찾을 수
있었다. 틀림없이 여행사에서 비행기표만 사면 숙식과 관광이
무료로 되는 쿠폰이었다. 제값을 다 주고 사는 왕복 비행기값
이면 어느 여행사에서든지 숙식이 제공되는 제주도 여행을 갈
수도 있다는 것을 전혀 모르는 여자로서는 쿠폰의 유통 기한이
다음날까지인 게 여간 다행스럽지 않았다. 여자는 쿠폰에 적힌
여행사로 전화를 걸었고 오늘 당장 떠날 수 있는 비행기표를
예약했다.

　여자는 남자에게 전화를 걸었다. 그러나 압구정동에 있는 갤
로그 백화점에서 부지런히 양복을 고르고 있는 남자는 조금 전
까지 좀약이 들어 있던 왼쪽 주머니에서 끊임없이 울리고 있는
휴대전화 소리를 전혀 듣지 못했다. 그도 그럴 것이 남자의 귀
로는 백화점의 음질 좋은 스피커에서 끊임없이 울리는, 그로서

는 전혀 들어 보지 못했던 음악들이 속삭이듯 밀려들고 있었고, 양복의 안주머니에 있는 수표가 정확히 가리고 있는 심장에서는 첫사랑을 만날 희망이 북처럼 울려 퍼지고 있었던 것이다.

메모를 남길까 생각했지만 여자는 그렇게 하지 않았다. 딱히 할 말이 없다는 생각이 들었기 때문이었다. 갑자기 여행을 떠나겠다고 메모를 남기면 남자는 당장 전화를 걸어 씩씩댈 것이 분명했다. 거짓말을 할 수도 있겠지만 무엇보다 여자는 자신의 여행을 위해 구차하게 변명해야 하는 일이 싫었다. 영화 속의 주인공처럼 여자는 그저 불쑥 떠나 보고 싶기만 했고, 할 수만 있다면 시큼한 단무지와 춘장 냄새가 습기처럼 배어 있는 그린 반점으론 다시 돌아오고 싶지 않았다.

염려는 하지 않아도 좋았다. 남자가 전화를 걸어 2박 3일 동안 집에 오지 못하겠다는 말을 했던 것이다. 그때까지도 양복을 고르지 못한 남자는 화장실 앞에 있는 간이 의자에 앉아 백화점에서 무료로 나누어 주는 녹차를 아무 맛도 모르는 채 마시고 있다가 여자에게 전화를 걸어, 절친한 친구가 갑자기 죽었다는 슬픈 소식을 전했다. 전화를 하는 남자의 목소리는 비장했다. 그러나 조금만 유심히 듣는다면 비장한 목소리 뒤로 살짝 물러서 있는, 자꾸만 빠져나오려 하는 웃음을 억지로 참고 있는 남자의 흥분을 느낄 수도 있었지만, 막 공항을 향해 떠나던 여자의 귀에 그것이 들릴 리 만무했다. 우울해하는 남자를 진심으로 위로하며 여자는 전화를 끊었다.

7

휘파람을 불며 남자는 휴대전화를 집어넣었다. 모든 것이 순조롭게 진행되고 있었다. 이제 몇 벌의 양복을 입어 보고 그중 하나를 골라 첫사랑을 만나기로 한 장소로 나가기만 하면 되는 것이다. 생애 최고의 행복이 찾아왔다는 기쁨에 남자는 마음 같아서는 그 자리에서 한바탕 춤이라도 추고 싶은 심정이었다.

수표를 주운 어젯밤 이후로는 모든 일이 자신을 위해 돌아가는 것 같았다. 결국은 늘 지기만 하던 곱슬머리와의 화투에서 연 세 판을 이긴 것도 그렇고 무엇보다 아무런 복잡함도 없이 단 한 번에 첫사랑의 목소리를 들을 수 있었던 것도 그랬다. 게다가 남자란 것을 확인했을 때 첫사랑이 들려준 그 끈끈한 음성이라니. 이혼한 지 3년이 되었고 아이도 없어 무료하고 답답한 시간을 보내고 있다고 첫사랑은 남자에게 말했다. 당장에라도 달려올 듯한 그녀의 기세로 보아서는 굳이 새 양복을 사 입지 않아도 좋을 정도였다.

남자는 느긋한 심정으로 매장을 둘러보았다. 걸음을 옮길 때마다 남자를 세우기 위해 판매원들이 앞다투어 절을 했다. 한결같이 늦게 배달되어 불어 터진 자장면은 결코 먹을 것 같지 않게 세련되고 단정한 판매원들은 눈이 마주칠 때마다 비굴하게 웃으며 자신의 공간 안으로 남자를 끌어들이기 위해 애썼다. 짐짓 그들을 외면한 채 마네킹에 입혀 있는 옷들을 유심히 살펴보던 남자는 마침내 결단을 내리고 구멍가게처럼 닥지닥지 붙어 있는 곳과 달리 유난히 쇼 윈도에 고작 두 벌의 옷밖에 걸어 놓지 않은, 그로서는 전혀 들어 보지 못했던 상표를 걸고 있는 매장 안으로 들어갔다.

세계 최고의 상표를 지향하는 그 매장의 직원들은 여느 판매원들과 같이 남자를 향해 절을 하지도 비굴하게 웃지도 않았다. 그도 그럴 것이 그곳에서 취급하고 있는 양복은 남자가 한 달 동안 그린 반점에서 버는 돈으로도 모자랄 만큼 가격이 비쌌기 때문에, 그곳을 드나드는 고객들은 대부분 멤버십 제도로 운영되고 있었던 것이다. 가끔 남자처럼 엉겁결에 들어와 기웃대는 사람들이 없는 것은 아니었지만 대부분 가격에 놀라 꽁무니를 뺐기 때문에 직원들은 남자의 허름한 행색을 보고 오히려 몰래 인상을 찌푸리기까지 했다. 무시당하고 있다는 느낌이 들자 남자에게 묘한 오기가 작동하기 시작했다.

남자는 아주 천천히 매장 안을 둘러보았다. 진열되어 있는 옷들은 남자가 보기에는 앞서 지나온 곳에 걸려 있던 옷들과 별 차이가 없어 보였고 오히려 못하다 싶은 것까지 있었다. 그런데도 가격은 족히 예닐곱 배가 넘는 것이 대부분이어서 너무 놀라 딸꾹질이 다 나올 지경이었다.

직원들은 공손한 자세로 남자를 주시했다. 그러면서도 남자가 들어오기 전까지 나누고 있던 이야기에 대한 미련을 버리지 못하고 낮은 목소리로 계속 말을 이어 나갔다. 그것은 다름 아닌 점심 시간 때 텔레비전에서 보았던 뉴스에 관한 것이었다. 은행이 서로 통폐합되는 과정에서 그 대상자였던 일빛은행의 한 지점이 은행명이 바뀜에 따라 더 이상 필요 없게 된 수표를 처리하면서 천공을 하지 않고 종이 박스에 담아 그대로 버렸다는 내용의 뉴스였다. 그것을 한 재활용업자가 발견했고 그 수표 중 일부를 쓰다가 오늘 구속되었는데, 경찰은 은행 직원들로부터 수표를 더 유출시켰다는 자백을 받고 수사를 계속하고 있다는 것이었다.

사정을 알 리 없는 남자는 직원들이 조심스럽게 하는 말들이 틀림없이 자기에 관한 수군거림일 거라고 지레짐작했다. 그러자 생각했던 것 이상으로 자신의 행색이 초라하다는 자각이 들었고 급한 마음에 바로 그때 자신이 보고 있던 양복을 꺼내 들어 직원들에게 다가갔다.

갑자기 다가와 불쑥 옷을 내미는 남자를 직원들은 유심히 살펴보았다. 행색은 초라했지만 표정이 유순하고 순박해서 허세를 부리기 위해 이런 종류의 옷을 살 사람으로는 보이지 않았다. 그랬기 때문에 남자가 경직된 표정으로 가슴에서 꺼내 놓은 수표를 유심히 보지 않을 수가 없었다.

수표를 받아 든 직원은 묘하게 표정을 비틀었다. 무언가에 놀란 것 같기도 하고 웃는 것 같기도 했다. 그러더니 이제까지와는 전혀 대조적으로 비굴하게 웃으며 남자에게 말을 걸기 시작했다. 친절하지 못했던 직원을 순식간에 바꾸는 돈의 위력에 남자는 매우 놀랐지만 겉으로 드러내지는 않았다. 남자는 그제 야 직원이 권해 주는 의자에 앉으며 거만하게 말했다. 시원한 물 좀 마실 수 있겠소. 기다렸다는 듯이, 아니 오히려 말을 꺼 내기도 전에 직원 중의 하나가 허둥지둥 매장을 빠져나가는 것 을 보며 남자는 흐뭇하게 웃었다.

8

택시에서 내린 여자는 공항을 둘러보았다. 한 번도 올 기회 가 없던 곳이었다. 막 청사를 빠져나오는, 카트를 밀거나 여행 용 가방을 든 사람들 틈에 자신이 서 있다는 것이 여자는 믿어 지지 않았다.

딱 한 번, 결혼식을 하던 날만이라도 여자는 비행기를 타보고 싶었지만 기회를 갖지 못했다. 제주도로 신혼여행을 가자는 여 자의 말에 남자는 낯선 외계의 동물이라도 보듯이 뜨악하게 눈 을 떴다. 그도 그럴 것이 고아였던 남자와 여자는 결혼식마저 도 빚을 내서 한 형편이었던 것이다. 그런 판이니 신혼여행은 꿈도 꾸지 못했고, 그날 남자와 여자는 가평에 있는 한 모텔에 서 하룻밤을 자는 것으로 첫날밤을 치렀었다.

생각해 보면 그린란드에 가고 싶다는 여자의 꿈은 비행기를 타고 싶다는 것과 다르지 않았다. 실은 그린란드가 나라 이름 인지 작은 섬 이름인지, 아니면 외계의 이름인지 여자는 알지 못했다. 그린란드라는 말은 배달하는 아이가 말도 없이 출근하지 않던 날, 새벽에 빈 그릇을 수거하며 돌아다니다 우연히 보게 된 이름이었다. 자장면 그릇을 덮고 있는 신문지에서 그 말을 보는 순간부터 여자는 늘 그곳으로 떠나는 상상을 했던 것이다. 여자에게 있어 비행기를 타는 것은 그린란드로 떠나는 것과 같다는 말이다. 여자는 첫 면접시험을 보러 나온 상고 졸업생처럼 걸음걸이에 신경을 쓰며 청사 안으로 들어갔다.

예약했던 여행사의 직원은 아직 나오지 않은 것 같았다. 여자는 만나기로 한 약국이 보이는 의자에 느긋하게 앉았다. 발밑에 놓여 있는 가방을 바라보며 급하게 나오느라 혹시 빠뜨린 것은 없는지 생각해 보았다. 그러다 여자는 풋, 실소를 터뜨렸다. 대체 혼자 그린란드로 가는 이 길에 준비해야 할 것이 무엇이란 말인가. 화장도 하지 않는 여자로서는 기껏해야 갈아입을 속옷만 몇 벌 있으면 될 것이었다.

여행사 직원은 좀처럼 나타나지 않았다. 기다리는 시간은 길고 지루했다. 의자를 가득 메우던 사람들이 어디론가 사라질 때 여자는 두렵기까지 했다. 때문에 가만히 앉아만 있어야 하는 것이 답답하기도 했지만 여자는 결코 자리를 뜨지 않았다. 여행사 직원과 엇갈려 결국은 아무 곳으로도 떠나지 못할지도 모른다는 위기감이 그렇게 하게 했다.

그러므로 급하게 달려온 기색이 역력한 모습으로 팻말을 든 직원이 나타났을 때, 여자는 한 번도 본 적이 없는 부모를 만나기라도 한 것처럼 기뻤다. 여자는 기립 박수를 치는 사람처럼 자리에서 벌떡 일어났다. 그리고 자리에서 일어선 채로 보게 되었다. 정면으로 바라보이는 텔레비전에서 나오는, 고개를 숙인 채 조사를 받고 있는 낯익은 일빛은행 출장소의 직원들을.

여자는 그 자리에 섰다. 갑작스러운 요의 때문인지 두려움 때문인지는 분명치 않았다. 여행사의 직원은 주위를 두리번거리며 계속해서 여자의 이름을 부르고 있었다. 막 셈을 배우기 시작한 아이처럼 손가락을 꼼지락거리며 여자는 가지고 있는 돈의 액수를 어림해 보았다. 그러나 주머니 속에 들어 있는 것이라고는 퍼즐 조각처럼 잘게 찢긴 2만 천 원과 여행을 위해 가지고 온 수표뿐이었다. 짧은 망설임이 여자를 붙잡으려 했다. 아주 잠깐 모든 것이 잘못될지도 모른다는 위기감에 하마터면 여자는 들고 있는 가방을 놓칠 뻔했다.

그러나 타려고 하는 비행기의 개표를 알리는 숫자가 전광판에 들어오자 여자는 문득 북극해의 어디쯤 떠 있다는 그린란드를 떠올렸다. 그곳을 향해 날아가는 자신의 모습을 떠올렸다. 여자는 천천히 걸음을 옮겼다. 가장 세련된 표정으로 티켓을 받아 드는 자신을 상상했다.

고양이 대학살

　여자는, 아주 무서운 소설을 쓸 거라고 말했다. 꿈을 꾸고 있는 듯 몽롱한 목소리로였다.

　나는 그녀를 따라 위를 바라보았다. 하늘은 유난히 컴컴했다. 달도 없고 별도 보이지 않았다. 먹먹하고 두터운 어둠만이 주저앉을 듯 힘겹게 깔려 있을 뿐이었다.

　나는 다시 여자를 바라보았다. 희미하고 작은 눈동자가 눈에 들어왔다. 가로등에 비추인 그녀의 눈동자는 미세한 파장을 일으키며 불규칙적으로 흔들리고 있었다.

　어떤 소설을, 하고 반응을 보인 것은 금방이라도 뚝뚝 눈물을 흘릴 것 같은 그녀의 눈동자 때문이었다. 그렇긴 해도 의아스러울 만큼 단호한 음성으로 그녀가 다시 말했을 때는 섬뜩해지지 않을 수 없었다. 게다가 고양이를 죽이는 소설을 쓰겠다고 또박또박 말하는 그녀의 표정은 나를 질리게 했다. 방금 전 꿈을 꾸고 있는 듯 몽롱했던 표정은 이미 온데간데없었다. 어떤 방식으로든 죽여야 할 고양이와 맞닥뜨리기라도 한 것처럼 진지하고 도발적인 얼굴을 하고 있을 뿐이었다.

그런 여자의 두 눈을 똑바로 바라볼 수 있었던 것은 취기에서 비롯된 묘한 오기 때문이기도 했지만 그보다는 그녀를 만난 이후로 늘 가슴에 품고 있던 호기심 탓이 더 컸다. 사실 술에 취해 길거리에 주저앉아 있던 그녀와 처음 만난 이후로 나는 그녀의 눈을 똑바로 바라본 적이 없었다. 나란히 길을 걷거나 인사를 나눌 때, 하다못해 술을 마시며 이야기할 때도 그녀가 나를 똑바로 쳐다보는 법이 없었기 때문이었다. 그녀에 대한 인상이 늘 흐릿한 실루엣으로 기억된 건 그래서였다. 뜨거운 대낮에 나란히 앉아 아이스커피를 마셔도, 록카페에 들어가 서로 부딪치며 미친 듯이 몸을 흔들어 대도 그녀는 늘 가까이 다가갈 수 없는 낯선 공간에 있는 느낌이었다. 짙은 안개 속에서 상대방을 보지 못한 채 우렁우렁한 목소리로 겨우 존재를 확인하는 기분이었다.

결국 뚫어질 듯 바라보고 있는 그녀의 눈을 피해 나는 슬그머니 고개를 돌렸다. 설치류의 그것처럼 빛을 내는, 내 심장을 관통해 버릴 것 같은, 슬픔 같기도 하고 노여움 같기도 한 여자의 눈빛을 감당할 자신이 없었다.

나는 다시 천천히 걷기 시작했다. 여자가 아직까지 쳐다보고 있을 것 같아 신경이 쓰이긴 했지만 더 이상 그녀의 눈을 바라보고 싶지 않았다. 내심 될 대로 되라는 마음이 한구석에서 꿈틀대기도 했다. 그냥 집으로 돌아가 편하게 쉬는 것이 낫지 않을까 하는 생각 또한 들은 것도 사실이었다.

그러나 소리도 없이 따라온 그녀가 내게 팔짱을 끼며 바싹 몸을 밀착해 오는 순간 그런 내 마음은 어이없을 만큼 쉽게 허물어져 버렸다. 그녀의 온기가 겨드랑이에서 느껴지자 기다렸다는 듯이 명치끝이 저려 왔고 미세한 전파가 발끝까지 전해져 왔다. 그러자 오늘 밤만큼은 여자와 헤어지고 싶지 않다는 터무니없는 욕망이 내 안에서 끓어올랐다. 어떻게 해서든지 그녀를 잡아 두어야겠다는 돌연한 조바심이 나를 초조하게 만들었다. 나는 슬그머니 팔을 빼내 그녀의 어깨에 올려놓았다. 너무 작아서 안쓰러움마저 느껴지는 그녀의 작은 어깨는 담담히 내 온기를 받아들였다.

그쯤 되자 나는 다시 느긋해졌다. 그다지 힘들이지 않아도 그녀가 쓰겠다는 소설에 대해 약간의 관심만 보이면 모든 것이 뜻대로 될 것 같았다. 물론 그녀가 쓰겠다는 소설이 궁금한 것은 아니었다. 애당초 소설이라는 것에는 전혀 관심이 없었다. 내가 기억하고 있는 소설이라 할 수 있는 것은 중·고등학교 때 교과서에 나왔던 몇 편에 불과했다. 그것도 지문에 나오는 한 부분만 보았을 뿐 실제적으로는 단 한 편의 소설도 읽어 본 적이 없었다. 실정이 그러니 여자가 소설에 관한 이야기를 꺼낼 때마다 난감한 심정이 되었던 것은 지극히 당연한 일이었다.

그리고 만나는 횟수가 늘어 감에 따라 그 난감함은 불편함과 지루함으로 점점 바뀌었고 불쑥불쑥 목구멍 밖으로 치밀어 오르는 짜증을 참아 내느라 마른침을 삼켜야 했다.

여자에게 큰 매력이 있는 것도 아니었다. 그 나이에 어울릴 법한 발랄함이 없었고 예쁜 구석도 없었다. 그런데도 끌리듯 그녀의 의도에 따라 만나고 움직이는 내가 가끔 이해가 되지 않았다. 그런 생각이 들 때마다 그녀를 떠올려 보았지만 이상하게도 아무것도 기억해 낼 수 없었다. 심지어는 방금 헤어져 돌아오는 길에서도 그랬다. 아주 오랫동안 만나지 못했던 사람처럼, 혹은 한 번도 가까이해 본 적이 없었던 것처럼 말이다. 대신 어떤 향기 같은 것이 머릿속에 강하게 남아 있기는 했다. 향기라고는 했지만 그것이 기분을 좋게 한다거나 하는 것은 아니었다. 물론 불쾌한 것도 아니었다. 그것은 뭐라 표현할 수 없는 불온함을 담고 있는 것이었다. 때로는 위태로운 것이었고, 때론 사람을 매혹시킬 만큼의 강한 마력을 담고 있는 것이기도 했다. 그것이 여자였다. 실체를 갖고 있지는 않으나 질식할 만큼의 향으로 이루어져 있는 물질의 집합체.

지금도 그랬다. 진작부터 나는 그녀가 짜증스러워지기 시작했고 차라리 이쯤에서 그만 만나는 것이 좋지 않을까 생각하고 있던 중이었다. 고양이를 목매달아 죽이든 쥐약을 먹여서 죽이든 나와는 아무런 상관도 없는 일이니 지긋지긋한 소설 따위는 제발 그만 지껄이라고 소리 지를 참이었던 것이다. 그런데도 어느새 그녀의 가느다란 머리카락을 쓰다듬으며 어떻게 고양이를 죽일 거냐고 묻고 있는 게 아닌가.

여자는 점점 과감하게 굴었다. 내 반응이 마음에 든다는 뜻이었다. 양팔로 내 허리를 휘감는 바람에 티셔츠 속에 감추어져 있는 젖가슴의 촉감이 물컹, 느껴질 정도였다. 게다가 그녀는 나를 바라보며 배시시 웃기까지 했다.

서로 부둥켜안다시피 한 채 여자와 나는 다정한 연인처럼 천천히 걸었다. 가끔씩 끈적한 바람에 실려 그녀의 겨드랑이 냄새가 코끝으로 전해져 왔다. 그와 더불어 내 몸의 피들은 금방이라도 터져 나올 듯 점점 더 끓어올랐다. 다행히 여자는 더 이상 소설에 대한 이야기를 꺼내지 않았다. 내게 몸을 맡긴 채 나지막하게 낯익은 음률의 노래를 흥얼거릴 뿐이었다.

나는 고개를 두리번거렸다. 장소를 가늠하기 위해서였지만 집으로 가던 택시에서 여자 때문에 갑작스럽게 내린 탓에 도무지 짐작이 가지 않았다. 가끔씩 눈에 익은 건물들이 보이기는 했다. 그래서 언젠가 한 번쯤은 와본 적이 있는 것 같다는 느낌이 들기도 했다. 그러나 밤은 너무 깊었고 날씨는 칙칙했다. 번화가가 아니었으므로 그다지 넓지 않은 골목을 지나가는 차도 몇 대 되지 않았다. 게다가 올망졸망 늘어선 집들은 평범한 주택가에선 얼마든지 볼 수 있는 것들이었다. 그러므로 폭죽을 쏘아 올리는 듯한 모텔의 홍보용 입간판을 발견하는 순간 와락 반가운 마음이 든 건 당연했다.

주택가에 있는 곳이라서 그런지 모텔엔 그다지 손님이 많은 것 같지 않았다. 흐느적거리는 몸짓으로 여자와 내가 들어서자 주인 여자는 과장되다 싶을 만큼 우리를 반겼고 그곳에서 가장 전망이 좋은 방으로 안내하겠노라고 너스레를 떨었다. 그러나 전망이 좋을 필요는 없었다. 주인 여자의 공치사에도 불구하고 여자는 창문을 막고 있는 커튼을 젖히지 않았고 나 또한 그럴 필요성을 별로 느끼지 못했다.

대신 테이블에 앉아 냉장고에서 맥주를 꺼내 마시기 시작했다. 금세 쓰러질 듯하던 여자가 모텔에 들어온 것을 후회하는 기색을 보였던 것이다. 나는 마음이 조급해졌고 급한 김에 다시 한 번 그녀를 채근했다. 그런데 어떻게 고양이를 죽인다고 했지?

소설에 대한 이야기를 꺼내면 다시 활기를 띨 거라는 내 짐작은 어느 정도 맞은 것 같았다. 여자는 다시 배시시 웃더니 앞에 놓인 맥주잔을 기분 좋게 들이켰다. 그런 뒤 내 앞으로 바싹 몸을 내밀었다.

맨 처음엔 급소를 쳐서 고양이를 기절시키는 거예요. 야구 방망이로도 좋고 급하면 근처에 있는 돌을 사용할 수도 있어요. 그런 다음에, 호일 알죠? 반짝거리는 은박지 말이에요. 그 호일로 고양이를 싸는 거예요. 여러 겹으로 아주 꼼꼼하게. 그렇지 않으면 고양이의 몸에서 육즙이 흘러나올 수도 있거든요. 끈끈한 고양이의 육즙이 손에 묻어나는 건 그다지 기분 좋은 일은 아니니까. 그런 다음에 그걸 250도로 예열된 오븐 안에 집어넣으면 돼요. 털을 깨끗하게 뽑지 않은 게 마음에 걸리긴 하지만 한 시간 후에는 굶주림으로 사나워진 개천가의 쥐 떼들이 별미로 고양이 요리를 먹을 수 있을 거예요.

나는 그만 뒤로 물러나 앉고 말았다. 감자를 굽듯 오븐에 고양이를 굽는 상상 따윌 하다니. 기껏해야 약을 먹이는 방법 정도나 생각하고 있던 나로서는 마치 내가 오븐 속에서 비틀리는 것 같아 마음이 언짢았다. 그런데 여자는 그런 내 반응이 마음에 드는 모양이었다. 갈증을 느낀 내가 벌컥대며 맥주를 마셔 버리자 입에 오징어를 넣어 주기까지 하는 것이 아닌가. 그 순간 어쩐지 여자로부터 놀림을 받고 있다는 느낌이 들었다. 나는 기분이 나빠져 짐짓 심드렁하게 대꾸했다. 뭐, 그다지 놀랄 만한 일은 아니군. 세상엔 그보다 더 끔찍한 일이 얼마든지 있으니까 말이야.

아닌 게 아니라 여자의 표정이 샐쭉해졌다. 그러더니 앞에 놓인 잔을 들어 벌컥벌컥 들이켜기 시작했다. 식도를 타고 위장으로 내려가는 맥주 소리가 내게까지 들려올 정도였다. 그렇게 연거푸 두 잔을 마신 뒤에야 여자는 잔에서 입을 뗐다. 전작 탓도 있겠지만 5백 시시는 될 법한 양의 맥주를 한꺼번에 삼켜 버린 여자의 눈꺼풀이 불안하게 흔들렸다.

너무 심하게 한 것은 아닌가, 하는 생각이 잠깐 스쳐 갔다. 꽤 오랜 시간을 고심한 끝에 만들었을 이야기에 대해서 말이다.

그러므로 나는 의자를 바싹 끌어당기며 한결 누그러진 음성으로 다시 물었다. 그럼 두 번째 방법은 뭐지?

기분이 풀린 것 같지는 않아 보였지만 여자는 두 번째 방법에 대해 이야기하기 시작했다. 어쨌거나 그녀도 자신의 구상을 들어 줄 누군가가 필요했던 것이다.

이번에는 시간이 많이 필요한 일이에요. 행동이 민첩해야 하구요. 그리고 무엇보다 조심을 해야 해요. 그렇지 않으면 고양이에게 할큄을 당하거나 물릴 수도 있으니까요. 하지만 그다지 힘든 일은 아니에요. 그리고 뭐 사실 진짜도 아니잖아요. 어차피 소설 속에서나 일어날 일이니까. 그 말을 한 뒤 여자는 돌연 흰 이를 드러내며 웃었다. 기분 나쁜 웃음이었다. 하지만 나는 모르는 체했다. 지금 중요한 것은 여자의 기분을 상하지 않게 하는 일이었으므로.

두 번째 방법은 이런 것이었다. 여자는 제일 먼저 고양이의 앞발과 뒷발을 한데 묶어야 한다고 했다. 고양이가 반항을 하지 못하도록 하기 위해서였다. 그런 다음 연한 살 속에 은밀하게 감추어져 있는 발톱과 날카로운 이를 펜치로 하나씩 뽑아내야 한다고 했다. 그렇게 하면 고양이는 겁에 질려 낑낑거리기만 할 뿐 발을 풀어놓아도 공격할 엄두조차 내지 못한다는 것이었다. 거기까지 말한 뒤 여자는 다시 맥주를 들이켰다. 방금 전보다는 훨씬 여유 있는 표정으로였다. 그러면서 점점 일그러져 가는 내 표정을 즐기는 듯 가끔씩 나를 흘끔대기까지 했다.

96

자신이 구상하고 있는 소설에 대해 기대했던 효과가 나타나는 것이 무척 마음에 드는 모양이었다.

사실이 아니라는 것을 알면서도 여자의 말을 듣고 있던 나는 정말 미칠 것 같았다. 뱃속에 가득 들어 있는 맥주가 까맣게 썩어 버린 폐수처럼 부글부글 끓고 있는 느낌이었다. 잇새로 메스꺼운 오징어 냄새가 빠져나올 때는 마치 고양이 고기라도 씹은 것처럼 욕지기가 치밀어 올랐다.

그쯤 되자 슬슬 기분이 나빠졌다. 아무리 소설이라 하더라도 그렇게 잔인한 상상을 할 수 있는 여자가 끔찍하게 여겨지기도 했다. 여자와 첫 밤을 지내고 싶어 미친 듯이 드글대던 피돌기는 어느새 잠잠해져 있었다. 지금이라도 모텔에서 나가 다시는 그녀와 만나고 싶지 않다는 생각이 든 것도 그때였다. 그러나 한편으로는 고양이를 물어뜯듯 그녀의 어깨와 허벅지를 사정없이 깨물고 싶은 욕망에 사로잡혔다는 것을 고백하지 않을 수 없다. 어둠 속에 서 있는 고양이처럼 야광과 같은 빛을 내는 여자의 눈을 바라보며 짧게 올라간 머리카락을 함부로 쥐어뜯고 싶어 견딜 수가 없다는 것도 고백하지 않을 수 없다. 나는 손바닥으로 가슴을 쓸어내렸다. 어떻게 그런 이야기를 쓸 생각을 했느냐고 조심스럽게 물었다. 감추고 싶었지만 어쩔 수 없이 목소리가 떨렸다.

여자는 선뜻 입을 열지 않았다. 방금 전의 기괴하기까지 하던 표정은 온데간데없고 어느새 처음 만났을 때의 풋풋한 모습으로 되돌아가 있었다. 대신 여자는 깊은 한숨을 내뱉었다. 발효된 알코올 냄새가 내게 건너왔다. 그러자 문득 소설을 쓰기 위한 것 이전에, 무언가 여자를 괴롭히는 것이 있을지도 모른다는 생각이 들었다. 그 무언가가 여자를 고통스럽게 하고 있다는 생각도 들었다. 나는 끌리듯 자리에서 일어났고 옆으로 다가가 그녀를 감싸 안았다.

내게 몸을 기댄 채 여자는 뜬금없이 우리가 처음 만났을 때를 기억하느냐고 물었다. 당연히 기억하고 있었다. 그날은 여자를 만난 것 외에도 중요한 다른 일이 있었던 것이다. 나는 그렇다는 뜻으로 고개를 끄덕였다.

그날 나는 몹시 흥분해 있었다. 얼큰하게 취해 집으로 돌아오며 흥에 겨워 노래를 흥얼거렸고 길거리에 서서 별안간 소리를 지르기도 했다. 한동안 소원했던 고등학교 친구들을 모처럼 만났기 때문이었다.

지금 생각해 보아도 친구들을 다시 만난 것은 정말 잘한 일이었다. 그동안 알량한 양심 때문에 서로 멀리했지만 막상 얼굴을 맞대고 술을 마시고 보니 격조(隔阻)했던 지난 몇 달 동안의 시간은 단숨에 사라져 버린 것 같았다. 친구들은 진심으로 반가워했고 큰 소리로 떠들었고 호기를 부렸다. 그러면서 이번 모임을 주선한 나에게 감사해했다.

거의 10년이나 지속되었던 우리의 모임을 깨뜨릴 뻔했던 그 일에 대한 이야기가 나온 것은 모두들 어느 정도 취기가 돌았을 때였다. 그 여자들 잘 살고 있겠지. 말을 꺼낸 친구 녀석은 술잔을 내려놓으며 자조적으로 웃었다. 그러자 연쇄 고리처럼 그날의 일이 떠올랐다. 겁에 질린 여자들의 흐느낌 소리와 서로 눈을 맞추며 낄낄대던 동기들의 표정이 떠올랐다. 그 바람에 아주 잠깐 동안 우리들은 어색함을 감추기 위해 술잔을 들었고, 기침을 했고, 담배를 피워야 했다. 그러나 모임을 주선했던 나로서는 또다시 우울해지는 분위기를 더 이상 간과할 수 없었고 그 일 때문에 우리가 서로 멀리하게 되는 일이 다시 발생하지 않기를 바랐다. 나는 자리에서 일어나 맥주 거품이 탁자로 흘러내릴 때까지 잔을 채웠다. 그런 뒤 호기롭게 녀석들의 어깨를 치며 외쳤다. 젊은 날의 객기를 위해. 그 순간 그 일은 정말 객기가 되었다. 동기들은 다시 표정이 환해졌고 우리는 필요 이상으로 서로에게 친밀감을 느꼈다. 친밀감을 보여주기 위해 당장 혈서라도 쓸 듯이 들떴다.

동기들과 헤어져 집으로 돌아오는 길에 그 일을 떠올리며 나는 웃고 또 웃었다. 집으로 들어가는 골목 앞에 누군가 쭈그리고 앉아 있는 것이 보였다. 다가가서 보니 여자였다. 여자는 반쯤 넋이 나가 있었다. 쫓기는 듯 자꾸 주위를 살폈고 사람들의 발소리에도 깜짝깜짝 놀라며 불안해했다. 술에 취해 끊임없이 불쾌한 트림을 내뱉기도 해서, 그날 그토록 기분이 좋지 않았더라면 전혀 도와주고 싶은 마음이 생기지 않을 정도였다.

그날 왜 날 도왔죠? 엉뚱하게도 비장한 표정을 지으며 여자가 물었다. 어찌 보면 잔뜩 화가 난 것 같기도 했다. 여자는 그런 식이었다. 모종의 음모를 품고 다니는 사람처럼 늘 비장한 표정을 지었고, 때론 아무것도 아닌 일에도 몸을 뒤틀며 격렬하게 웃어 댔다. 천한 요부처럼 함부로 구는가 싶으면 어느새 말도 건네지 못할 만큼 단호한 표정을 짓고 있었다.

나는 할 말을 잊고 머뭇거렸다. 아무리 취했다고 하더라도 그때의 이야기를 할 수는 없는 일이었다. 굳이 내 대답을 기다린 것이 아니었던 듯 여자가 다시 내게 어깨를 기대 왔다. 그러곤 자신의 이야기를 천천히 하기 시작했다.

국과수에 다녀오던 길이었어요, 그날. 국과수라면 국립과학수사연구소를 말하는 것이 아닌가. 뉴스에서나 들어 볼 법한 그 명칭에 호기심이 생겼으나 가만히 있었다. 왠지 그래야 할 것 같았다. 그녀가 다시 말했다. 친한 친구가 목을 맸거든요. 목을 매다니, 그렇다면 자살했다는 말이었다. 이거야말로 그녀가 쓰겠다는 소설보다 훨씬 더 사실적이고 흥미로운 일이 아닌가. 나는 호기심을 더는 감추지 못하고 경망스럽게 묻고 말았다. 자살? 왜 죽었는데? 근데 자살을 해도 국과수엘 가야 하나 보지? 그러나 여자는 선뜻 대답을 하지 않았다. 그날 일을 떠올리는 듯 작게 몸서리를 치며 고개를 흔들 뿐이었다. 나는 그만 머쓱해졌고 가만히 앉아 다음 이야기를 기다렸다.

죽은 친구가 국과수의 해부실에 누워야 했던 것은 자살의 원인에 대해 가족들이 의심을 품었기 때문이라고 했다. 자살을 뒷받침할 만한 증거로 세상이 싫어졌다는 내용의 유서도 남겼고 자신의 물건을 깨끗이 정리해 놓는 준비성을 보였지만 남겨진 사람들이 그 사실을 인정하지 않았다는 것이다. 가족들은 죽은 여자가 남자를 사귀다가 실연당한 일이 있긴 하지만 자살을 결심할 정도로 심각한 관계가 아니었고, 몇 년째 취업 재수를 하고 있는 중이었지만 그다지 예민한 성격이 아니었으므로 취업으로 인한 스트레스는 받지 않았을 거라는 주장을 하며 타살의 가능성을 타진했다고 했다.

의사들은 초록빛 가운을 걸치고 있었어요. 내게 기댄 채 여자는 먼 추억을 떠올리듯 말했다. 의외로 표정이 온화했다. 그러나, 하필이면 여름이어서 생선이 심하게 부패한 것 같은 시체 냄새와 마치 도축업에 종사하는 사람들이거나 요리사들같이 날카로운 칼들을 쥐고 있던 의사들에 대해 그녀가 이야기를 했을 때 나는 그녀의 온화한 표정이 오히려 곤혹스럽게 느껴졌다. 해부 당시 시체에서 나왔던 간과 대장과 위와, 그리고 누군가의 몸에서 나왔을, 포르말린 속에 창백하게 담겨 있던 십이지장충과 편충 따위에 대해 이야기했을 때는 그만 욕지기가 치밀어 오를 정도였다. 돌연 견딜 수 없이 갈증이 났고 나는 앞에 놓여 있던 맥주병을 들어 입에 쏟아 부었다.

그때였다. 갑자기 여자가 미친 듯이 웃어 대기 시작했다. 배를 틀어쥐고 어찌나 경망스럽게 웃어 대던지 나중에는 작은 눈에 그렁그렁 눈물이 맺히기까지 했다. 그러자 갑자기 소름이 끼쳤다. 여자의 머리카락과 손이 내게 닿을 때마다 살가죽이 모래처럼 부스스 휩쓸리는 게 느껴졌다. 게다가 한참 만에 웃음을 그친 뒤 해죽해죽대며 하는 그녀의 말을 듣는 순간, 나는 어처구니가 없어 그만 물러나 앉고 말았다.

살아 있을 때 걔가 가장 원하던 게 뭐였는지 알아요. 사실 그 애가 조금 뚱뚱했거든요. 그래서 다이어트도 엄청 해댔는데 다 실패했죠. 근데 말이에요. 하필이면 죽은 다음에 그 소원을 이루었지 뭐예요. 어찌나 몰라보게 날씬해졌는지 전혀 딴사람을 보는 것 같더라니까요. 그러면서 눈 끝에 남아 있는 눈물을 손으로 찍어 대며 하는 얘기가, 죽은 친구의 뱃속에서 나온 장기들이 좀 더 면밀한 조사를 하기 위해 다른 곳으로 옮겨진 뒤 다시 배를 봉합하게 되었는데 장기가 빠져나간 탓에 친구의 몸이 그렇게 홀쭉할 수가 없더라는 것이었다.

근데 대체 왜 죽은 거야. 말을 꺼내 놓고 나는 그만 입을 다물어 버렸다. 지나치게 신경질적으로 반응했다는 생각이 들은 탓이었다. 놀란 건 여자도 마찬가지인 것 같았다. 어느새 백치에 가까운 표정을 지으며 여자는 내 신경질적인 반응에 놀랐다는 뜻으로 가슴에 손을 얹었다. 나는 좀 비굴하게 웃었다. 상황이 너무 끔찍해서 잠깐 긴장했노라고 말하며 여자의 가슴을 쓸어내려 주었다.

임신을 했더라구요. 바보같이, 그게 무서웠나 봐요. 어느 정도 안정이 되었는지 여자가 다시 말을 계속했다. 임신? 누구

앤데? 나는 다시 한 번 여자를 채근했다. 지나친 내 반응을 이 해할 수 없다는 표정으로 그녀가 물끄러미 나를 바라보았다. 나는 좀 머쓱해졌고 그랬기 때문에 공연히 실실 웃으며 그녀의 잔에 맥주를 채워 주었다.

그러곤 그만이었다. 여자는 그에 대해 더 이상 아무 말도 하 지 않았다. 공연한 말을 꺼내 심사를 불편하게 했노라고 차라 리 소설 이야기나 계속하는 게 낫겠다며 내 잔에 자신의 잔을 부딪쳤다.

여자는 다시 이야기를 시작했다. 발톱이 다 뽑힌 고양이를 어떻게 할 줄 알아요? 무슨 말인가 싶었는데 아까 이야기를 계 속하는 모양이었다. 고양이 얘기 따위는 이제 듣고 싶지 않은 심정이었지만 나는 가만히 있었다.

어떻게 할 거냐면요. 아마 고양이는 토끼처럼 온순해질 거예 요. 발가락들에서 흐르는 피를 보며 자신이 처한 상황을 본능 적으로 알아챘기 때문이죠. 그러니까 끈을 풀어 주어도 꼼짝도 하지 않을 거예요. 그것뿐인 줄 아세요. 안아서 털이라도 부드 럽게 쓰다듬어 주면 오히려 더 품으로 파고들걸요. 그다음에 말이죠. 잠깐 말을 멈추고 여자가 웃었다. 장난꾸러기처럼 천 진하기 그지없는 표정이었다. 나는 숨을 죽였다.

그러나 여자가 다음 이야기를 하는 순간 결국은 자리에서 일 어나고 말았다. 정말이지 더 이상은 괴담이나 다를 바 없는 말 을 듣고 싶지 않았다. 고양이의 털을 뽑는다니, 콧수염과 동그란 두 눈을 감싸고 있는 눈썹과 손이 닿는 어느 곳이라도, 게다가 가능한 한 조금씩 또 천천히 말이다. 기가 막힐 노릇이었다. 두렵고 끔찍한 상상이었다. 온몸의 털이 몽땅 뽑힌 채, 수도 없이 뚫려 있는 미세한 구멍 밖으로 먼지 같은 핏방울들이 몽글몽글 맺혀 있는 고양이의 처연한 모습을 떠올리는 것만으로도 속에 있는 것들이 다 밖으로 쏟아져 나올 것 같았다.

나는 뛰는 가슴을 진정시키려고 크게 숨을 내쉬었다. 붉게 달아오른 얼굴을 감추기 위해 손바닥으로 마구 얼굴을 비비댔다. 얼굴이 왜 그래요? 여자가 걱정스러운 음성으로 내게 말하였다. 이마에 맺힌 땀을 닦아 주었고 냉장고에서 시원한 물을 꺼내 건네주었다. 나는 고개를 들어 여자를 바라보았다. 그러다 그만 입을 벌리고 말았다. 동그랗게 눈을 뜬 여자가 지나치게 천진해 보였기 때문이었다. 도대체 뻔뻔스러운 건지 맹한 건지 알 수 없었다. 방금 전 표독스럽게 말하던 것과 달리 여자는 바퀴벌레 하나도 잡지 못할 것 같은 슬픈 표정으로 나를 내려다보고 있었다. 기가 막힐 노릇이었다. 빛과 어둠만큼이나 극단적인 여자를, 아무런 개연성도 없는 이야기를 가지고 억측을 부리다가도 어느새 심연을 꿰뚫는 듯한 표정을 하고 있는 여자가 도무지 이해되지 않았다.

급작스러운 갈증을 느끼고 나는 서둘러 냉장고 문을 열었다. 그러나 냉장고에는 맥주가 남아 있지 않았다. 금단 현상을 겪는 알코올 중독자처럼 나는 몇 번씩이나 빈 잔만 입에 대고 털었다.

　나가서 맥주를 사올게요. 그런 내 모습이 안타까웠던지 여자가 자리에서 일어났다. 나는 아무 말도 하지 않았다. 차라리 이대로 여자가 사라져 버리기를 원하는지도 몰랐다.

　혼자 남게 되자 갑자기 현기증이 몰려왔다. 나는 벽에 몸을 기댔다. 머리가 하얗게 비는 것 같았고 파도에 휩쓸리는 조악한 배에 오른 것처럼 가슴이 울렁거렸다. 언젠가 놀이 공원에 가서 샤크라는 놀이 기구를 탔을 때의 느낌과 흡사했다. 상어 모양의 축을 중심으로 360도로 빠르게 회전하는 그것을 타는 동안 낮에 먹었던 음식물들이 끝도 없이 발밑으로 떨어졌다. 편충들처럼, 애벌레처럼 함부로 뒤섞여 울컥울컥 입속을 빠져나올 때마다 위나 심장 따위도 같이 떨어져 나가는 것 같았었다. 그런데 바로 지금이 그랬다. 심한 뱃멀미를 한 것처럼 속이 뒤틀렸고, 외딴 곳에 혼자 남겨진 아이처럼 두려웠다. 여자는 좀처럼 돌아오지 않았다. 아주 오랜 시간이 흘러간 것 같았다.

　여자에게서 전화를 받았을 때 나는 꿈과 현실의 모호한 경계를 미아처럼 헤매고 있었다. 끊임없이 낯선 골목들과 어둠 속에 갇힌 건물들이 나타났다 사라져 갔다. 눈을 뜨지 못한 채 나는 그 길과 길 사이를 위태롭게 흘러 다니고 있었다. 친구 녀석들의 왁자한 웃음소리가 생생하게 들리는 것 같았고 알 수 없는 누군가의 흐느낌이 단속적으로 들려왔다 멀어져 가는 것 같았다. 그러다 어느 순간, 겁에 질린 그녀의 비명과 울음소리가 들려왔다. 그리고 그만이었다. 여자는 더 이상 전화를 걸지 않았다. 전화를 걸어 보아도 받지 않았다. 그제야 무언가 급박한 일이 일어났다는 생각이 들었다. 나는 자리에서 일어나 서둘러 밖으로 나왔다. 그러나 여자가 말한 곳은 찾을 수 없었다. 모텔과 그리 멀지 않은 아파트 안에 있는 놀이터라고 했지만 이름도 모르는 상태에서 그곳을 찾기는 쉽지 않았다. 급한 대로 달려간, 모텔과 가장 가까운 아파트에는 놀이터만 모두 세 군데나 되었다. 그나마 그 사실을 안 것도 결국 여자를 찾지 못하고 막 아파트에서 나오려 할 때였다. 아파트 정문의 바로 왼쪽에 있는, 놀이 시설과 벤치가 비교적 손질이 잘되어 있는 놀이터와 ㅂ자 모양의 단지에서 첫번째 획에 속하는 106동 건물의 뒤쪽으로 나 있는 작은 놀이터를 샅샅이 뒤지고 난 후였던 것이다.

막막한 일이었다. 그냥 돌아가는 것이 낫지 않을까, 하는 생각이 잠깐 들기도 했지만 그러기에는 여자의 비명 소리가 심상치 않았던 것이 기억났다. 나는 하릴없이 놀이터를 벗어나 터벅터벅 걸었다. 낭패감이 일었지만 계속 여자를 찾는 일도 암담하게 느껴졌다. 몹시 취한 상태였으므로 발걸음조차 제대로 움직여지지 않았다. 깨질 듯이 머리가 아프기도 했다.

그때 터벅거리는 내 발소리 위로 낮게 보도블록이 울리는 소리가 겹쳐 왔다. 불현듯 발소리가 멈추었고 촉수 높은 플래시 불빛이 내 목덜미를 향해 꽂혀 들어왔다. 나는 몹쓸 짓을 하다

들키기라도 한 것처럼 그 자리에서 꼼짝도 하지 못했다. 너무나 갑작스러운 일이었으므로 온몸의 땀구멍들이 일제히 벌어지는 것 같았다. 때문에 상대방이 누구냐고 물어도 아무 대답도 할 수 없었다. 그 물음이 굳이 내가 누구인지를 알고자 하는 것이 아니라는 생각이 든 탓이었고, 이름을 댄다 한들 그의 의문에 아무런 도움이 되지 못할 거라는 생각이 들었기 때문이기도 했다.

아파트 경비원이었다. 도난 사고를 방지하기 위함인 듯 나를 발견한 뒤에도 남자는 플래시를 비추며 여기저기를 살펴보았다. 그러나 작은 몽둥이도 하나 없이 달랑 플래시만을 들고 서 있는 그를 보자 피식 웃음이 나왔다. 그 체구를 가지고는 설사 절도범이 바로 눈앞에 서 있다 하더라도 손도 까닥하지 못할 것 같았기 때문이었다. 그러나 성실한 그로서는 경비실에서 텔레비전만을 껴안고 있을 수도 없었을 것이고 졸음에 겨운 눈을 비비며 무심코 놀이터를 둘러보다 수상쩍게 이곳저곳을 기웃대는 나를 발견하고 일순 긴장했을 것이다. 친구가 전화를 했는데 통 찾을 수가 없어서요. 그냥 놀이터라고만 해서 한 군덴줄 알았는데 두 군데라서 혹시 길이 엇갈린 건 아닌가 하고 왔다 갔다 했고요. 나는 다소 장황하게 설명했다. 쓸데없는 의심을 받고 싶지 않았고 무엇보다도 늙은 경비원을 안심시키고 싶었다.

그러나 장황하게 설명한 것이 오히려 역효과를 낸 것 같았다. 경비원은 한눈에 보기에도 지나치게 취한 나를 미심쩍어하는 것이 역력한 표정으로 노려보았다. 플래시를 이리저리 비추며 나를 훑어보기도 했다. 게다가 휴대전화를 꺼내 경찰서로 짐작되는 버튼을 눌러 대기까지 했다. 나는 황급히 그에게 다가갔다. 어쨌거나 경찰서까지 가서 변명 아닌 변명을 해야 한다는 건 유쾌한 일이 아니었다.

아저씨, 잠깐만요. 아, 진짜라니까요. 저는요, 저기 저 모텔 보이시죠. 폭죽이 터지는 모텔요. 거기에서 묶고 있는데요. 사실은 같이 있던 여자가 맥주를 사온다고 나갔는데 돌아오지는 않고 내게 전화를 했다는 말입니다. 아무래도 너무 취해서 찾아오지 못하나 봐요. 아, 글쎄, 아파트에 있는 놀이터라고만 했지 자세히 말하지 않아 제가 찾아 나선 것입니다.

여전히 반신반의하는 표정이었지만 경비원은 한결 누그러진 눈빛으로 나를 바라보았다. 나는 한숨을 내쉬었다. 갑자기 나를 이토록 곤혹스럽게 하는 여자가 괘씸하게 생각되었다. 저녁 내내 말도 안 되는 이야기로 사람을 불편하게 하더니 이런 곤욕까지 치르게 하다니. 만나기만 하면 한바탕 욕이라도 해주고 싶었다.

애인이 놀이터에 있다고 했소? 경계를 푼 경비원이 뜨악하게 물었다. 그러더니 뒤돌아 걷기 시작했다. 그 몸짓은 어딘가에 또 하나의 놀이터가 있다는 뜻으로 여겨졌다. 놀이터는 아닌데…… 비슷하게 생긴 곳이 한 군데 있소. 의자랑 모래밭뿐이라서 애들은 안 가는 곳인데 혹시 술 취한 사람이라면……. 내 짐작을 확인해 주듯 그가 말했다. 어둠에 가려 그에게 보일 리가 없다는 것을 알면서도 나는 과장되게 고개를 끄덕였다.

정말로 그런 곳이 있었다. 놀이터는 아니었지만 놀이터같이 생긴 곳이었다. 긴 의자 두 개가 나란히 놓여 있었고 의자 앞쪽으로 소금 같은 모래알들이 수북이 쌓여 있었다. 엉성한 대로 몇 번이나 줄이 꼬인 그네도 있었다. 놀이터라기보다는 아무도 찾지 않는 버려진 땅에 더 가까운 곳이었다. 술 취한 학생들이 드러누워 자거나 은밀한 곳이 필요한 연인들만 찾는 곳이오. 가끔 이곳에서 불미스러운 사고도 일어나서 차라리 다 밀어 버리고 보도블록을 깔려고 하는데 자꾸 미적미적 미뤄지고 있어서 주민들의 불만을 사는 곳이기도 하고. 이까짓 것을 애초에 왜 만들었는지 몰라. 도대체 공사하는 놈들은 아무 생각이 없어. 아무리 입주민들과의 약속 때문이라지만 세상에, 가스탱크실 앞에다 이런 걸 만드는 놈들이 어디 있어. 무식하게. 무성의하게 플래시를 비추며 경비원이 중얼거렸다. 그러곤 그렇지 않느냐는, 자신의 말에 동의를 구하는 듯한 표정으로 나를 바라보았다.

그러나 나는 아무 말도 하지 않았다. 아니, 아무 말도 할 수 없었다. 나는 얼이 빠진 사람처럼 걸으며 페인트가 벗겨져 녹빛이 그대로 드러난 버팀 기둥과 아무렇게나 걸쳐진 채 퇴락의 분위기마저 풍기고 있는 그넷줄을 천천히 살펴보았다. 축축한

습기가 배어 나는, 나란히 놓여 있는 두 개의 긴 의자를 만져 보았다. 기억하고 싶지 않은 순간들이, 술에 취해 낄낄대던 친구들과, 길가에 놓여 있는 쓰레기봉투를 아무렇게나 차대며 고래고래 소리를 질러 대던 그날 밤의 모습들이 나를 포박했다. 낯선 길을 쏘다녔고 아무 곳에나 오줌을 싸대다가 어두운 밤길을 지나가던 사람들의 뒤통수에다 함부로 욕을 해대던, 젊은 날의 객기라 믿고 싶던 그날의 기억들이 나를 괴롭혔다.

그런 내 모습을 바라보고 있던 경비원이 한바탕 가래침을 뱉는 소리를 낸 뒤 퉁명스럽게 말했다. 아무래도 당신 애인은 여기 없는 것 같은데. 나는 굽혔던 허리를 폈다. 짜증스러운 표정으로 시간을 확인하고 있는 그에게 인사를 하고 뒤돌아섰다. 친구들과 도망치듯 빠져나갔던 그 길을 벗어나기 위해 서둘러 움직였다.

그때였다. 막 걸음을 옮기려는 순간 작은 휘파람 소리와도 같은, 한 치의 틈도 없이 꽉 메워진 어둠 속에 짧은 선을 긋는 듯한 소리가 희미하게 들려왔다. 그러자 가슴이 뛰기 시작했고 몸이 굳은 것처럼 꼼짝도 할 수가 없었다. 왜 그러슈. 그런 내 모습이 이상했던지 성큼성큼 앞서가던 경비원이 물었다. 휘파람 소리 같은 게 들렸어요. 나는 떠듬떠듬 말했다. 그러나 그는 꼬리를 감춘 소리의 흔적을 찾는 대신 한층 의혹이 가득한 시선으로 나를 바라보았다. 처음 정문 쪽의 놀이터에서 나를 발견했을 때와 같은 경계와 두려움이 되살아난 표정으로였다. 여차하면 다시 휴대전화를 뽑아 들 기세로 그가 소리를 질렀다. 이 사람이 무슨 소리를 하는 거야. 빨리 나가라니까.

그러나 경비원의 채근에 끌려 다시 걸음을 옮기려던 순간 나는 다시 한 번 그 자리에 서야 했다. 분명 소리였다. 심장을 손톱으로 긁는 듯한, 흐느낌 같기도 하고 웃음소리 같기도 한 짧은 파열음이 가스탱크실 쪽에서 들려왔던 것이다. 어째 으스스하네. 몸서리를 치며 경비원이 말했다. 그도 소리를 들은 모양이었다. 아마도 발정 난 고양이들이 뒹구는 소리일 거요, 아니면 떼를 지어 어디를 가고 있는 중이거나. 요즘 어찌나 몰려다니는지 순찰하다 눈이라도 마주치면 섬뜩해서 오줌이 다 나올 지경이야. 내 놀란 적이 한두 번이 아니라니까.

고양이라니. 그의 말을 듣는 순간 나는 온몸의 살갖이 그대로 부풀어 오르는 것을 느꼈다. 내 안에서 숨을 죽이고 있던 수억만 개의 세포들이 제각기 튀어나오려는 것 같았다. 갑작스러운 한기가 밀려왔다. 고양이의 정수리를 내려친 그녀의 모습이, 뜨겁게 끓고 있는 고양이의 뇌에서 흘러나오고 있는 육즙이 눈앞에 보이는 것처럼 숨이 가빠 왔다.

나는 짧게 탄식했다. 할 수만 있다면 여자가 없는 곳으로 달아나고 싶었다. 그러나 꼼짝도 할 수가 없었다. 조급함과 두려움이 몰려올수록, 빨리 이곳을 벗어나야 한다는 절박함에 사로잡힐수록 나는 바닥에 붙박인 것처럼 한 걸음도 움직일 수가 없었다.

마침내 고양이 떼가 어둠 속에 모습을 드러냈다. 수십 마리의 고양이가 괴로워 꿈틀대며 다가오고 있었다. 뭉실뭉실 살이 오른 고양이들이 제각기 가쁜 숨을 몰아쉬며, 춤을 추듯 쿨렁대며 수명이 다되어 제 빛을 발휘하지 못하는 가로등 아래에서 기묘한 광경을 연출하고 있었다. 그리고 여자가 있었다. 가스탱크실에 몸을 기댄 채 희미하게 웃으며 나를 바라보고 있었다.

여자들이 있었고 나와 동기들이 있었다. 어두운 벤치 아래에서 무슨 이야긴가를 나누던 그녀들이 두려운 눈으로 나와 동기들을 바라보았고 마침내 어찌할 줄 모르던 정욕의 분출구를 찾은 우리들 중 누군가가 들고 있던 소주 팩을 신호탄처럼 바닥에 내던졌다.

사바트에 바쳐질 제물들처럼 나란히 누운 긴 의자에 여자들이 올려졌고, 낄낄대며 아무렇게나 침을 뱉으며, 팩에 들어 있는 소주를 마시며 우리들은 여자를 향해 천천히 다가갔다. 한 여자는 울었고 한 여자는 노려보았다. 시큼한 정욕 냄새를 풍기며 우리들은 여자들의 눈물과 탄식과 저주를 기꺼이 받아들였다. 적어도 그 순간만큼은 공중도덕에 길들여진 모범생들처럼 우리는 점잖게 차례를 기다렸고 재갈이 물린 여자들은 눈물과 함께 더 많은 양의 타액을 흘렸다.

나는 주춤주춤 뒤로 물러났다. 그때 유난히 길고 검은 털을 가진 고양이 한 마리가 빠르게 내 곁을 스쳐 갔고 나는 갑작스

러운 힘에 떠밀린 듯 뒤로 넘어졌다. 둔부 아래에서 뜨거운 촉
감이 느껴지는 순간, 작은 골격이 일제히 부서지는 듯한, 세포
와 세포가 일시에 분열하는 듯한 짧고 슬픈 파열음이 신호처럼
들려왔다. 뭔가 뜨거운 액체가, 살육의 제의에 바쳐진 신성한
제물의 열기가 손끝까지 전해져 왔고 곧 사막같이 황폐한 빛을
내쏘며 고양이들이 일제히 다가오기 시작했다.

자리에서 일어나지 못한 채 뒤로 물러나 앉으며 나는 끓어오
르는 독을 주체하지 못하는 고양이들을 향해 손을 내저었다.
움직일 때마다 부서진 고양이의 머리에서 나온 골수가, 피가,
양모처럼 스러진 털들이 손가락에 휘감겨 왔고, 피 냄새를 맡
은 고양이들은 낮게 몸을 떨며 가르랑댔다. 처음 이곳을 떠나
려 할 때 들었던 것과 같이 너무 은밀하고 작아서 오히려 사람
을 긴장시키는, 온몸을 결박당한 것처럼 꼼짝 못하게 하는 소
리였다.

두려움이 급속도로 나를 사로잡았다. 그것들을 떨치기 위해
미친 듯이 소리를 질렀으나 맹렬한 기세로 줄기를 뻗어 가고
있는 그것들은 오히려 내게로 돌아와 뿌리를 내렸다. 나는 습
하게 뭉쳐 있는 모래들과 함부로 튀어나온 고양이의 내장들과
휴대전화와 구두를 집어던졌다. 하지만 고양이들은 움직임을
멈추지 않았다. 낮게 으르렁대며 송곳 모양의 눈동자로 나를
노려보는 것도 멈추지 않았다.

지금 이 순간, 사바트의 제물은 나였다. 은밀한 휘파람 소리

와 허공을 딛는 듯한 고양이의 움직임이 나를 홀리고 있었다. 나는 더욱더 소리를 질러 댔고 무엇인가를 던졌고 춤을 추듯 몸을 비틀었다.

어쩐지 처음부터 수상했어. 꼭 사고를 칠 것 같았다니까. 그러니까 당신은 저 남자를 모른단 말이죠. 나직한 경비원의 말소리가 들려왔다. 어느 틈에 경비원 쪽으로 다가간 여자가 가볍게 어깨를 떨며 흐느끼고 있었다. 아주 잠깐, 나는 여자의 짧은 미소를 본 것도 같았다.

맛동산 리시브

1

여자가 그를 발견한 것은 크래브 포크를 이용해서 떼낸 게살을 먹으려고 막 고개를 들었을 때였다. 가재나 게 종류를 그다지 좋아했던 기억이 없는 여자로서는, 자신의 이 게걸스러울 만큼 왕성한 식욕이 아무래도 이해되지 않는다는 생각을 잠깐 하고 있던 참이기도 했다. 그러나 혀와 손은 마음속에서 일어나는 의구심과는 전혀 상관없는 것처럼 굴었다. 간혹 옆자리에 앉은 사람들이 다른 것은 손도 대지 않은 채 오직 크래브만을 탐욕스럽게 먹어 대는 자신의 모습을 흘깃 바라보고 있다는 것을 여자는 느끼기도 했다. 그런데도 여자의 혀는 전혀 개의치 않고 부지런히 움직였다.

채 씹히지 않은 크래브의 살이 목구멍 속으로 밀려 들어갈 때면 여자는 약간의 통증을 느끼며 눈을 감아야 했다. 그럴 때마다 찔끔 몇 방울의 눈물이 나왔다. 꼭 그 때문만은 아니었지만 찔끔 눈물이 나올 때마다 여자는 약간 우울했다. 지독한 우울증이 한겨울의 냉기처럼 살갗에 달라붙고 있다는 생각을 하기도 했다.

그는 저절로 눈에 들어왔다. 그는 지나치게 키가 컸고 5월에 어울리지 않는 밤색 모직 점퍼를 입고 있었고, 지독한 곱슬머리를 어깨까지 늘어뜨리고 있었다. 그가 눈에 띄는 건 당연했다.

옆자리에 선, 지금 막 훈제 연어를 집으려 하는 연둣빛 투피스를 입은 부인에게 그는 진지한 표정으로 빠르게 말하고 있었다. 오른쪽으로 살짝 기울인 머리며 만날 사람이 있는 듯 가끔씩 주위를 둘러보는 산만한 몸짓을 보고 여자는 그가 무슨 말을 하고 있는지 단박에 알 수 있었다.

불쾌하고 곤혹스러운 빛을 굳이 감추지 않으며 부인은 빠르게 자기 일행에게 돌아갔다. 훈제 연어는 접시에 담지 못한 채로였다. 배턴 터치라도 하듯 사람들 몇이 남자에게 몰려갔다. 행사를 주관하는 사람들이 늘 그렇듯이 한결같이 윤기 나는 검은 양복을 입고 있었다. 움직임이 신속했다. 뭔가 긴밀한 작전을 수행하는 사람들처럼 그들은 심각한 표정으로 그를 둘러쌌다.

약간의 소란이 그들 사이에서 벌어졌다. 검은 양복을 입은 남자들은 될 수 있으면 빨리 그를 연회장에서 내보내고 싶어했다. 그들은 그가 초대받지 않은 사람일 뿐만 아니라 약간의 정신적 장애를 갖고 있다는 것을 그를 보는 순간 눈치 챘다. 당연히 그들은 그를 함부로 다루었다. 그는 조금 당황하는 것 같았다. 그때까지도 무방비 상태로 벌리고 있던 입술을 그제야 조가비처럼 꽉 다물어 버렸다. 입을 다문 그는 지극히 정상적으로 보였다. 검은 양복들에게 끌려가지 않으려고 이미 빼앗겨 버린 온 힘을 자신의 두 팔에 집중했다. 그러는 바람에 얼굴이 홍시처럼 붉어졌다.

검은 양복들이 팔꿈치로 그의 등을 내리쳤다. 목에 단단하게 걸렸던 복숭아씨가 빠져나오듯, 캑 하고 짧은 비명을 내지른 그는 아무 소리도 내지 못했다. 대신 정신없이 고개를 흔들며 사방을 살폈다. 눈빛이 불안정하게 흔들리는 것으로 보아 사태의 심각성을 눈치 챈 것 같았다.

검은 양복들은 더 이상 힘을 들일 필요가 없었다. 등을 한 대 맞은 뒤로 그가 완전히 겁에 질려 버렸기 때문이었다. 출입구를 향해 그는 등을 구부린 채 비틀거리며 걷기 시작했다. 별안간 그가 걸음을 멈추고 뒤를 돌아보았다. 뭔가 잊고 있던 것이 생각난 것처럼 여자 쪽을 뚫어지게 바라보았다. 자신과 눈이 마주쳤다고 느끼는 순간 여자는 입에 있던 크래브 덩어리를 그만 목구멍 속으로 쑥 넘기고 말았다.

그의 시선이 오랫동안 여자에게 머물렀다. 자신을 알아본 것이 틀림없다고 여자는 생각했다. 그러자 그를 이곳에 데리고 온 사람이 자신이라도 되는 것처럼 여자의 가슴이 곤두박질쳤다. 금방이라도 그가 알은체하며 달려올 것 같아 겁이 났다. 여자는 잠시 허둥댔다. 그 바람에 접시 위에 놓았던 크래브 포크를 바닥에 떨어뜨렸다. 그의 인사를 받아 주는 것이 아니었는데, 뒤늦은 후회가 여자의 발끝을 저리게 만들었다.

2

테니스장에 들어서자마자 제일 먼저 그의 모습이 여자의 눈에 들어왔다. 그는 한바탕 게임이 끝난 코트 위를 바쁘게 걸어다니며 라인을 긋고 있었다. 〈아! 대한민국〉이라는 노래를 휘파람으로 불고 있었다.

여자는 문득 어제 자신을 유심히 바라보던 그의 눈빛을 떠올렸다. 갈색 홍채에 유난히 눈동자가 까만 그의 눈은 어쩐지 슬퍼 보였었다. 어찌 보면 구조 요청을 하는 것처럼 보이기도 했다. 그러나 그는 여자에게 오지 않았었다. 예의 그 커다란 목소리로 알은체를 하지도 않았다. 여자도 그를 못 본 체했었다. 허리를 굽히고 바닥에 떨어진 크래브 포크를 주워 들었을 뿐이었다.

그러나 알은체하고 싶지 않았다고 해서 그에 대한 안쓰러움이 없었던 것은 아닌 모양이었다. 휘파람을 불며 라인을 긋고 있는 그를 보자 여자는 새삼 미안한 마음이 들었다. 혹시라도 어제 일에 대해 섭섭한 그가 따지기라도 하면 어쩌나 하는 우려가 빠르게 머리를 스쳐 간 것도 사실이었다. 그러나 그런 우려는 막 라인 긋기를 끝낸 그가 여자를 향해 손을 흔들면서부터 없어졌다.

그는 코치 흉내를 내며 레슨 시간에 늦은 여자를 가볍게 꾸짖었다. 그런 다음 커피를 마시겠느냐고 물었다. 여자는 싫다고 했다. 그가 타주는 커피는 크림과 설탕을 너무 많이 넣어서 마시기가 힘들었다. 아무도 자신이 탄 커피를 마시려 하지 않는다는 것을 그도 알 것이었다. 그가 탄 커피를 마시는 사람은 테니스장을 처음 찾는 사람뿐이었다. 그런데도 그는 만나는 사람마다 커피를 마시겠느냐고 물었다.

갑자기 그가 주위를 두리번거렸다. 예의 그 이야기를 시작하려는 신호였다.

그의 입술이 빠르게 달싹거리기 시작했다. 고개를 흔들며 눈을 찡그릴 때마다 왼쪽 이마에 깊이 팬 흉터에 짧은 주름이 잡혔다. 숨이 찬지 간혹 한숨을 쉴 때마다 긴 혀로 마른 입술을 축였다. 벌써 몇 번을 들었건만 그의 표정은 처음으로 그 이야기를 꺼내는 것처럼 진지했다. 때문에 똑바로 자신을 향하는 그의 시선을 여자는 모른 체할 수 없었다. 여자는 그의 앞섶을 바라보며 적당히 고개를 끄덕였다. 정말이지 그의 눈은 바라보고 싶지 않았다. 유난히 옅은 갈색 홍채 때문이기도 하지만 분명 사팔뜨기는 아닌데도 자신을 향하되 결코 초점이 분명하지 않은 그의 눈동자는 사람을 불편하게 하는 데가 있었다.

미안했던 마음은 도무지 알아들을 수 없는 그의 어눌한 발음을 들음으로써 사라져 버렸다. 잠시나마 그의 말에 고개를 끄덕여 준 자신이 한심스럽게 느껴질 정도였다. 그런 여자를 사람들이 흘끔거리며 지나갔다. 똑같은 얘기를 수백 번 반복하는 그나 꼼짝없이 붙들린 채 하릴없이 이야기를 듣고 있는 여자를 경멸하는 눈빛이었다.

'그러니까, 건강하십시오'라는 말이 들릴 때에야 비로소 여자는 그의 얼굴을 바라보았다. 불결해 보이는 잔 거품들을 입술 끝에 묻힌 채 그는 흐뭇하게 웃고 있었으나 어설프고 불편한 미소였다.

경찰차가 테니스장에 들이닥친 것은 그때였다. 차에서 푸른 제복을 입은 경찰들이 쏟아져 나오자 돌연 그의 입술이 경련을 일으켰다. 긴장하고 있다는 뜻이었다. 간이 소파에서 커피를 마시던 사람들과 코트에서 복식 게임을 하고 있던 사람들이 의아한 눈빛으로 황야의 무법자처럼 음산한 분위기를 풍기고 있는 그들을 바라보았다. 굳이 뭔가 긴밀하고 심각한 표정을 짓지 않았다 하더라도 난데없는 출현만으로도 그들은 평온한 테니스장을 충분히 긴장시켰다.

그중에서 가장 평정을 잃은 사람이 그였다. 입술 끝에 매달려 있던 불결한 거품을 쉴 새 없이 혀로 닦아 내는 그의 얼굴이 어느새 하얗게 질려 있었다. 까만 눈동자는 초점을 잃은 채 허공을 향했다. 그는 정말 순식간에 여자 앞에서 사라져 버렸다. 뭐라고 붙잡을 새도 없었다. 허둥지둥 테니스장을 빠져나가는 그를 눈썹이 짙은 경찰 하나가 날카롭게 쏘아보았다.

3

사람들은 일제히 테니스장 왼쪽을 바라보았다. 금방이라도 주저앉을 듯싶은 ㄷ자의 검은 지붕이 눈에 들어왔다. 언뜻 보아서는 철판인지 기와인지 구분이 가지 않았다. 건물은 나무로 이루어져 있었다. 레일에 깔린 침목 같은 느낌을 주는 나무였다. 짙은 고동색을 띠고 있었고, 먼지처럼 가득한 햇빛 속에서도 잔뜩 수분을 머금은 듯한, 이름을 알 수 없는 낯선 버섯이 금방이라도 튀어나올 것처럼 습한 느낌을 주었다.

그러니까 저곳이 방앗간이었다는 말이죠, 하며 처음 입을 연 것은 하루도 빠지지 않고 나와 테니스를 치는 꽃집 남자였다. 그는 어제 낮에 그곳에서 끔찍한 어린이 추행 사건이 일어났다는 사실보다도, 테니스장 바로 옆에 이름도 생소한 방앗간이 폐허가 된 채로 남아 있다는 것이 더 놀랍다는 표정을 지었다. 은은하게 땀이 밴 하얀 티셔츠에 휠라라고 새겨진 글씨가 상큼했다.

어떤 놈인지 간도 크네, 대낮에 그 짓을 하고……. 두 번째로 말한 사람은 얼마 전에 퇴직한 은행 간부였다. 오전에 나오기 시작한 지 얼마 되지 않았기 때문에 그는 테니스장에서는 보기 드물게 노란 피부를 갖고 있었다. 대부계만을 몇십 년 담당했던 전력 때문인지 어쩐지 거만해 보이는 인상을 주는 남자였다. 방앗간이었던 그곳에서 눈을 떼지 않고 그는 연방 고개를 끄덕이며 야릇한 미소를 지었다. 그의 노란 피부만큼이나 역겨운 미소였다.

자자, 그러니까 어제 나와서 테니스를 쳤던 분이 누구라고 했죠? 검은색 수첩에다 무엇인가를 열심히 적어 대는 경찰은 좀 피곤해 보였다. 산만하게 떠들어 대기 시작하는 사람들의 주의를 집중시키는 목소리에 잔뜩 짜증이 묻어났다. 나머지 경찰들은, 테니스장 안에 마치 추행범이 숨어 있다는 제보라도 받은 것처럼 번잡스레 이곳저곳을 살피고 다녔다.

이런 건 얼마나 해요? 그들 중 유난히 배가 나온 경찰 하나가 여자에게 다가와 물었다. 라켓을 휘두르자 꽉 끼는 옷 단추 사이로 초록색 러닝셔츠가 들여다보였다. 그다지 더운 날씨가 아닌데도 그는 땀을 흘렸다. 그런 몸으로는 코앞에 추행범이 있어도 결코 잡지 못할 것 같았다. 여자는 아무 말도 하지 않았다. 그가 물론 테니스 라켓 가격이 궁금해서 묻는 것은 아닐 것이었다. 그런데도 막상 고개를 돌려 그가 자신을 바라보자 공연히 가슴이 두근거리기 시작했다. 무슨 말이든지 꺼내야 한다는 강박증이 여자를 불안하게 만들었다.

게다가 입 끝에 매달고 있는 저열한 미소는 여자에겐 매우 낯익은 것이었다. 그것은 여자에게 별로 기억하고 싶지 않은, 불편한 기억을 떠올리게 했다. 경찰이라는 낱말은 여자에게 그다지 좋은 이미지로 작용하지 않았다. 적어도 여자에게 있어서 경찰은 사건을 해결하기보단 사건을 헤집는 사람, 피해자를 보호하기보단 함부로 상처를 덧나게 하는 사람으로 남아 있었다.

때문에 여자는 경찰과 대면해야 하는 상황이 매우 불편했다. 그가 일어설 때 같이 움직이지 못한 게 후회되었다. 경찰은 여전히 입 끝을 말아 올리며 여자를 바라보고 있었다. 왜 그렇게 사람을 빤히 보느냐고 퉁바리를 주고 싶다는 생각이 불쑥 솟구쳤지만 여자는 아무 말도 하지 않았다.

아까, 그 청년은 누구죠? 친해 보이던데. 옆에 놓여 있던 볼을 만지작거리며 경찰이 다시 물었다. 무심함을 가장했지만 서둘러 떠나 버린 그에 대한 호기심이 잔뜩 묻어 있는 목소리였다. 여자는 또 아무 말도 하지 못했다. 이번엔 그가 대답을 원하고 있다는 것을 알았지만 달리 할 말이 없었기 때문이었다. 우리가 들어오니까 왜 그렇게 가버리죠? 분명히 무슨 이야긴가를 다정하게 나누고 있었던 것 같은데. 경찰은 그가 서둘러 자리를 떠난 것이 여자 탓이라도 되는 것처럼 굴었다.

아, 그 애요, 머리를 다쳤거든요. 이쪽으로 다가오며 말을 하는 꽃집 남자에게 여자는 고마움을 느꼈다. 더 이상 경찰의 힐난에 가까운 질문에 시달리지 않아도 되는 것이다. 이 아가씨, 그 친구에 대해서 잘 몰라요. 테니스장에 나온 지도 얼마 되지 않았고…… 경찰은 다시 한 번 여자를 위아래로 훑어보았다. 돌연 몸을 가리고 있는 천 조각들이 공중분해되어 칼끝처럼 날카로운 햇빛 아래 자신이 온전히 내동댕이쳐지는 느낌이었다. 있는 힘껏 그의 뺨을 때려 주고 싶은 충동이 갑자기 끓어올랐다. 여자는 자꾸만 꼼지락거리는 두 손을 주머니에 집어넣었다.

머리를 다쳤다고요? 머리를 다쳤다는 꽃집 남자의 말에 경찰은 새로운 관심을 보였다. 새된 그의 눈이 반짝 빛을 냈다. 예, 그래서 정상이 아니에요. 그런데 왜 우릴 보고 그렇게 도망가 버리죠? 그 애, 사고 난 뒤로 호되게 당했거든요, 아마 그래서 가버렸을 거예요. 이번엔 시청 앞에서 갈빗집을 운영한다는 남자가 말을 하며 다가왔다. 그래서 그 뒤론 경찰만 보면 지레겁을 먹고 달아나는 거구요. 그에게 경찰 기피증이 있다는 사실은 여자도 처음 듣는 이야기였다.

그 애, 몇 년 전에 크게 오토바이 사고를 당했어요. 친구랑 둘이 가다 하필이면 경찰차에 부딪쳤는데, 친구는 그 자리에서 즉사했고 그 애는 한동안 병원 신세 좀 졌죠. 몸에 있는 구멍이란 구멍엔 다 호스를 끼워야 할 정도로 크게 다쳤는데 몇 달 있다가 다행히 회복되었나 봐요. 근데 뇌의 한 부분이 망가져서 그 후론 어린아이같이 아무 생각이 없어요. 아가씨도 봤지? 왼쪽 이마가 푹 들어간 거. 그것도 다 그때 흉터라고. 사실인지 아닌지 모르지만 아마 한쪽 시력이 완전히 망가져서 대신 개눈깔을 집어넣었대지. 그래서 사람도 잘 못 알아봐요. 여기선 그렇게 친한 척하다가도 조금만 밖에 나서면 옆에 있어도 딴사람인 줄 안다니까. 테니스장에 그렇게 열심히 나와도 제가 어디

갔다 왔는지도 모르고 말이야. 하긴 다니는 데가 하도 많으니까 제 딴에도 정신은 없겠지만서도.

여자는 고개를 끄덕였다. 어제 연회장에서 자신을 보고서도 알은체를 하지 않았던 이유를 그제야 알 것 같았다. 초점을 잃은 듯 멍하니 바라보던 눈빛이 유난히 갈색으로 빛나던 것까지도.

경찰차에 부딪쳐서 사고가 났다고 그렇게 겁을 내나? 수긍할 수 없다는 듯 경찰이 고개를 갸웃거렸다. 한낮의 열기가 점점 더 바싹 마른 지표면을 달구고 있었으므로 말을 하면서도 그는 연방 땀을 흘렸다.

아, 말을 끝까지 들으셔야지. 남자는 어느새 말을 놓고 있었다. 갈빗집을 운영하는 사람답게 그는 경찰에게 급작스러운 친밀감을 드러냈다.

문제는 그게 아니라니까. 사고 당시에 두 애가 다 만취 상태에 있었단 말이에요. 그런데 그 애들과의 직접적인 충돌을 피하느라 경찰차에 탄 양반들까지도 완전히 병신이 되었고 말이야. 그러니 경찰들이 가만히 있었겠어. 진상을 밝히느라고 혈안이 되었지. 근데 하나는 죽어 버렸으니 누가 운전을 했느냐고 그 애만 달달 볶아 대기 시작한 거야. 하긴 볶을 필요도 없이 너무 싱겁게 일이 마무리되긴 했지만.

어떻게요? 여자는 자신도 모르게 남자 옆으로 바싹 다가앉았다. 웬 생뚱맞은 참견이냐는 듯 축축해진 손수건으로 목덜미를 닦아 내던 경찰이 뒤를 돌아보았다. 어떻게 되긴, 당연히 그 애가 운전한 것으로 밝혀졌지. 죽은 애는 오토바이 면허증도 없었으니까. 물론 그 애 부모가 난리 치고 경찰서를 쫓아다녔지. 면허가 있긴 해도 면허를 따자마자 오토바이를 타다가 경미한 사고가 난 뒤로는 한 번도 운전대를 잡은 적이 없었다고 말이야. 실은 뒤에조차 타지 못할 텐데 술에 취해서 겁 없이 따라나섰다가 사고가 난 거라고. 하지만 다 소용없는 일이지. 오토바이가 엄연히 그 애 거고 또 사고를 당한 경찰은 이미 병신이 돼서 밥줄이 다 끊겼으니 죽은 그 애라도 감옥에 집어넣고 싶은 심정이었을 텐데. 암튼 그렇게 되는 바람에 그 애네 집이 완전히 거덜났다니까. 아들내미 고쳐 놓는다고 돈 쏟아 부었지, 또 합의하느라고 쏟아 부었지. 그럼 그 사람도 깨어난 뒤에 운전했던 사실을 인정했답디까. 글쎄, 그게 그렇다니까. 아, 도무지 기억이 안 난다는 거여. 한 것도 같고, 안 한 것도 같고.

중요한 단서라도 잡은 것처럼 볼펜을 쥔 경찰의 손놀림이 빨라졌다.

4

사고가 일어난 것은 일요일 열한시에서 두시 사이였다. 추행을 당한 아이는 초등학교에서 자전거를 타고 있었다. 아이는 늘 그곳에서 놀았다. 아이의 엄마가 소프트 아이스크림을 팔고 있는 국민은행과 등기소가 있는 삼거리는 아이가 놀기에는 적당하지 않은 곳이었다. 리어카 앞쪽으로 약간의 공터가 있기는 했지만 주차를 하고 또 빠져나오느라 후진하는 차량들로 위험하기는 마찬가지였다. 게다가 휴일이었고 날씨마저 무더웠기 때문에 그날따라 아이스크림을 찾는 사람들로 아이의 엄마는 정신을 차릴 수가 없었다고 했다. 때문에 아이의 엄마는 열한 시쯤 삼거리에서 멀지 않은 곳에 있는 학교 운동장으로 아이를 데려다 주었다. 그 학교에 있는 병설 유치원에 다니고 있었으므로 아이도 복잡한 삼거리에서 오가는 사람들을 바라보느니 넓은 운동장에서 자전거를 타는 편이 훨씬 낫다고 좋아했다고 했다.

두시가 되었을 때에야 아이의 엄마는 그때까지 아이가 아무것도 먹지 않았다는 사실을 깨달았다. 옆에 있는 붕어빵 장사에게 포장마차를 부탁하고 엄마는 갓 구운 붕어빵 봉지를 든 채 부랴부랴 운동장으로 향했다.

아이는 없었다. 아이가 타던, 손잡이에 수술이 달린 자전거는 그곳 초등학교에 다니고 있는 남자 아이들이 번갈아 타고 있었다. 벤치에 앉아 엄마는 아이를 기다렸다. 그러면서 좀처럼 모습을 나타내지 않는 아이에게 조금 짜증이 났다. 나타나기만 하면 머리를 세 대쯤 쥐어박으리라 마음먹기도 하였다.

바삭하던 붕어빵이 식어 흐물흐물해진 다음에야 엄마는 아이를 걱정하기 시작했다. 학교의 이곳저곳을 살피고 다녔지만 아이를 찾을 수는 없었다. 엄마는 당황하기 시작했다. 아이가 한 번도 있으라는 곳에서 벗어난 적이 없었다는 사실도 그제야 떠올렸다.

운동장에서 놀고 있는 애들에게 엄마는 달려가 묻기 시작했다. 온몸에 땀과 먼지를 뒤집어쓰고 놀기에 열중해 있던 애들 중 없어진 아이를 기억하고 있는 애는 하나도 없었다. 불길한 생각이 흐물흐물한 붕어빵처럼 아이 엄마를 초췌하게 만들었다.

그 단발머리 꼬마요? 아까 교문 밖으로 나가던데. 수돗가에서 막 돌아온, 햇볕에 얼굴이 익을 대로 익은 남자 애를 붙잡고 아이의 엄마는 자세히 물었다. 그러나 남자 애는 더 이상 아무 말도 하지 않았다. 아이가 무엇에라도 홀린 듯 정신없이 교문을 나서더라는 것밖에는.

5

경찰은 테니스장에 자주 나타났다. 아무나 붙잡고 그에 대해 묻기 시작했다. 그가 일요일에 있었던 추행 사건의 범인이라고 믿고 싶은 것 같았다. 이 지루하고 따분한 사건을 빨리 마무리하고 싶어하는 의중이 그의 나른한 표정에서 나타났다.

그러나 그에 대해 더 드러날 만한 것은 없었다. 그는 그다지 신비스러운 사람이 못 되었다. 고등학교에 다닐 때까지는 비교적 영특한 편에 속했고, 테니스를 좋아했고, 두 명의 여자 친구가 있었다는, 그다지 새로울 것도 신기할 것도 없는 사실들이 누군가의 입에서 나왔다. 사고가 난 뒤로는 안 다니는 데 없이 어디든 돌아다니고, 뇌가 아주 퇴행한 것은 아니어서 남자보다는 여자를 더 따르고, 맛동산을 병적으로 좋아한다는 사실도 새로 밝혀졌지만, 이 역시 성추행 사건과는 아무런 상관이 없는 것들이었다.

여자를 잘 따른다고요? 그 대목에서 경찰은 자못 비장한 어투로 물었다. 뭔가 전혀 상관없는 상황에서 결정적인 단서를 잡은 명탐정 같은 표정을 하고 있었지만 눈빛은 한없이 나른해서 금방이라도 게으른 낮잠에 빠져들 것같이 보였다. 그렇다니까요, 꼴에 또 여자는 밝힌다니까. 이 아가씨한테 물어보슈. 요즘은 이쪽만 붙잡고 커피를 끓여 준다며 그 지긋지긋한 사고 얘기를 끝도 없이 되풀이했으니까.

갑자기 사람들의 시선이 여자에게 일제히 쏠렸다. 아무것이라도 그에 대한 지루한 기억들을 이야기하길 기대하는 표정으로였다. 그러나 아무 할 말이 없다는 것은 그들이 오히려 더 잘 알고 있을 터였다. 불과 일주일 새에 그와 무슨 얘기를 나누었을 것이며 그나마 그가 여자에게 들려줬던 얘기는 이미 자신들이 다 해버린 터였다.

왜 있잖아. 안 먹겠다는데 자꾸 맛동산도 주더만. 그거, 다른 사람은 절대 안 주는 거여. 기다리기가 지루하다는 듯 퇴직한 은행원이 말하자 기다렸다는 듯이 사람들이 동조를 하고 나섰다. 정말 그랬소, 아가씨? 경찰의 반응이 너무 진지했기 때문에 적어도 이 순간만은 맛동산이라는 단어가 대단히 음험한 분위기를 갖고 있는 것으로 여겨졌다. 경찰은 맛동산을 먹은 것이 돌이킬 수 없는 죄라도 되는 것처럼 날카롭게 따져 물으며 들고 있던 검은색 수첩에 부지런히 메모를 했다. 흘림체로 급하게 쓴, 여자, 맛동산이라는 글자가 눈에 들어왔다.

맞아, 정말 그래. 그 애 전생에 무슨 웬수를 졌는지 맛동산은 미친 듯이 먹어 댄다니까. 하다못해 우리가 게임을 할 때도 말이야, 아, 누가 저더러 심판을 봐달라고 했나. 나 원 참, 바보가 다 된 것 같아도 게임 규칙 안 잊은 건 또 용하지. 어쨌거나 그냥 무조건 심판대에 올라가서는 맛동산 내기라고 제멋대로 정해 놓고 말이야. 듀스 때 그놈이 맛동산 리시브, 맛동산 리시브, 하고 떠들면 환장할 지경이었다니까. 그래 놓곤 또 그것 안 사준다고 종일 쫓아다니며 난리나 치고 말이야. 아마 우리가 사낸 맛동산만 해도 족히 몇 박스는 될걸. 아, 경찰 양반, 그러지 말고 차라리 그 피해자 꼬마랑 그 애를 대질시켜 봐요. 그러면 한 방에 알 일을 가지고 왜 그렇게 빙빙 도는 거여. 내 생각에 암만해도 그 애가 틀림없는 것 같어. 요즘은 테니스장에서 살다시피 했는데 꼭 일요일에만 안 나왔다니까. 여기 우리는 그 시간에 게임을 했고 말이여.

아랫도리가 벗겨진 채로 방앗간에서 발견되었다는 그 일곱 살짜리 여자 아이가 심한 충격 때문에 실어증을 보이고 있다는 이야기는 이미 첫날 경찰이 했던 터였다. 그런데도 사람들은 아이와 그를 대질시키는 게 가장 확실한 방법이라고 우기고 들었다. 그를 봄으로써 아이가 받을 상처 따위는 전혀 고려하지 않는 태도였다. 아이의 몸에 묻은 체액을 검사하면 가장 확실하지 않겠느냐고 나선 건 꽃집 남자였다. 분명 그는 직업을 잘못 택했거나 아니면 드라마나 영화를 너무 많이 봤을 것이었다. 너무 놀란 아이 엄마가 부랴부랴 집으로 업고 가 정신없이 몸을 씻겨 버렸다는 말을 들었을 때는 아빠라도 되는 것처럼 답답하다며 아이 엄마의 경솔을 탓했다.

그나마 경찰에게 남아 있는 어느 정도의 위엄은 우후죽순처럼 떠들어 대는 사람들을 가라앉힐 때에야 겨우 사용되었다. 잠깐만요, 잠깐 조용히들 하시고……. 일제히 사람들의 시선이 자기에게 쏠리자 경찰은 초등학교 교사처럼 손가락을 들어 한 사람을 지목해서 물었다. 맛동산 리시브가 무슨 말이죠? 지목을 당한 갈빗집 남자의 표정이 약간 상기되었다. 남자는 안 해도 좋을 헛기침을 두어 번 하더니 곧 자리에 앉아 게임을 지도하는 감독처럼 그림을 그리기 시작했다. 여기가 에이고 여기가 비라면 말입니다. 남자의 설명은 길고 지루했다. 때문에 말의 허리를 자르고 경찰이 나름대로의 결론을 내린 것은 당연했다. 그러니까 서브를 받는 입장에서 리시브라고 하는데 그 사람은 종료 직전 서브 때 꼭 그 말을 한단 말이죠. 맞아요, 그렇다니까요. 그 리시브로 인해 맛동산의 향방이 판가름된다. 아

따, 머리 한번 좋으시네.

경찰은 득도라도 한 표정으로 눈에 띌 만큼 크게 고개를 끄덕이고 돌아갔다.

6

여자가 경찰서로 전화를 한 것은 추행 사건의 강력한 용의자로 그가 지목되었다는 소식을 들었을 때였다. 경찰을 본 날로부터 거의 열흘씩이나 테니스장에 모습을 나타내지 않는 점도 그를 의심하는 사람들에겐 유력한 증거로 작용되고 있던 참이었다.

그러니까 그 애가 그 시간쯤에 시의원 딸내미의 예식장 피로연 자리에 있었다! 그러나 혼잣말로 중얼거리던 경찰이 처음 뱉은 말은 그의 행방에 대한 궁금증이 아니었다. 무슨 관계슈. 경찰의 말투는 충분히 악의적이었다. 경찰은 그가 그 당시에 피로연장에 있었다는 사실보다도 새로운 사실을 제보하려고 하는 여자에 대해 미심쩍어함을 굳이 감추지 않았다. 그 사람과는 잘 알지도 못한다면서 법원에 나와 증인이 되어 줄 수 있겠소. 경찰의 딱딱한 말투는 적어도 여자에겐 위협으로 느껴졌다.

그 애조차 자기가 그날 피로연에 갔다는 걸 전혀 기억 못하던데, 아가씨가 어떻게 그렇게 잘 알지? 그러니까 그 애가 정확히 열한시부터 두시까지 피로연장에 있었다! 정확하다는 것은 아니었다. 여자는 단지 그가 그 시간쯤에 피로연장에 나타났었고, 또 피로연장과 방앗간은 결코 짧은 시간에 도달할 수 없는 거리를 두고 있다는 것을 말하고 싶었을 뿐이었다.

거, 이상하네. 푸념처럼 중얼거리는 말소리를 듣고 고개를 갸웃거리는 경찰의 모습을 상상하는 건 여자에게 그다지 어려운 일이 아니었다. 어떻게 아가씨가 범인을 감싸고 돌지? 오히려 더 끔찍스러워해야 하는 거 아닌가. 본인도 경험자이면서 말이야. 적어도 그 말을 하는 순간 경찰의 목젖이 야비하게 흔들렸다는 것을 여자는 알 수 있었다.

공연한 참견을 했다는 후회가, 여자로 하여금 소스라치게 놀라며 전화기를 집어던지듯 내려놓게 했다. 사실 여자도 아무런 갈등 없이 버튼을 누른 것은 아니었다. 그 일은 상당한 정도의 용기를 필요로 했고, 때문에 경찰이 테니스장을 찾았던 첫날 그의 알리바이를 말해 주지 못했던 것이다. 여자는 또 하나의 상처를 덧나게 한 자신의 경솔함을 깊이 후회했다.

당연한 결과로 여자의 전화는 그에게 아무런 도움도 되지 못했다. 그에 대한 경찰의 의심은 전혀 풀리지 않았고 테니스장 사람들마저 관계도 없는 일에 전화를 걸어 수사를 흐리게 했다는 이유로 여자를 빈정대기 시작했다. 전에는 느끼지 못하던 모호한 눈길로 여자의 뒤끝을 살폈다. 이야기를 하다가도 사람들은 여자를 발견하면 테이프 리코더의 일시 정지 버튼을 누른 듯 툭, 말을 그쳤다. 테니스장에 들어서다 사람들의 그런 반응을 눈치 챈 여자는 급한 일이 생각난 것처럼 서둘러 오던 길을 되돌아 나갔다. 자신의 온몸 구석구석에 진드기처럼 달라붙어 있는 지독한 우울증을 다스리기 위해서라도, 자신을 머뭇거리게 했던 오랜 계획을 이제야말로 실천해야겠다는 의지가 걷잡을 수 없이 솟구쳐 올랐기 때문이었다.

수사는 의심이 가는 몇 명의 사람들을 경찰서에 출두시키는 것으로 진행되었다. 모든 정황에서 그가 의심스럽기는 했지만 결정적인 단서는 발견하지 못했기 때문이었다. 이건 의례적인 절차입니다. 몇 번 테니스장을 출입하는 동안 사람들과 안면을 트게 된 경찰은 출두 명령을 받은 몇 명의 남자들 기분이 상하지 않도록 공손하게 말했다. 여자에게 라켓이 얼마냐고 물었던 그는 초록빛 러닝셔츠 안에 감추어져 있는 뱃살을 빼는 방법으로 테니스를 선택해 며칠 전부터 특혜에 가까운 개인 레슨을 받고 있는 중이었다.

사람들은 술렁이기 시작했다. 형식적이긴 하지만 용의자의 대열에 끼여야 한다는 사실에 대해 꽃집 남자가 불쾌함을 굳이 감추지 않았다. 하지만 불쌍한 꼬마를 위해 도자기에 뿌리를 박은 미니 수선화를 선물하겠노라고 했다. 갈빗집 남자는 실어증에 걸려 하루 종일 입을 열지 않는다는 여자 아이를 안쓰러워하며 기꺼이 참석하겠노라고 했다. 범인이 잡히면 피해자와 함께 경찰에게 갈비를 한 번 대접하겠다는 말도 잊지 않았다. 퇴직 은행원은 혼자 살고 있다는, 이제 겨우 서른 살밖에 되지 않았다는 아이의 엄마에게 호기심을 드러냈다. 일요일에 그 근방을 서성거리던 불량스러운 몇 명의 남자들과 함께 그들은 약간의 설렘을 동반한 채 경찰서에 출두하기로 결정했다.

꽃집 남자는 그의 이미지에 걸맞게 하얀 브이 네크라인 티셔츠를 입고 경찰서에 나타났다. 엷은 브라운 계열의 면바지는 적당하게 그을린 그의 피부를 더욱 싱그럽게 보이도록 했다. 약속했던 대로 오른손에 미니 수선화 몇 송이가 담겨 있는 하얀 도자기를 들고 있었다. 퇴직 은행원은 정말 오랜만에 양복을 입고 넥타이를 하고 나타났다. 짙은 재색의 양복과 블루 톤의 넥타이는 그가 뭔가를 계산하고 따져야 하는 은행일에 적격자임을 암시해 주었다. 경찰서 안으로 들어서며 그는 바지 주머니에서 잘 접힌 피에르 가르뎅 손수건을 꺼내 세련된 몸짓으로 이마의 땀을 닦아 냈다.

출두 시간이 조금 지났을 때 갈빗집 남자가 모습을 나타냈다. 중요한 단체 손님 때문에 늦었다며 그는 허둥지둥 들어섰다. 아닌 게 아니라 그가 입고 있는 사파리와 체크 바지에서 고소하고 기름진 갈비 냄새가 먼지 떨어지듯 쏟아져 내렸다. 그때까지 점심을 해결하지 못한 경찰들에게 호탕하게 인사를 건네며 그는 오늘이라도 당장 쇠갈비를 대접하겠다고 흰소리를 했다.

제일 늦게 나타난 것은 그였다. 스스로 모습을 나타냈다기보다 그는 거의 끌려서 경찰서에 왔다. 여전히 짙은 밤색 모직 점퍼를 입고 있었고 며칠 동안 감지 않은 지독한 곱슬머리가 번들번들 윤기를 내며 두피에 착 달라붙어 있었다. 가뜩이나 초점이 없는 그의 까만 눈동자는 쉴 새 없이 흔들렸다. 그의 왼손에 복주머니 모양으로 쥐여 있는, 덕용 사이즈의 맛동산 봉지가 유별나게 붉었다. 그는 정신없이 맛동산을 먹어 댔다. 한주먹 가득 들어 있던 맛동산을 먹기 위해 입을 벌릴 때의 그는 좀 혐오스럽게 보였다. 채 부서지지도 않은 맛동산이 그의 입으로 넘어갈 때마다 목구멍이 통째로 개구리를 삼킨 뱀의 허리처럼 불룩해졌다. 바로 옆에 서서 그런 자신을 경멸이 가득한 눈으로 바라보는 남자들을 그는 전혀 알아보지 못했다.

키 재기를 하는 것처럼 남자들은 일렬로 줄을 섰다. 몇 명은 모의시험에 참가하는 사람들처럼 웃었고, 몇 명은 난데없는 출두 명령에 따른 불쾌함을 그때까지도 얼굴에 드러냈다. 그는 여전히 맛동산만 먹어 대고 있었다.

7

그 자리에서 그는 체포되었다. 구속 영장 같은 것은 필요 없었다. 그는 현행범에 준하는 취급을 받았다. 갑작스러운 그의 체포에 대해 아무도 이의를 달지 않았다. 심지어 그마저도 그랬다. 두 손에 수갑이 채워지는 그 순간에도 그는 유난히 붉은 빛깔의 맛동산 봉지를 손에서 놓지 않았고, 이번엔 두 손으로 허겁지겁 맛동산을 입속에 털어 넣을 뿐이었다. 그 바람에 입 주변에 과자 부스러기와 땅콩들이 묻어 좀 다운 증후군 환자 같은 인상이 되었다.

그를 발견한 이후로 매직미러 안쪽에서 아이는 계속 토하고 있었다. 젤리 같은 눈물들이 아이의 눈에 길게 매달렸다. 가뜩이나 아무것도 먹은 것이 없는 입에서는 수초 같은 위산들이 개구리 알처럼 조밀하게 뭉쳐진 채 뭉텅뭉텅 떨어져 내렸다.

물론 조금 정확히 말하자면 아이의 급격한 불안을 유도한 것은 그가 아니라 그의 손에 들려 있는 맛동산 봉지였다. 남자들이 취조실에 하나하나 모습을 나타낼 때부터 아이는, 불량 색소로 뒤범벅된 소프트 아이스크림을 파는 엄마의 목을 조를 듯이 꼭 끌어안고 떨어지려 하지 않았다. 아이의 눈썹이 지렁이처럼 꿈틀대기 시작했고, 급기야는 갑작스럽게 한기가 느껴지는지 몸서리를 쳤다. 사고 이후로 성인 남자와 마주할 때면 나타나는 증상이었다. 마지막으로 그가 거울 앞에 서게 되었다. 전신이 비치는 큰 거울 앞에서 그는 갑자기 히죽 웃었다. 그러더니 바싹 다가가 치아 사이에 낀 맛동산 찌꺼기를 더러운 손톱으로 긁어내려 애썼다. 돌연 그의 얼굴이 바싹 다가오자 아이는 소리를 질렀다. 대롱대롱 손에 매달려 있는 맛동산을 보았을 땐 그만 엄마의 몸을 세게 밀어 버리고 방 한쪽으로 달려갔다. 공처럼 둥글게 몸을 만 채 아이는 구석에서 토하기 시작했다.

맛동산 봉지를 대할 때마다 나타나는 아이의 과민 반응을 경찰은 주시했다. 범인과 맛동산은 깊은 관련이 있는 것으로 추정했다. 그리고 마지막엔 맛동산과 그를 동일시하는 것으로 결론을 내려 버렸다. 사건은 종결되었다. 체포된 그는 더 이상 맛동산을 먹지 못하게 되었고, 초록빛 러닝셔츠를 입은 경찰은 느긋한 심정으로 테니스를 배워 나갔다.

8

그가 없는 테니스장은 훨씬 훤했다. 새로 객토 작업을 했기 때문에 코트는 부드러운 황톳빛을 띠었다. 사람들의 복장은 깊어 가는 계절에 걸맞게 점점 발랄해졌다. 사람들은 여전히 아침이면 나와 테니스를 쳤다. 꽃집 남자의 피부는 부쩍 까매졌다. 퇴직 은행원의 목덜미는 빨개졌고 갈빗집 남자는 트레이닝복에도 참숯과 갈비 냄새를 잔뜩 집어넣고 다녔다.

심판대 위에 올라서서 맛동산 리시브라고 외친 건 꽃집 남자였다. 막 서브를 하려고 하던 퇴직 은행원과 두 손으로 라켓을 잡고 볼을 기다리던 갈빗집 남자는 동시에 심판대를 흘겨보았다. 아, 미안, 미안. 꽃집 남자는 개구쟁이처럼 눈을 찡긋대며 환하게 웃었다. 가지런한 치열이 햇빛에 반사되었다. 내가 뭐랬어. 맛동산 작전이 먹힐 거라고 했지. 한때는 내 꿈이 형사였니까. 꽃집 남자는 갑자기 심판대에서 일어나 재빨리 주머니에

140

서 권총을 뽑아 드는 시늉을 했다. 그러나 그건 형사보다는 은행 강도나 서부 활극의 총잡이에 더 어울릴 만한 몸짓이었다.

오늘은 로스케 리시브 어때. 사거리 단란 주점에 러시아 애들이 떼로 몰려왔다는데. 하, 고것들 미끈하게 빠진 게 꼭 갓 잡아 올린 학꽁치 같다니까. 다시 자세를 고쳐 잡으며 갈빗집 남자가 호기롭게 말했다. 로스케 리시브, 거 좋지. 서브권을 쥔 퇴직 은행원이 바로 그의 말에 동조를 했다. 그럼 나는. 허리를 구부린 채 밑을 내려다보며 꽃집 남자가 퉁명스럽게 소리를 질렀다. 알았어, 알았다고. 대신 이번엔 심판이나 잘 봐. 또 슬그머니 빠져나가지 말고. 다음엔 절대 도와주지 않을 테니까. 내가 이번에 그놈의 거짓말 하느라고 간이 다 오그라들었다니까. 그래, 맞어. 퇴직 은행원의 말에 이번엔 갈빗집 남자가 동조를 하고 나섰다. 꽃집 남자는 머리를 긁으며 멋쩍게 웃었다. 그때 갑자기 황사 바람이 코트로 밀려들었기 때문에 세 남자는 바이러스를 동반한 먼지가 눈 속에 들어가지 않도록 일제히 눈을 감았다.

여자는 막 테니스장에 들어서고 있었다. 며칠 만에 나타난 여자의 모습은 많이 바뀌어 있었다. 핏기 없던 얼굴은 짙은 베이지 파운데이션으로 가려져 있었다. 도톰한 입술은 도발적인 붉은색으로 탐스럽게 빛났고, 무엇보다도 코트로 향하는 걸음걸이에서 육감적인 생기가 흘러넘쳤다. 며칠 간의 입원 끝에 병원을 나서던 여자는 산부인과 전문의로부터 처녀막 재생 수

술이 성공적으로 끝났다는 최종 진료를 받았다. 오랜 변비에서 해방된 것처럼 여자는 날아갈 듯이 몸이 가벼워짐을 느꼈다. 거센 황사 바람에도 여자는 눈을 감거나 몸을 돌리지 않았다. 머리카락이 자유분방하게 날리는 것을 즐기며 뇌쇄적인 표정으로 위를 한 번 바라다보았을 뿐이었다. 그때 테니스장 왼쪽에 위치한, 침목 같은 나무로 이루어져 있는, 지금은 폐쇄된 방앗간에서 돌연 붉은 새 한 마리가 튀어 올랐다. 눈을 감고 있는 세 남자의 머리 위에서 잠시 몸을 비틀던, 그 맛동산 봉지가 곧 황사 바람 속으로 깊이깊이 빨려 들어가는 것을 일별한 후, 여자는 라켓을 휘두르며 레슨 준비를 했다.

마술 램프

1

이제야 일이 끝난 것일까. 며칠 동안 꼼짝도 하지 않던 암탉
이 새벽부터 나와 마당에서 서성거리고 있다. 날갯짓이 가벼운
걸 보니 모처럼 한 외출이 퍽이나 흥겨운 모양이다. 하긴 시도
때도 없이 마당으로 나와 울어 대던 것이 벌써 며칠째 꼼짝없
이 우리 안에 갇혀 있었으니 답답하기도 했을 것이다.

나는 곧장 우리 안으로 달려갔다. 몇 마리나 깨어났을까. 통
알을 품지 못하던 밉살둥이 암탉이 둥지에 앉아 있기 시작한
지난주부터, 나는 줄곧 이 순간만을 기다려 왔다. 알을 품으면
서 했던 꼴사나운 짓을, 턱없이 사람을 경계해서 조금만 들여
다볼라치면 사납게 날개를 푸드덕대던 것을 참았던 것도 다 이
순간을 위해서였다. 그것뿐인가. 깨끗한 물을 떠다 놓은 것도,
노란 차조를 듬뿍듬뿍 모이통에 쏟아 부은 것도 바로 이 순간
을 위해서였던 것이다.

나는 암탉보다도 더 병아리를 잘 키울 자신이 있다. 순진한 병아리들은 모이만 제때 준다면 얼마든지 나를 좋아할 것이다. 그러면 순심이년 부러울 것이 없게 된다. 고년, 우리 닭이 알을 못 까는 것을 알게 된 후로는 공연히 병아리들을 부리며 언제부터인가 우리 집 담장 밑을 휘이휘이 소리 지르며 지나다녔는데, 이제는 그 꼴을 보지 않아도 되는 것이다. 이제야 말이지만 순심이년이 병아리들을 흉내 내며 입을 촐랑이처럼 내밀고 구구구 모이를 주는 것이 나는 참 부러웠다. 고년이 동네 아이들과 몰려다니며 아버지 없는 자식이라고 내 욕을 한다는 것을 모르기만 했어도 아마 나는 병아리를 보기 위해 매일 순심이네 집으로 갔을 것이다.

그러나 다 지나간 일이다. 이제는 내게도 병아리가 생길 것이다. 순심이년이 그랬듯이 나도 엉덩이를 쑥 빼고 입을 오리처럼 내민 채 병아리들과 함께 마당을 돌아다닐 수 있게 될 것이다. 병아리들은 쉴 새 없이 떠들어 대며 내 뒤를 따라다니겠지. 나는 대장처럼 앞장을 서고 슬몃슬몃 쌀통에서 꺼내 온 투명한 쌀들을 마당에 뿌려 놓을 것이다.

그런데 우리 안이 너무 조용했다. 비릿한 냄새만 흐물흐물 떠다닐 뿐이었다. 나는 우리의 안쪽으로 좀 더 들어가 보았다. 깨진 달걀들이 빈 둥지에 여기저기 널려 있었다. 그러나 어디에서도 병아리는 보이지 않았다. 정신없이 둥지를 뒤적여 보았지만 말라 버린 나뭇잎처럼 엷은 계란 껍데기만 손에서 바스락

소리를 내며 부서질 뿐이었다. 갑자기 화가 났다. 이번에도 실패를 하다니. 도대체 저놈의 암탉은 예쁜 구석이 없다. 한 번도 제 새끼를 만들어 낸 적이 없다. 온갖 요란을 떨며 며칠이고 알을 품다가 번번이 깨먹는다. 이번에는 꽤 오래 우리에서 나오지 않아 성공할 줄 알았다. 그런데 또 실패라니. 닭이 미웠다. 너무 미워 매운 고추를 먹은 것처럼 자꾸 코끝이 아렸다. 뿌연 막 같은 것이 두 눈을 가려 빈 둥지가 자꾸 여러 개로 보였다.

나는 천천히 깨진 달걀을 치웠다. 가끔 묵직한 것도 손에 잡혀 혹시나 싶어 조심스럽게 잡아 보면 물컹한 흰자와 노른자가 썩은 채로 흘러나왔다. 꼭 지저분한 행주에서 나오는 것 같은 그 냄새를 맡으니 눈에 대롱대롱 매달려 있던 눈물이 뚝, 손끝으로 떨어졌다.

나는 검붉게 응고되어 가고 있는 알을 손바닥에 올려놓고 한참 바라보았다. 퀴퀴한 냄새가 아지랑이처럼 올라왔다. 손가락으로 저어 보았더니 동지에 쒀 먹은 팥죽처럼 물컹했다. 두 번째 달걀도, 세 번째 달걀도 마찬가지였다. 그러다가 깜짝 놀랐다. 둥지 안쪽에 깨지지 않은 것이 하나 있었다. 실고추 같은 붉은 선이 전체를 감고 있어서 마치 안에 붉은 물체가 들어 있는 것처럼 보이는 달걀이었다. 어찌나 아슬아슬한지 손가락으로 조금만 세게 누르면 금방이라도 폭, 부서져 버릴 것만 같았다. 조심스레 살펴보니 깨진 틈새로 드러난 투명 막이 보였다. 숨을 멈추고 귀를 기울이자 투명 막 안쪽으로 무엇인가 숨쉬는 것이 느껴졌다. 며칠만 더 품었더라면 병아리가 될 뻔한 달걀이었다. 그것을 보자 갑자기 기분이 좋아졌다. 박하사탕을 먹은 것처럼 가슴이 화해지는 것 같았다. 나는 조심스럽게 달걀을 감싸 쥐었다. 그리고 결심했다. 이제부터는 내가 병아리를 나오게 하겠다고.

마당은 한바탕 난리가 나 있었다. 개들 때문이었다. 오랜만에 나타난 암탉을 보고 마당 한구석에 묶여 있던 개들이 침을 질질 흘리며 사납게 짖어 댔다. 어찌나 두 발을 겅중거리던지 금방이라도 목에 묶인 끈이 끊어질 것만 같았다. 햇빛에 드러난 날카로운 흰 이빨은 닭을 삼켜 버릴 듯이 위협적으로 빛났다. 그 서슬에 놀라 암탉이 어찌할 줄을 모르고 뛰어다녔다. 알도 못 품는 주제에 저런 오두방정이라니.

나는 모르는 척, 가장 사납게 짖어 대고 있는 해피를 풀어 주었다. 해피가 어리둥절한 표정으로 나를 바라보았다. 그러곤 이내 지금 자신이 해야 할 일이 무엇인가를 깨달은 듯, 암탉을 향해 날렵하게 달려갔다. 급작스러운 위기감을 느낀 암탉이 소리를 질러 대며 고꾸라질 듯이 뛰기 시작했고 그 바람에 뽀얀 먼지가 내 얼굴로 올라왔다.

얼마 지나지 않아 암탉의 목을 움켜쥔 채 나를 바라보는 해피와 눈이 마주치자 나는 관대하게 웃어 주었다. 암탉의 숨통을 쥔 해피의 발톱에 힘이 가해졌고 붉은 잇몸 사이로 날카로운 이빨이 빛났다.

해피가 숨을 고르는 사이 나는 부엌으로 들어가 자개가 박혀 있는 찬장 문을 열었다. 빈 플라스틱 통이나 유리병 등 뭐든 쓸 만한 것은 엄마가 그곳에 놓아둔다는 것을 진작부터 알고 있었기 때문이다.

찬장의 아래쪽에 가지런하게 놓여 있는 통들 중에서 나는 비교적 모양이 예쁜 마요네즈병을 하나 집어 들었다. 오목 렌즈처럼 빛을 모을 수 있는 마요네즈병은 둥지로 쓰기에 충분해 보였다. 거기에다 언니가 앉은뱅이책상 밑에 숨겨 두고 아껴 쓰는 향수 냄새가 흠뻑 묻어 있는 휴지만 집어넣는다면 푹신하고 포근하여 달걀도 깨지지 않을 것이었다.

암탉은 한쪽으로 누운 채 숨을 할딱이고 있었다. 괴로운 듯 가슴이 포닥거리고 있었고 가는 목에서 붉은 피가 끝도 없이 흘러나왔다. 그러곤 암탉은 완전히 숨이 끊겨 마당에 널브러지고 말았다. 비릿한 피 냄새가 아직 마당에 남아 있는 안개 속으로 스며들었고 그 바람에 오래 버스를 탄 것처럼 속이 메슥거렸다.

그것까지는 예기치 못했던 듯 해피는 마당 한구석에서 꼬리를 감춘 채 낑낑댔다. 그러나 차라리 잘된 일인지도 몰랐다. 고기를 먹어 본 지도 오래됐는데. 해피만 엄마한테 몇 번 차이고 나는 모르는 척 입만 다물면 되는 것이다. 그런 다음엔 엄마가 닭털을 뽑겠지. 어차피 병아리도 까지 못하는 닭이니까 엄마도 크게 속상해하지는 않을 것이다. 어쨌든 오늘 저녁에는 맛있는 닭고기를 먹게 됐다. 해피도 예쁘지는 않았는데 그 나름대로 쓸모가 있는 것 같다. 사실 어제 일을 생각하면 개들을 먼저 죽이고 싶었는데, 특히 해피를.

2

그러니까…… 어제…… 선생님이 왔다. 안경 속에 손수건을 집어넣고 연방 땀을 닦으며 어쩔 줄 모르는 모습으로였다. 동글게 말린 햇빛이 쥐똥색 양복 속으로 몽땅 들어갔는지 선생님은 갈탄 난로처럼 부글부글 열을 뿜어냈었다.

마침 엄마가 없었던 건 다행이었다. 결석한 것을 들키지 않았으니까. 엄마의 붉은 얼굴을 선생님께 보이지 않아도 되었으니까. 만약에 벌써 며칠째 결석했다는 것을 알면 엄마는 또 고래고래 소리를 지르고 욕하며 내게 덤벼들 것이었다. 엄마는 결석만 하면 때렸다. 빗자루로 등짝을 철썩철썩 후려치고, 발로 차고, 머리채도 잡고 흔들었다. 학교에 갔다가 일찍 와버리는 것은 뭐라고 하지 않으면서 결석은 안 된다고 버럭버럭 소리를 질러 댔다. 엄마가 결석에 그렇듯 민감하게 반응하는 이유는 단 한 가지였다. 바로 졸업장 때문이었다. 졸업장은 꼭 받아야 한다고, 공장에라도 가려면, 또 시집도 가려면 그거라도 있어야 한다고 엄마는 나를 때릴 때마다 그렇게 소리 지르곤 했다.

언제나처럼 까만 안경을 쓴 선생님이 마당으로 들어설 때, 나는 마루에 누워 아카시아 냄새를 맡고 있었다. 알싸한 그 냄새가 어찌나 좋던지 눈까지 감은 채 콧노래를 흥얼거리고 있었다. 코끝으로 향을 느끼며 기온이 내려가는 저녁쯤에는 나무에 올라가 한 아름 꽃을 따리라 계획하고 있었다. 그런데 갑자기 개들이 짖어 대기 시작했다. 그때까지도 옆으로 비죽이 누워 햇빛을 즐기던 개들이 갑자기 튀어 오르듯이 일어나 목 심줄을 돋우기까지 했다. 특히 저놈의 개새끼 해피가. 나는 깜짝 놀라 눈을 떴고 너무 빨리 일어나는 바람에 하마터면 마루에 이마를 찧을 뻔하기까지 했다. 때문에 처음엔 어쩔 줄 모르고 서 있는 선생님을 알아보지 못했다. 밝은 빛 속에 어떤 물체가 있구나, 하는 것만 느꼈을 뿐이었다. 그러다 형광빛으로 빛나는 마당에 엉거주춤 서 있는 물체가 선생님이라는 것을 알았을 때 갑자기 화가 치밀어 올랐다. 나는 곧장 개 집으로 달려갔고 옆에 세워져 있던 빗자루로 더욱 사납게 짖어 대는 개들을 마구 때렸다. 그 바람에 선생님한테 인사도 하지 못하고 앉으란 소리도 하지 못했다. 그래서 나는 더욱 화가 났다.

야, 이 개새끼들아. 조용히 해. 죽고 싶어 환장했냐. 더 이상 참을 수가 없어 나는 그만 소리를 지르고 말았다. 선생님 앞에서 욕을 하고 싶지 않았지만 어쩔 수 없는 일이었다. 그런 내 모습을 선생님이 딱하게 본 게 틀림없었다. 그때까지 가만히 서 있던 선생님이 다정하게 나를 부르며 앉으란 시늉을 한 것을 보면. 하지만 나는 냉큼 달려가지 않았다. 결국은 기세가 꺾인 개들이 얌전히 제집으로 들어가는 것을 본 후에야 마루로 가서 앉았다.

선생님은 아무 말도 하지 않았다. 물끄러미 나만 바라보았다. 나는 좀 부끄러웠다. 때문에 어디를 보아야 할지 몰라 선생님의 손만 바라보았다. 선생님은 남자인데도 손이 하얀 편이었다. 긴 손가락은 여자같이 부드럽게 보였다. 역시 많이 배운 티가 났다. 나는 다시 내 손을 바라보았다. 까맣고 두꺼운 손등이 꼭 두꺼비 같았다. 점점이 버짐도 올라와 있었다. 나는 손을 가랑이 사이에 집어넣었다.

고개를 숙이고 앉아 있으려니 답답했다. 무슨 얘기든 하고 싶은데 아무것도 떠오르지 않았다. 그때 어쩌다 손님이 오는 날엔 엄마가 커피를 끓이던 것이 생각났다. 나는 선생님께 기다리라고 말한 뒤 부엌으로 들어갔다. 커피를 생각해 낸 내가 너무 신통해서 자꾸 웃음이 나왔다.

나는 찬장에서 엄마가 아끼는 붉은 꽃무늬 잔을 꺼냈다. 커피랑 크림은 꽃무늬 잔 바로 뒤에 있었다. 엄마는 내가 모르는 줄 알고 있겠지만, 언젠가 크림을 몇 숟가락 퍼먹은 뒤로 내 등을 세게 후려치고는 그곳에 감춰 둔 것을 다 알고 있었다. 나는 양은냄비에 물을 끓여 커피 잔에 부었다. 행주를 잘못 잡아 손가락이 뜨거웠지만 꾹 참았다. 커피랑 크림이랑 설탕을 얼마나 넣어야 할지 몰라 망설이다가 밥 먹는 숟가락으로 꼭 세 번씩

퍼서 넣었다. 많이 넣어야 커피가 맛있을 거라는 것쯤은 나도 안다. 왜, 나물 무침에도 참기름을 듬뿍 넣어야 고소하지 않은가. 비록 엄마는 들기름만 넣지만. 그것도 눈곱만큼 말이다.

그런데…… 예기치 않은 일이 일어났다. 파리 떼가 몰려온 것이다. 지겨운 파리들. 더러운 파리들. 있는 대로 떼를 지어 몰려다니다가 내키는 대로 아무 데나 진을 치는 파리. 밥을 먹을 때는 밥상에도 달려드는 파리. 언젠가는 밥이 입으로 들어가려는 순간까지도 그놈의 파리가 밥에서 떨어지지 않아 밥을 바닥에 떨어뜨린 적도 있었다. 그 바람에 엄마한테 등짝을 세 번이나 두들겨 맞았다. 그럼 엄마는 내가 파리까지도 먹어 치우길 바랐단 말인가. 생각할수록 억울하고 분해서 속으로 엄마를 얼마나 욕했는지 모른다. 그것뿐인가. 그 밉살스러운 파리가, 낮잠을 잘 때는 아예 몸에 딱 붙어 떠날 생각을 하지 않는다. 손등을 살금살금 기어다니며 끊임없이 양팔을 비비댄다. 그럴 때는 꼭 손끝으로 간지럼을 먹이는 것 같아 그냥 놔둔다. 간질간질한 맛이 싫지는 않아서다. 하지만 손등에서 만족하지 못하고 얼굴로 날아오는 것까지는 참을 수 없다. 파리 똥이 금방이라도 내 얼굴 어딘가에 떨어질 것만 같다. 결국은 일어나야 한다. 일어나서 한바탕 팔을 휘저으면 파리는 어디론가 빠르게 날아가 버린다. 그것도 참을 수는 있다. 더 못 참겠는 건 변소에 갔을 때다. 엉덩이를 내리고 변소에 앉아 있으면 윤이 나는 쉬파리들이 윙윙 소리를 내며 날아다닌다. 날갯짓도 어찌나 큰지 꼭 사이렌이 울리는 것 같다. 쉬파리는 얼굴 앞에서 날아다니다가 갑자기 모습을 감춘다. 윙윙 소리는 여전한데 통보이지 않는다. 그러면 불안하다. 이놈의 파리가 내 똥구멍 속으로 들어가 버리는 것은 아닐까. 똥통의 똥을 내 엉덩이에 죄다 묻혀 놓는 것은 아닐까. 급한 마음에 제대로 오줌도 누지 못하고 일어나다가 빤쓰를 몇 번이나 적셨는지 모른다. 급하게 옷을 올리며 변소 밖으로 나오면 몸에 스며든 똥 냄새 때문인지 숨어 있던 쉬파리까지 꽁무니에 붙어 나왔다. 새까만 파리. 못생긴 파리. 그 파리가 선생님 안경 앞에서도 날아다니고 바지에도 달라붙는 것이 아닌가. 커피 잔에는 아예 줄을 맞추어 뭉쳐 있기까지 하고.

나는 파리를 내쫓았다. 선생님 바지도 털어 주고 파리가 들어가지 못하도록 커피 잔의 주둥이도 두 손으로 막았다. 그런데 선생님은 커피를 마시지 않았다. 잔을 들지도 않았다. 그제야 나는 생각해 냈다. 선생님같이 많이 배운 사람은 크림과 설탕을 넣지 않는다는 사실을. 병원에 다니는 언니도 커피만 타서 마시지 않던가. 아주 까맣게 해서. 언젠가 언니가 마시는 커피를 먹어 봤다가 너무 써서 죽을 뻔했던 적도 있지 않던가 말이다. 그러자 속상했다. 그 생각을 못하다니. 아까운 커피만 날렸잖은가.

선생님이 커피를 마시지 않으니 다시 마음이 답답해졌다. 어찌나 몸이 배배 꼬이던지 여기저기에서 가려움증이 느껴졌다.

나는 자꾸 엉덩이를 실룩거렸다. 그렇게라도 하지 않으면 숨이 막힐 것 같았다. 그건 선생님도 마찬가지인 모양이었다. 선생님은 공연히 이곳저곳을 둘러보았다. 마당 한곳에 쌓여 있는 상추 상자랑 굴속같이 어두운 내 방이랑. 그러다가 문득 생각났다는 듯이 조용히 말했다. 내일은 꼭 학교에 나오렴. 친구들도 너를 기다리고 있단다. 물론 거짓말이었다. 아이들은 나를 기다리지 않을 것이었다. 오히려 영영 내가 나타나지 않기를 바라고 있을지도 몰랐다. 나를 싫어하니 당연한 일이다. 아이들은 내가 옆에만 가도 인상을 쓴다. 그래서 점심 시간에는 도시락도 혼자 먹는다. 하긴, 도시락은 같이 먹자고 해도 내가 싫다. 내 반찬은 늘 상추무침이다. 점심을 먹으려고 하면 도시락에서는 언제나 상추 양념이 흐른다. 양념은 책과 필통을 적신다. 필통을 들면 뻘건 물이 톡톡 책상 위로 떨어진다. 책은 가장자리만 젖어 페이지가 딱 붙는다. 한참을 말리면 삼각형 모양으로 책장 끝이 부스스 일어난다. 그러고 난 뒤에 보면 삼각형 부위에 고춧가루가 군데군데 붙어 있다.

선생님이 일어서서 나가려고 하자 나는 마당에 쌓아 놓은 상자를 가지고 쫓아갔다. 상추가 가득 담긴 상자를 선생님께 드렸다. 그러나 선생님은 받지 않았다. 손도 대지 않고 그저 괜찮다고만 했다. 꼭 드리고 싶었는데…… 우리 엄마가 밥이랑 반찬 남은 것을 일주일씩이나 썩혀 두었다가 정성껏 섞은 거름으로 기른 상추인데…… 선생님은 그냥 괜찮다고만 했다. 아마도 부담스러운 것 같았다. 우리 집이 가난하니까 상추도 없는 줄 아는 모양이었다.

선생님은 반쯤은 뛰는 자세로 우리 집을 빠져나가 버렸다. 차 시간이 맞지 않는 것은 아닐까, 걱정이 되었다. 그러면서도 왠지 섭섭했다. 나는 선생님의 모습이 작아져서 보이지 않게 될 때까지 마당에 서 있었다.

개들은 더 이상 짖지 않았다. 선생님이 없어진 게 시원한 듯 나를 보고 꼬리만 흔들어 댔다. 파리들은 개들 주위에도 몰려 있었다. 개들은 앞발을 들어 덤벼드는 파리를 잡으려고 했다. 그런데 몇 마리의 파리는 여전히 커피 잔에 들러붙어 있었다. 커피에 발을 담근 파리도 있었다. 나는 파리를 쫓고 커피를 마셨다. 달콤했다. 이렇게 맛이 좋은 커피를 왜 선생님은 마시지 않은 걸까. 나는 마루에 앉아 선생님이 내려간 길을 바라보며 조금씩 조금씩 커피를 마셨다.

3

마당 한쪽으로 죽은 닭을 밀어 놓고 나는 방으로 들어갔다. 책상 밑에서 살짝 휴지를 뽑아내려고 하는데 갑자기 언니가 일어나는 바람에 화들짝 놀랐다. 뽑은 휴지를 뒤로 감추고 있노라니 언니는 그 자리에서 아무 표정도 없이 가만히 앉아 있었다. 눈도 뜨지 않고 입맛만 다시는 것으로 보아 잠에서 잘 깨지지 않는 모양이었다. 그러더니 잔뜩 얼굴을 찌푸리고 손을 이마에 갖다 댔다. 지난밤에도 새벽에 들어오더니 어지간히 피곤한 모양이었다. 얼마나 힘들면 전에는 보지 못했던 점들까지 오로록 박혀 있을까. 게다가 통통하던 살도 쏙 빠진 걸 보면 아무래도 병원일이 너무 힘에 부치는 게 틀림없었다.

그렇게 얼굴만 찡그리고 앉아 있던 언니가 세수를 하기 위해 머리를 묶으려고 할 때 나는 몰래 마루로 나왔다. 마루에 앉아 여러 장의 휴지를 겹쳐 마요네즈병에 깐 다음 반만 부화된 달걀을 넣었다. 마요네즈병 안이 향수를 뿌린 것처럼 향긋해졌고 그 위에 놓인 달걀에서는 금방이라도 콩닥콩닥 병아리가 뛰어나올 것 같았다. 이제는 모든 것이 끝났다. 우리 집에서 가장 높은 장독 위에만 올려놓는다면 따뜻한 햇볕을 담뿍 맞고 병아리는 무사히 살아 나올 수 있을 것이었다.

갑자기 기분이 좋아졌다. 그러자 학교에 가고 싶어졌다. 어제는 선생님도 왔다 갔으니까, 오늘은 학교에 나가는 것이 예의라는 생각도 들었다.

4

기차역에 가면 언제나 기분이 좋다. 너무 조용해서 무서운 우리 동네와는 달리 사람도 많다. 기차가 설 때 밑에서 올라오는 뿌연 수증기도 좋다. 수증기 속에 얼굴을 들이밀면 꼭 구름 속에 들어간 것 같다. 언니도 수증기에 얼굴을 넣어 보면 생각이 바뀔 것이다. 언니는 기차가 싫다고 꼭 버스를 탔다. 내가 아무리 같이 가자고 해도 말을 안 들었다. 기차를 타는 게 훨씬 편한데, 그럴 때 언니는 꼭 바보 같다.

기차역에 오면 아버지 생각이 난다. 아버지가 나를 바라보는 것 같다. 아버지는 수증기 속으로 뛰어들었다. 멀리 개구멍 옆에 숨어 있다가 기관사가 못 보는 틈을 타서 기차 밑으로 들어갔다. 수증기 속에 아빠는 잠겨 버렸다. 아빠는 영원히 구름 속에 있을 것이다. 그래서 수증기에 얼굴을 집어넣으면 꼭 아빠가 내 볼을 만지는 것 같아 좋다.

나는 개구멍 옆에 낮게 앉았다. 멀리서 기차 오는 소리가 들려왔다. 선로에 손을 대보니 찌릿한 촉감이 팔목까지 전해져 왔다. 손목 안에 숨어 있는 뼈까지 온통 찬 기운에 감싸일 것만 같았다. 그래도 기분은 좋았다. 입 안 가득 얼음을 물고 있는 것처럼 상쾌하기도 했다. 그때 선로에서 웅얼웅얼 울림이 느껴졌다. 기차가 오고 있다는 신호였다. 기차가 역사에 서면 나는 급하게 기차 쪽으로 뛰어갈 것이다. 마치 시간을 못 맞추고 급하게 온 사람처럼. 그러면 역무원 아저씨도 못 본 척 내버려 두겠지. 늘 그랬던 것처럼 초록색 기를 흔들며 나를 가만히 쳐다볼 것이었다.

아이들은 교실에서 와글대다 나를 쳐다보았다. 내 짝꿍은 나와 눈이 마주치는 순간 눈썹이 애벌레처럼 꿈틀거렸다. 씨팔,

지는 얼마나 이쁘다구. 나는 욕을 하려다가 그만두었다. 오랜 만인데 아침부터 화를 내기는 싫었다. 대신 괜히 학교에 왔다 는 생각이 들었다.

하지만 점심 시간엔 좋은 일도 있었다. 반장네 엄마가 사왔 다며 선생님이 상추 박스 같은 상자에서 햄버거와 우유를 꺼내 나누어 주었던 것이다. 아이들은 소리를 지르며 서로 먼저 받 으려고 아우성을 쳤고 혹시 햄버거가 떨어질까 봐 나도 아이들 틈에서 소리를 지르며 손을 내밀었다.

막상 햄버거를 받자 그냥 먹기가 아까웠다. 햄버거는 쉽게 먹을 수 있는 음식이 아니기 때문이었다. 나는 햄버거와 우유 를 가방에 넣었다. 아이들은 쉴 새 없이 떠들고 웃어 대며 햄버 거를 먹었다. 개중에는 빵은 뻑뻑해서 싫다면서 고기만 쏙 빼 먹고 몽땅 휴지통에 버리는 아이도 있었다. 아까웠지만 줍지 않았다.

반장은 자랑스러운 표정으로 아이들 틈에 둘러싸여 있었다. 반장은 예쁘다. 얼굴도 하얗고 공부도 잘한다. 선생님과 아이 들이 반장을 좋아하는 건 당연한 일이다. 나는 반장이 부럽다. 그럴 때마다 나도 아이들에게 인기가 많았으면 좋겠다는 생각 을 하곤 한다. 선생님도 나를 예뻐했으면 좋겠다는 생각도.

선생님이 나에게 잘해 주면 아이들도 나에게 잘해 준다. 내 책상 앞에 와서 친절하게 말을 걸고, 소풍날에는 김밥도 싸다 준다. 하지만 선생님이 나에게 말을 걸지 않으면 아이들도 쌀

쌀맞게 대한다. 어떻게 해야 선생님이 나를 예뻐할까. 그래서 나는 늘 고민이다.

학교에 자주 빠지는 건 바로 그런 이유 때문이다. 많이 빠지면 3학년에 못 올라간다고 선생님은 말하곤 했다. 그리고 내가 3학년에 올라가지 못하거나, 혹시 학교를 그만두는 일이 생기면 선생님이 곤란해진다는 것쯤은 나도 알고 있다. 나같이 조금 특별한 아이에게 신경을 써야 선생님의 위신이 산다는 것도 물론 알고 있다. 목소리가 꼭 여자 같은, 그래서 조금 얍삽해 보이는 인상을 주는 교감 선생님이 운동장이나 복도에서 만나면 가끔 내 머리를 쓰다듬으며 묻곤 했던 것이다. 그래, 선생님이 잘해 주시지? 어디 맞은 데는 없니, 하고. 내키지 않았지만 교감 선생님이 물을 때마다 나는 조금은 슬픈 표정을 지으며 힘없이 고개를 끄덕이곤 했다.

학교에 오랫동안 빠질 때마다 선생님이 우리 집에 오는 건 바로 그 때문일 것이다. 선생님은 집에 와서 다정하게 내 이름을 불렀다. 내 손이나 어깨를 다독이며 다음날에는 꼭 학교에 오라고 타일렀다. 그리고 선생님 말을 잘 듣는 편인 나는 선생님이 집에 찾아온 다음날이면 항상 일찌감치 학교에 나가 앉았다.

수업이 끝난 뒤 집으로 오면서 나는 기발한 생각을 해내었다. 내가 생각해 보아도 기특하기 이를 데 없는 아이디어였다. 그것은 바로 선생님께 선물을 하는 것이었다. 반장이 그랬던 것처럼 나도 선생님께 무언가를 주는 것이었다. 그와 같은 생각이 들자 한결 기분이 좋아졌다. 집에 도착하자마자 엄마의 서랍을 열었다. 천 원짜리와 백 원짜리가 수북하게 쌓여 있었다. 상추를 팔아서 남은 돈이었다. 나는 엄마가 눈치 채지 못하도록 백 원짜리만 꺼내기로 했다. 그래도 주머니가 묵직해서 금방이라도 바지가 벗겨질 것 같았다.

장에는 사람들이 많았다. 수박 장수도 배추 장수도 신이 나서 떠들어 대고 있었다. 비릿하고 들척지근한 냄새가 시장 안에 가득 차 있었다. 나는 시장의 이곳저곳을 돌아다녔다. 무언가 선생님에게 줄 만한 선물을 고르기 위해서였다. 그러나 마음에 드는 것이 없었다. 무엇을 사야 선생님이 좋아하실까, 오래 고민해 보았지만 딱히 떠오르는 게 없었다. 되도록이면 근사한 것을, 그래서 결국은 나를 예뻐하지 않을 수 없는 선물을 하고 싶었지만 아무것도 생각나지 않았다.

그때 꽃이 보인 건 참 다행이었다. 황토색 양동이 안에 가득 꽂혀 있는 빨갛고 노랗고 흰 꽃들을 보는 순간 이상하게 내 가슴이 부풀어 올랐다. 하루 종일 장에 서 있느라 얼굴이 까매진 꽃장수에게 꽃값을 물어보았다. 장미 한 송이에 오백 원이야. 다른 건 더 비싸고. 내가 꽃을 사지 않을 것이라고 예상했던지 꽃장수는 친절하지 않았다. 그리고 그의 짐작은 틀리지 않았다.

꽃은 너무 비쌌다. 선생님께 한 아름 안겨 줄 상상을 했던 내게는 더욱 그랬다. 그렇다고 한 송이만 살 수도 없는 일이었다. 게다가 꽃이라면 우리 동네에도 지천으로 널려 있지 않은가.

대문 밖으로 펴 있는 아름드리 아카시아를 떠올리는 순간 나는 주머니에 있는 돈을 털어 꽃 대신 화분을 사기로 마음먹었다. 꽃장수 아저씨가 플라스틱 화분 세 개를 나일론 끈으로 촘촘히 묶는 동안 나는 화분에 소담스럽게 꽂혀 있는 아카시아를 상상하는 것만으로도 기분이 좋았다.

시장을 나서는데 갑자기 폭탄 터지는 것 같은 소리가 들려왔다. 나는 깜짝 놀라 그 자리에 섰다. 하얀 연기들 가운데서 사람들이 모두 귀를 막고 있었고, 주변으로 구수한 냄새가 퍼져 나갔다. 뻥튀기였다. 부근에 있던 아이들이 소리를 지르며 뻥튀기 아저씨가 있는 데로 몰려가는 것을 보자 문득 아버지 생각이 났다. 아버지가 살아 계실 땐 나도 뻥튀기를 많이 먹었었는데.

도매상에게 넘기면 너무 헐값에 때린다고 리어카에 상추를 싣고 아버지는 자주 장으로 나왔었다. 그리고 장날이면 나도 학교가 끝나자마자 아버지에게 달려갔다. 내가 아버지, 하고 부르면 퍼런 상추들 틈에 파묻혀 있던 아버지가 잇몸을 드러내고 웃으며 손을 흔들었다. 아버지가 상추를 팔 때 나는 그 옆에서 뻥튀기를 먹었다. 쟁반처럼 둥그런 쌀 뻥튀기도 먹고, 옥수수를 튀긴 것도 먹었다. 가끔은 아버지 입에 넣어 주기도 했다. 그러면 아버지는 입이 깔깔하다며 옆에 놓인 막걸리를 마셨다. 장이 파할 무렵에 나는 아버지와 함께 집으로 오는 것이 좋았다. 아버지의 리어카에는 늘 팔지 못한 상추가 많았다. 그 상추

들 옆에서 나는 아버지의 노래를 들었다. 아버지의 노래는 구수했다. 끝도 없이 구성진 아버지의 노래를 듣다 보면 마음이 편안해져 자꾸 눈이 감겼다.

그러던 아버지가 죽은 것은 지난 늦봄이었다. 아버지는 기차의 수증기 속으로 숨어들었다. 상추 때문이었다. 한 상자에 가득 들어 있는 상추가 5백 원밖에 안 한다고 아버지는 밤마다 울었다. 장미 한 송이랑 똑같은 가격이었다. 아버지가 수증기 속으로 숨어 버린 뒤로는 뻥튀기를 먹지 못했다. 엄마는 뻥튀기를 사주지 않았다. 읍내에도 나오지 않았다. 동네에서만 움직였다. 아버지에게 한 상자에 5백 원을 주고 상추를 사간 그 남자가 또 와서 상추를 사갔다. 상추가 5백 원이 되어도, 조금 올라 천 원이 되어도 엄마는 웃지도 울지도 않았다. 매일 상추만 심고 뽑았다.

집에 와보니 여전히 엄마가 없었다. 아직도 밭을 일구는 모양이었다. 미련한 엄마. 왜 그렇게 일만 하는 것일까. 그래 봤자 가난한 건 마찬가지인데. 차라리 병원에서 심부름하는 언니가 돈은 더 잘 버는데. 엄마도 읍내에 있는 식당에나 다니지. 그러면 개도 파리도 기르지 않아도 될 텐데.

나는 장독대로 가보았다. 마요네즈병 안에서 달걀이 숨을 쉬고 있었다. 아침보다 껍질이 조금 더 깨진 것 같았고 그 틈으로 눈이 보였다. 병아리의 눈은 콩처럼 까맸다. 병아리가 숨을 쉴 때마다 날개가 보였다, 안 보였다 했다. 그 모습이 어찌나 답답해 보이던지 당장에라도 달걀 껍데기를 깨버리고 싶을 정도였다. 하지만 언니가 말했었다. 혼자 알을 깨야 한다고. 그래야 나와서도 건강할 수 있다고. 아직은 발이 나오지 않아 알이 깨지면 죽어 버릴지도 모른다고. 언니 말이 옳을 것이므로 나는 그대로 믿기로 마음먹었다. 다행히 아침보다도 알이 많이 깨졌으니까 내일이면 완전한 병아리가 될지도 모를 일이었다. 해가 기울기 시작하면서 햇볕이 장독대 반대쪽으로 옮겨갔다. 나는 마요네즈병을 서쪽에 있는 상추 상자 위에 올려놓았다.

마루에 혼자 앉아 있으니까 심심했다. 문득 낮에 먹지 않고 가방에 넣어 둔 햄버거 생각이 난 건 그나마 다행이었다. 나는 방으로 들어가서 햄버거를 꺼냈다. 책에 눌려서 잔뜩 찌부러져 있었다. 그러면 어떠랴. 햄버거는 따뜻해도 차가워도 동그래도 납작해도 맛만 있는 것이다. 나는 햄버거 포장지를 벗겼다. 참깨가 박힌 빵이 나왔고 빵 틈으로 시들어서 거멓게 색깔이 죽은 상추가 보였다.

나는 천천히 빵을 먹었다. 오랫동안 씹으면 빵은 입 안에서 그대로 녹아 버렸다. 다음엔 고기를 먹었다. 고기는 더 천천히 먹었다. 오래 씹어 아무 맛도 나지 않을 때까지. 상추는 늘 먹는 것이라 버리기로 했다. 마지막 것을 입에 털어 넣고 보니 그때에야 엄마 것을 남기지 않았다는 생각이 들었다. 하지만 엄마는 어차피 남겨도 먹지 않을 것이다. 엄마는 빵을 좋아하지 않으니까. 어쩌다 언니가 병원에 들어온 빵을 가져와도 손도 대지 않고 생각이 없으니 너희들이나 먹으라고 했던 것을 기억해 보면 틀림없는 일이다.

마지막 고기를 씹고 나자 갑자기 졸음이 쏟아졌다. 하루에 두 번이나 읍내에 다녀와서 그런 모양이었다. 참으려 했지만 자꾸만 눈꺼풀이 내려앉아 머리까지 아파 와서 나는 앉은뱅이 책상 옆에 눕기로 했다. 양손을 가슴 위에 올리니까 마음이 편안해졌다.

얼마나 시간이 지났던 것일까. 갑작스러운 소리에 놀라 눈을 떴다. 잠깐 눈을 감았던 것 같은데 어느새 엄마가 방에 들어와 내 발을 사납게 밀어내고 있었다. 갑자기 눈을 뜨니까 앞이 부옇게 흐려서 잘 보이지 않았다. 나는 멍하게 앉아 앞에서 어른거리는 움직임을 보았다. 잡것아, 일어났으면 빨리 나가 마루라도 치워. 어떻게 방 한 번을 안 치우냐. 으이그, 지겨워. 답답한지 엄마는 오른손으로 쿵쿵 가슴을 쳤다. 그러곤 무릎을 꿇고 앉아 방을 닦았고 내가 먹은 햄버거 포장지도 사납게 구겨 휴지통에 던져 버렸다. 아직 잠에서 깨어나지 못한 채 나는 그런 엄마의 모습을 바라보았다. 엄마의 엉덩이 밑으로 발바닥이 보였다. 방보다도 더럽고 시커먼 발이었다. 굳은살 틈으론 거미줄처럼 지저분한 선이 어지럽게 그어져 있었다.

5

잠이 안 와 뒤척이고 있는데 언니가 들어왔다. 언니의 우윳
빛 치마가 달빛에 반사되어 빛나고 있었다. 그런데 이상했다.
옷 벗을 생각도 하지 않고 책상 앞에 앉아 있기만 하는 것이 아
닌가. 언뜻 책상 위에 있는 야광 시계를 보니 새벽 두시였다.
병원에서 오기에는 너무 늦은 시간이었다.

언니는 읍내에 있는 외과 병원에서 일을 하고 있다. 환자들
을 부르기도 하고 약봉지에 약을 담기도 하는 게 언니의 일이
다. 언젠가 학교가 끝난 뒤 언니가 일하는 병원에 가본 적이 있
었다. 그때 언니는 병아리처럼 노란 옷을 입고 있었다. 생글생
글 웃으며 간호사 언니랑 이야기하고 있는 언니의 얼굴은 내가
보기에도 참 예뻤다. 웃을 때마다 들어가는 보조개가 특히 매
력적이었다. 그런데 언니는 나를 싫어했다. 내가 언니, 하고 부
르니까, 깜짝 놀라며 왜 왔냐고 물어보지도 않고는 무조건 가
라고만 했다. 언니랑 이야기하던 간호사 언니가 자꾸 우리 쪽
을 쳐다보았다. 나는 화가 났다. 에이, 씨팔. 나는 욕을 하며 뒤
도 돌아보지 않고 병원을 나왔다. 그 병원도 일곱시면 끝난다
는 것을 나는 알고 있다. 그런데 언니는 매일 밤늦게 들어왔다.
심한 날은 새벽에 들어와 고양이처럼 몰래 이불 속으로 숨어들
기도 했다.

언니는 졸리지 않은 모양이었다. 내 쪽으로 등을 대고 꼼짝
도 하지 않고 앉아 있었다. 너무 오랫동안 움직이지 않아서 처

음에 나는 언니가 앉아서 자는 줄 알았다. 그런데 갑자기 한숨을 내쉬는 소리가 들렸다. 그러더니 책상 밑에 있는 휴지를 자꾸자꾸 뽑아 아까운 줄도 모르고 코를 풀어 댔다. 나중에는 흑흑, 우는 소리까지 내는 것이 아닌가. 어깨를 들썩이면서 언니는 한참 동안 울었다. 나는, 언니가 왜 우는 것일까, 무엇이 언니를 저토록 슬프게 한 것일까, 생각해 보았다. 그러자 알 것도 같았다. 짐작이 가는 얼굴이 떠올랐던 것이다. 아마 그 남자 때문일 거라고 나는 생각했다. 읍내에 있는 큰 슈퍼에서 일하는 언니의 애인. 그 남자를 본 적이 있었다. 엄마가 기찻삯으로 준 돈을 가지고 슈퍼에 갔을 때였다. 뭘 골라야 할지 몰라 서성이고 있는데 남자가 마이크에 대고 소리를 질러 댔다. 자, 찬스 세일입니다. 천 원에 두 개 하는 오이가 다섯 개에 천 원. 정육점으로 가시면 국산 쇠고기가 한 근에 오천 원 합니다. 평소에는 만 삼천 원 하던 것이 단돈 오천 원. 사모님들 찬스를 놓치면 후회합니다. 당근이 그려져 있는 파란색 앞치마를 두르고 남자는 야채가 많은 곳에서 쉴 새 없이 떠들어 댔다. 나는 그때 남자를 보고 참 잘생겼다고 생각했다. 생글생글 잘 웃는 것으로 보아 마음씨도 좋을 것 같았다. 얼굴도 계집애처럼 하얘서 저런 남자랑 사귀는 여자는 얼마나 좋을까라는 생각까지 했다. 그런데 언니가 바로 남자의 애인이었다. 남자의 팔짱을 끼고 행복하게 웃으며 읍내약국 앞을 지나가는 언니를 본 순간, 나는 숨이 막혔다. 저 멋있는 남자의 애인이 언니라니.

언니와 남자는 잘 어울렸다. 남자는 실밥이 터져 나온 청바지를 입고 있어서 움직일 때마다 무릎이 드러났다. 남자의 노란색 머리를 보며 언니는 웃고만 있었다. 그러곤 내가 그 옆을 지나는 것도 모른 채 남자의 팔에 매달려 골목으로 들어갔다. 그날 밤 언니를 만나면 남자에 대해 묻고 싶었다. 하지만 언니는 그날 들어오지 않았다. 서울에서 친한 여자 친구가 왔다고 전화만 했을 뿐이었다.

나는 결국 언니가 이불 속으로 들어오는 것을 보지 못하고 눈을 감아 버렸다. 언니가 내 옆에 누우면 울지 말라고 위로하고 싶은데 눈이 말을 듣지 않았다. 크게 뜨려고 해도 자꾸만 눈꺼풀이 내려왔다.

6

하마터면 늦잠을 잘 뻔했다. 암탉이 죽은 탓인지 기세 좋던 수탉까지 오늘은 아무 소리를 내지 않아서였다. 정신없이 방에서 나와 마루 밑에 있는 화분을 꺼내며 나는 엄마가 어제 닭고기를 해주지 않았다는 사실을 떠올렸다. 마당 한쪽에 닭털이 수북이 쌓여 있는데 어찌 된 일일까. 설마 엄마 혼자 그걸 다 먹었을 리는 없는데. 더군다나 엄마는 고기도 좋아하지 않는데 말이다. 그러나 아카시아나무 밑에 이르렀을 때 닭고기 따위는 새카맣게 잊어버렸다. 잘 익은 튀밥 같은 아카시아 꽃을 딸 생각을

168

하는 것만으로도 벌써 닭고기를 먹은 것처럼 배가 불러 왔다.

꽃을 꺾는 일은 쉬웠다. 나무 위에 올라가 가지가 약한 것을 골라 꺾으니 금방 팔 안이 그득해졌다. 나는 등걸에 발을 디디며 천천히 땅으로 내려왔다. 그 바람에 왼팔에 안겨 있던 아카시아가 코밑에까지 바싹 올려졌다. 향긋한 꽃 냄새에 머리가 몽롱해지는 것 같았다.

밥도 먹지 않고 나는 집에서 나왔다. 언니는 그때까지 자리에서 일어나지 않고 있었다. 어제 너무 늦게 들어와서 피곤한 모양이었다. 지금 나가지 않으면 병원에 지각할 텐데……. 언니가 의사 선생님한테 혼날까 봐 걱정이 되었다.

화분을 들고 걸으려니까 손이 아팠다. 아무래도 꽃과 흙을 너무 많이 넣은 모양이었다. 검은 비닐봉지 사이로 아카시아가 비죽비죽 튀어나와서 걷기에도 불편했다. 때문에 역까지 걸어가면서 몇 번이나 화분을 땅에 내려놓아야 했다. 잠깐 손을 보니 빨갛게 비닐 자국이 나 있었다. 나는 길거리에 서서 몇 번이고 손가락과 어깨를 주물렀다. 하지만 선생님과 아이들이 놀랄 것을 생각하면 기분이 좋았다. 오늘이 지나면 모두들 나에게 친절해질 것이다. 선생님은 다정하게 내 어깨를 감싸 주겠지. 아이들도 내 주위로 몰려와 서로 친절해지기 위해 애쓸 것이다. 그렇게 생각하니 하나도 힘들지 않았다. 나는 다시 가볍게 화분을 들었다.

7

결론부터 말하자면 일은 잘되지 않았다. 오히려 더 안 좋아진 쪽에 속했다. 선생님한테 화분을 가져다 준 것은 잘못한 일이었다. 내 계획은 아이들에게 웃음거리를 제공한 꼴이 되었다. 아이들은 내키는 대로 떠들면서 나를 향해 손가락질을 했다. 선생님은 어떻게 했던가. 예상대로 놀라워하기는 했다. 고맙다며 내 머리도 쓰다듬어 주었다. 하지만 그뿐이었다.

화분은 선생님 책상에도 화단에도 올려지지 않았다. 교실에 그냥 남아 있었다. 교실 뒤 사물함 위에서 꽃들은 죄다 고개를 늘어뜨리고 괴로워하고 있었다. 이상했다. 아침에 그토록 싱싱했던 꽃은 2교시가 끝나기도 전에 모두 땅속으로 들어갈 것 같은 모습을 하고 있었다. 나란히 줄을 맞추고 서서 고개 숙인 꽃을 보니 가슴이 저려 왔다. 마치 내가 고개를 숙이고 교실 뒤에서 벌을 받고 있는 것 같았다.

결국 점심 시간에 학교에서 나와 버렸다. 아직 시간이 너무 많았기 때문에 차를 타는 대신 기찻길을 따라 천천히 걸었다. 영화에 나오는 여자처럼. 양팔을 벌리고 선로 위를 조심조심 걸어 보았다. 땅에 발이 닿지 않도록 엄지발가락에 잔뜩 힘을 주자 기분이 조금 나아지는 것도 같았다. 몸이 오뚝이처럼 왼쪽으로 오른쪽으로 흔들리는 것도 좋았다. 그러자 오늘은 집에 걸어가고 싶다는 생각이 들었다. 어차피 일찍 나왔으니까 걸어가도 해 지기 전에는 집에 들어갈 수 있을 것이었다.

얼마나 걸은 것일까. 시간은 많이 지난 것 같은데 해는 뜨겁기만 했다. 햇빛이 하늘 끝에서 직선으로 정수리에 내리쬐고 있었다. 머리가 아픈 것 같기도 했고 어지러운 것 같기도 했다. 기차라도 지나가면 정신이 확 날 텐데 오늘은 기차가 보이지 않았다. 기차는 정확히 한 시간에 한 번씩 다니는데 이상한 일이었다.

어느새 나는 기차역에 가까이 와 있었다. 얼굴이 덴 것처럼 화끈거렸다. 세수라도 하면 훨씬 나아지련만 물이 있는 곳까지 가면 역무원을 만날지도 모르므로 그 자리에 선 채 나는 손바닥으로 부채를 만들어 흔들었다. 그러나 소용이 없었다. 문득 어제 아침, 팔목이 찌릿할 정도로 선로가 차가웠던 것이 떠올랐다. 찌르르한 느낌이 뼛속까지 스며들었던 것도. 나는 당장 그 자리에 주저앉았고 선로에 얼굴을 대보았다. 그 순간 화들짝 놀라 소리를 지르고 말았다. 선로가 어찌나 뜨겁던지 불쏘시개가 들어간 것처럼 볼이 화끈거렸다.

양쪽 무릎을 가슴에 댄 채 나는 자리에 주저앉았다. 왼손을 뺨에 댔고 오른손을 정수리에 얹었다. 그러나 볼은 좀처럼 식지 않았다. 오히려 불기둥이 핏줄 사이를 돌아다니는 것처럼 온몸이 더 뜨거워지는 것 같았다. 그때였다. 끓고 있던 선로가 잘게 흔들리기 시작했다. 기차가 오고 있다는 신호였다. 그러자 가슴이 울렁거렸다. 가슴과 두 귀에 기차 소리가 꽉 차오는 것 같았고 기차가 가슴속으로 빨려 들어오는 것 같았다. 문득 떠오르는 생각에 나는 이를 드러내고 웃었다. 그런 생각을 해내다니.

왼쪽 손을 선로 위에 얹은 채 나는 눈을 감았다. 1분만 기다리면 모든 것은 금세 끝날 것이었다. 1분은 지극히 짧은 시간이었다. 하나부터 백을 세기에도 모자란 시간이었다. 하지만 목 끝까지 숨이 차오르는 건 나도 어쩔 수 없었다. 부풀어 오르는 숨을 밀어 넣기 위해 입 안에 있는 침을 한껏 모아 목구멍으로 넘겨 보아도 자꾸만 가슴이 뛰는 것 또한 어쩔 수 없는 일이었다. 갑자기 아버지 생각이 났다. 아버지도 나처럼 백을 세고 수증기 속으로 뛰어 들어갔을까. 나처럼 침을 삼키면서 기차를 기다렸을까.

8

아직도 기차가 지나가지 않은 것일까. 가까운 곳에서 움직임이 느껴지자 나는 눈을 떴다. 철로 주변의 풀잎이 기차의 진동으로 파르르 움직이고 있었다. 서늘한 한기가 팔목에서 느껴지자 나는 고개를 돌려 왼손을 바라보았다. 살 밖으로 낯선 뼈가 보였고 팔목 주위로 검은 피가 엉겨 있는 것도 보였다. 그것을 보자 갑자기 손이 아픈 것 같았다. 귀에서 찌릿찌릿 전기가 지나가는 것처럼 소름이 끼쳐 왔다. 아주 잠깐 잠을 잔 모양이라고 나는 생각했다. 꿈을 꾼 것처럼 모든 것이 불명확하게 느껴졌고 더 극성스러워진 햇볕 때문에 이마에서는 끊임없이 땀이 흐르고 있었다.

땅을 짚고 일어나는데 왼손이 허공에서 흔들렸다. 팔을 가만히 놔두었는데도 손바닥이 자꾸 이리저리 원을 그리기도 했다. 손바닥이 움직일 때마다 팔목의 살이 늘어져서 아픈 것 같았다. 그러고 서 있으니까 가방도 너무 무겁게 느껴졌다. 나는 어깨와 오른손을 움직여 가방을 바닥에 떨어뜨렸다. 덜렁거리는 왼손을 오른손으로 받쳐 주기도 했다. 집으로 가는 방향이 갑자기 생각나지 않은 건 이상한 일이었다. 어디로 가야 할지 아무런 판단이 서지 않았다. 햇빛 속에 고스란히 몸을 맡긴 채 나는 여전히 끓고 있는 선로만을 바라보았다.

녹이 슨 자전거와 무릎이 찢어진 청바지가 눈에 보인 건 하릴없이 발밑의 풀을 짓이기고 있을 때였다. 배달이라도 가는지 찢어진 청바지는 자전거 뒤에 식료품을 잔뜩 실은 채 내게 말을 걸었다. 너 정순이 동생…… 명순이 맞지? 한 번도 이야기를 해본 적이 없는 남자가 큰 눈을 더 동그랗게 뜨며 내게 말을 걸어 왔을 때 나는 갑자기 부끄러워졌다. 언니의 애인이기 전에 나는 그를 좋아했었다. 때문에 빨리 왼손을 감추고 싶었지만 뜻대로 되지 않았다. 손은 감추려 할수록 더 심하게 덜렁거렸다. 마치 고장난 시계추처럼.

그런데 너 왜 그래? 손이 왜 그렇게 됐어? 남자가 깜짝 놀라며 물었다. 괜찮아요. 괜찮긴 세상에. 어디서 이렇게 됐어, 응?

빨리 병원에 가야겠다. 자전거에 타라. 남자가 식료품들을 땅바닥에 내려놓고 나를 안다시피 자전거 뒤에 태워 버렸기 때문에 나는 쑥스러워 견딜 수가 없었다. 하필이면 이런 몰골로 이 남자를 만나다니.

남자는 자전거를 돌려 다시 페달을 밟기 시작했다. 너무 빨리 달려 떨어질 것만 같아 하는 수 없이 오른손으로 그의 허리를 꼭 잡아야 했다. 그러다 보니 남자의 등에 얼굴이 닿았다. 따뜻했다. 돌이 많은 구불구불한 길을 남자는 잘도 달렸다. 바퀴에 돌이 부딪쳐 튈 때마다 놀이 기구를 타는 사람들처럼 남자의 어깨와 내 어깨가 같이 출렁거렸다. 그 바람에 매달려 있던 왼손이 떨어져 나가 버렸다. 떨어져 나가니까 손목이 덜 아픈 것 같았다. 늘어졌던 살도 바람에 밀려 뼈 위로 달라붙었기 때문에 한결 덜 거추장스럽기도 했다.

9

언니가 다니는 병원으로 남자가 나를 데리고 간 건 당연했다. 그는 언니의 애인이었고 틈만 나면 둘은 보고 싶었을 테니까. 그러나 언니는 병원에 없었다. 아파서 출근할 수 없다고 연락이 왔다는 것이었다. 그 말을 듣고 나는 고개를 끄덕였다. 지난밤에 너무 울어서 결국엔 병에 걸린 것이라고 생각하며, 나의 추리력에 새삼 놀라 입을 벌렸다. 그런 내 생각을 나는 남자에게도 말해 주었다. 언니가 출근하지 않았다는 말에 눈에 띄게 안절부절못하는 남자를 위로해 주고 싶었기 때문이었다.

대신 언니한테서 말로만 듣던 의사가 나를 치료해 주었다. 우리 선생님만큼이나 얼굴이 하얀 사람이었다. 의사는 한참이나 내 손을 들여다보았다. 실험실에서 과학 선생님이 그랬던 것처럼 눈을 가늘게 뜨고 잔뜩 얼굴을 찌푸렸다. 그러더니 물었다. 손은 어디에 있니? 손이라니. 의사 선생님은 용궁에 끌려간 토끼처럼 내가 손을 집에라도 감추어 두고 온 줄 아는 것일까. 손요? 그래, 떨어져 나간 손 말이다. 그거요…… 기찻길에 떨어져 있는데요. 그러자 의사 선생님은 이번엔 나를 바라보았다. 간을 바라는 용왕처럼 내 손을 바라며. 그러더니 이내 화를 냈다. 세상에, 챙겨서 가져와야지. 그래, 어디에서 떨어졌니? 나는 아무 말도 하지 않았다. 병원에 더 이상 잡혀 있지 않기 위해서는 절대로 사실을 말해서는 안 된다는 것을 모를 만큼 나는 바보가 아닌 것이다. 그러나 사실을 말하면 나도 내 손이 어디 있는지를 잘 몰랐다. 자전거 바퀴가 돌에 부딪칠 때 떨어져 나간 것은 기억나지만 그것뿐이었다. 손은 언덕 아래로 굴렀던 것도 같았다. 철길로 다시 날아가 기차와 부딪쳤을 것도 같았다.

의사 선생님은 내 손을 갖지 못하는 것에 많이 화난 것 같았다. 한참이나 나를 노려보더니 이내 급하게 밖으로 나가 버렸다. 문이 쾅, 하고 닫히는 소리가 들렸고 곧이어 잔뜩 화가 난 목소리가 들려왔다. 남자에게 내 손을 찾아오라고 말하는 것 같기도 했다. 갑자기 미안한 생각이 들었다. 그와는 아무 상관도 없는 일인데. 이럴 때 언니라도 있었으면 얼마나 좋을까.

그러나 곧 기분이 좋아졌다. 난생처음으로 침대에 누워 보았던 것이었다. 가끔 나도 아파서 침대에 누워 보면 좋겠다는 생각을 한 적이 있었다. 침대에 눕는 것은 어떤 기분일까 궁금했는데 이러고 있으니 부잣집 아이가 된 것처럼 어깨가 우쭐해졌다. 나는 콧노래를 흥얼거렸다. 게다가 손을 찾으러 간 남자가 잔뜩 풀이 죽은 얼굴로 돌아오자 나는 큰 숙제를 하나 한 것같이 마음이 개운했다. 의사한테 그가 혼난 것은 미안한 일이었지만.

응급 치료만 했으니 보다 큰 병원으로 가라는 의사의 말을 나는 무시하기로 했다. 남자도 엄마와 함께 병원에 가고 싶다는 내 말에 더는 아무 말도 하지 않았다. 대신 집에 데려다 주겠노라고만 했다. 속을 울렁거리게 하던 빛도 가라앉았고 어디선가 선선한 바람도 불어왔다. 택시 차부를 향해 걸으며 남자는 최신형 휴대전화로 엄마에게 전화를 걸었다. 그런데 이상했다. 통화를 하면서 그가 자꾸 고개를 조아렸다. 게다가 아이처럼 얼굴도 울상이 되어 있었다. 누가 보면 내 손목이 자기 때문에 잘린 것같이 오해를 할 정도였다.

대체 엄마가 무슨 말을 한 걸까. 남자의 벌게진 얼굴을 보자 문득 화가 치밀었다. 게다가 집에 있으면서도 남자가 나를 데려가도록 하다니. 나는 또 미안해 견딜 수 없었다. 그래서 결심했다. 나중에 언니랑 결혼하면 내가 꼭 잘해 주겠다고. 오늘의 이 은혜는 꼭 갚겠다고. 아니, 오늘만이라도 꼭 대접을 해야겠다고. 커피와 설탕과 크림을 세 스푼씩 넣은 커피라도.

하지만 다 소용이 없게 되었다. 택시에서 내리자마자 들려오는 엄마의 화난 목소리를 들은 남자가 꽁지 빠진 닭처럼 서둘러 돌아가 버렸기 때문이었다. 어이구, 지겨워. 무슨 년의 팔자가 한 번도 편할 날이 없어. 시집도 안 간 큰딸년은 벌써부터 애를 떼가지고 자빠졌지. 작은 딸년은 손모가지가 잘렸대지. 어이구, 드런 년의 팔자. 서방 복 없는 년은 자식 복도 없다더니. 엄마는 쉴 새 없이 중얼거리고 있었다.

엄마가 잔뜩 화난 것 같았으므로 나는 까치발을 하고 몰래몰래 장독대로 갔다. 지금 안방으로 들어간다면 엄마한테 등짝을 두들겨 맞을 것은 뻔한 일이니 차라리 그편이 나을 것 같았고, 어제 해가 기울 때 달걀을 상추 상자 위에 올려놓고 그대로 두었던 것이 문득 생각났기 때문이기도 했다.

마요네즈병은 상추 상자 위에 오도카니 얹혀 있었다. 아침에 다시 장독대로 옮겨 놓았어야 했는데 하루 종일 햇볕도 받지 못했을 것을 생각하니 가슴이 아팠다. 오른손으로 마요네즈병을 들고 나는 한참 동안 안을 들여다보았다. 단단한 달걀 껍데기 안에서 미처 나오지 못한 병아리가 콩같이 까만 두 눈을 감고 있었다. 날개가 움직이는 걸 보지 못할까 봐 나는 잠시 숨을 멈추었다. 하지만 병아리는 움직이지 않았다. 털이 드문드문 붙은 앙상한 날개를 접고 마을 입구에 서 있는 장승처럼 꿈쩍도 하지 않고 있었다. 나는 마요네즈병을 품에 안았다. 오늘은 꼭 껴안고 밤을 새워야 할 것 같았다. 푸근한 내 품에서 잠을 자고 일어나면 마술 램프 안에서 깊은 잠에 빠져 있었던 요정처럼, 콩같이 윤나는 눈알을 굴리며 병아리가 금방 껍데기를 깰지도 몰랐다. 그대로 작은 날개를 파드닥거리며 기지개를 펼지도 모를 일인 것이다.

부엌을 지나는데 닭 삶는 냄새가 났다. 오늘 저녁에는 드디어 닭고기를 먹게 되려는 모양이었다. 방 안에서는 여전히 엄마가 무어라고 욕을 해대고 있었다. 엄마가 한숨을 쉬기 위해 말을 멈추는 사이로 숨을 죽인 언니의 울음소리가 들려왔다. 나는 마루에 앉아 아카시아나무를 바라보았다. 집에 오는 대로 다 부러뜨릴 작정이었지만 왼팔이 움직여지지 않으니 하는 수 없었다. 팔이 다 나을 때까지 기다리는 수밖에는. 선홍색으로 붉게 물드는 하늘을 바라보며 나는 내일을 기다렸다. 선생님과 아이들이 내 팔을 보고 놀라워할 내일을.

휴가

1

호출 소리가 들린 건 온통 붉은색으로 빈틈없이 죄어 오는 나뭇잎에 짓눌려 숨이 가빠 올 때였다.

「왜 일어났어?」

몸을 뒤척이다 멍하니 앉아 있는 나를 발견한 상인이 물었다.

「호출 소리가 들린 것 같아서.」

「호출?」

「응.」

「못 들었는데. 그 소리가 얼마나 요란한데 내가 못 들었겠어? 더군다나 이 새벽에 무슨 일로 어머니가 부르시겠어. 가장 달게 주무시는 때가 이 시간인데. 꿈꾼 것 아냐?」

정말 꿈이라도 꾼 걸까. 상인의 말마따나 호출기는 그 소리가 너무나 요란해서 어쩌다 울리기라도 하면 온 집 안이 불이라도 난 것처럼 들썩거렸다. 정말 벨이 울렸다면 잠귀가 밝은 상인이 못 들었을 리는 만무했다.

「그만 자라고. 아무래도 당신 요즘 너무 예민해 있는 것 같아.」

미처 못다 한 잠이 아쉬운 듯 벽 쪽으로 몸을 돌리며 상인이 말했다. 그러나 상인이 다시 옅은 숨소리를 내며 잠에 빠져 들어가도록 잠이 오지 않았다. 호출 소리도 그랬거니와 사실은 생경한 산행에서 붉게 물든 산의 중압을 이기지 못해 허덕이던 조금 전의 꿈이 몸서리치도록 생생했기 때문이었다.

나는 베란다로 나가 유리문을 열었다. 거리 가득, 새벽 안개가 채워져 있었다. 마치 지진이라도 일어나 세상이 바로 앞에서 뚝 끊겨 어디론가 사라져 버린 것 같았다. 기다렸던 것처럼 밭은기침이 연속적으로 터져 나왔다.

이상하게 마음이 진정되지 않았다. 숨을 쉴 때마다 안개에 내몰린 열기들이 입과 코와 귀로 끝도 없이 빠져나오는 것이 느껴졌다. 내몰린 열기와 차가운 안개 사이에서 금방 부서지기라도 할 것처럼 몸이 떨려 왔다.

무심하려 했지만 유리문을 닫고 거실로 들어서는 순간, 엄마의 방문이 눈에 와 꽂혔다. 방 안에서는 아무런 움직임도 감지되지 않았다. 그러나 피할 수 없는 예감처럼 걷잡을 수 없는 한기가 느껴졌다. 나는 천천히 다가가 문을 열었다.

옅은 구토증을 느낀 나는 짧게 숨을 멈추었다. 방 안에 괴어 있던 냄새들이 축축한 수분들 틈에 섞여 휙 몰려왔던 탓이었다. 잠시 서서 호흡을 가다듬은 후에야 나는 방 안을 들여다보

앓다. 희미한 어둠 사이로, 가습기에서 끊임없이 뿜어져 나오는 수증기가 흩어지는 것이 보였다. 그 아래 기척도 없이 누워 있는 엄마의 실루엣이 눈에 들어왔다. 한 점 물체처럼 미동도 없이 누워 있는 엄마는 너무 건조해서 작은 불씨 하나에도 확 그 형체를 감추어 버릴 것처럼 위태해 보였다.

역시 꿈인가 보았다. 저렇듯 곤하게 잠들어 있는 엄마가 이 새벽에 호출 벨을 눌렀을 리는 없는 일이었다. 상인의 말대로 요즘 들어 지나치게 예민해 있는 내가 문제였다. 나는 쓴웃음을 삼켰다.

그러나 방문을 닫으려는 순간 들린 짧은 파열음에 다시 뒤돌아서야 했다. 분명 엄마의 목소리였다. 흐느낌인지 말소리인지는 분명치 않았으나 잠꼬대로 치부해 버리기에는 석연치 않았다. 나는 다시 엄마에게 다가갔고 절박하게 달싹이는 입술을 보았다. 그리고 그녀가 무슨 말인가 하고 싶어한다는 것을 깨달았다.

「규현아…….」

엄마는 분명 '규현아'라고 말하고 있었다. 그러나 그것은 내 이름이 아니었다. 규현은 오빠였다.

「규현아. 미. 안. 하. 다.」

오랫동안 열지 않은 엄마의 목소리는 탁한 가래라도 낀 듯 음산하고 습했다.

「규현아, 애기, 애기는.」

몸을 움직이는가 싶더니 엄마가 금세 내 쪽으로 돌아서서 불쑥 손을 잡았다. 호박잎같이 거친 엄마의 손바닥이 내 손에 깊이 박히는 순간 무방비 상태로 앉아 있던 나는 잠시 중심을 잃고 흔들렸다. 운신을 못하고 누워 있는 노인의 것이라고 하기에는 악력이 너무 세서 소름이 끼칠 정도였다.

엄마의 눈빛이 불안하게 흔들리고 있었다. 나를 보고는 있었지만 내가 아닌 오빠, 이제 갓 돌이 지난 조카의 형상을 내 안에서 찾기라도 하려는 듯 더디고 힘겹게 몸을 움직이며 점점 손에 힘을 주고 있었다. 피할 수 없는 일이 다가오고 있다는 예감에 나는 다급하게 호출 벨을 눌러 대며 상인을 불렀다. 흡사 사이렌과도 같은 벨 소리가 불길하게 집 안을 흔들어 댔다.

「무슨 일이야!」

상인이 놀란 표정으로 달려와 한데 엉켜 있는 엄마와 나를 바라보았다. 그러곤 엄마의 동공과 불안하게 쌔근거리는 가슴을 살펴본 뒤 말했다.

「형님네에 전화를 해야겠어.」

나는 아무 말도 하지 않은 채 고개를 끄덕였다. 이런 상황에서도 엄마와 올케가 만나지 않는다면 정말로 다시는 서로 볼 수 없을지도 모른다는 생각이 들었기 때문이었다.

그러고 보니 올케를 본 지도 벌써 1년이 다 되어 간다. 가끔 연락을 해볼까 하지 않은 것은 아니었지만 내 생각엔 그랬다. 올케나 엄마에겐 어쩌면 시간이 필요할지도 모르겠다고. 얼마

184

간의 침묵이 어쩌면 서로를 더 깊이 이해하는 시간이 될 수도 있을 거라고. 그런 시간이 흐른 뒤엔 한결 담담한 심정으로 서로 대할 수도 있을 거라고.

엄마와 올케의 관계가 그토록 냉랭하게 변해 버릴 수 있다는 게 지금도 믿어지지 않는다. 홀시어머니와 외며느리 사이라고는 믿어지지 않을 만큼 두 사람의 사이가 딸인 나도 질투가 날 정도로 좋았던 것을 생각해 보면, 모든 것이 한바탕 악몽을 꾸는 것처럼 어지럽기만 하다.

2

엄마는 무뚝뚝했고, 생전 가야 화장은커녕 로션을 바르는 것조차 귀찮아할 정도여서 든든한 아버지 같다는 느낌이 들었다. 그런 엄마를 조금씩 변하게 만든 것이 올케였다. 입을 다물고 있으면 화난 사람 같아 보이던 엄마는 새로 들어온 며느리와 생활하는 사이 부쩍 많이 웃기 시작했다. 그다지 대수롭지 않은 일에도 방바닥을 두드려 가며 소녀처럼 깔깔거리는 일이 많아졌고, 살이 트는 것을 방지하기 위해 고작 바셀린 따위나 바르던 것을, 제법 색조 화장품까지 갖추어 놓고 아침마다 화장하며 노래를 흥얼거렸다. 그 모든 일이 올케의 배려가 있기에 가능했었다.

물론 처음부터 올케 덕에 모든 것이 좋아졌다고 생각한 것은 아니다. 대개의 시누이들이 그렇듯 나는 올케의 사소한 잘못에도 여지없이 흠집을 낼 준비가 되어 있었다. 처음 엄마가 아프다는 연락을 받았을 때 까닭 없이 화가 난 것도 그 이유에서였다. 전화를 받자마자 당장 정육점으로 달려가 내 살림 규모로는 좀 무리일 듯싶은 가격의 쇠꼬리를 산 것도, 생각해 보면 그런 식으로나마 공연히 뒤틀려 있는 못된 심사를 표현하려고 했는지도 몰랐다. 처음 그녀와 엄마가 첫 대면을 하던 날 꼬인 심사로 인해 언젠가는 시누이 노릇을 하리라 벼르던 참이기도 했다.

금방이라도 숨이 막힐 것 같은 날이었다. 음식은 냉장고에서 나오자마자 금세 부패되어 버렸고, 하루라도 씻지 않으면 멀쩡한 사람의 몸에서도 당장 시큼한 땀 냄새가 배어 나와 저절로 인상이 찌푸려질 정도였다.

그날 엄마는 조금 들떠 있었다. 외아들인 데다 결혼할 시기를 놓쳐 늘 묵직한 짐덩어리로 남아 있던 오빠가 여자를 데려오기로 했기 때문이었다. 평소 만성 류머티즘으로 걸음을 떼기도 힘들어하던 엄마는 헬륨 가스를 마신 것처럼 돌연 몸이 가벼워졌고 좁은 주방에서 아침부터 손님 맞을 채비를 하느라 부산을 떨었다.

그것이 문제였다. 물론 모든 문을 다 열어 두기는 했다. 하지만 일자로 길게 뻗은 주방의 구조상 집 안에 가득 찬 온갖 음식 냄새는 전혀 밖으로 나갈 낌새를 보이지 않았고 오히려 회오리처럼 거실 곳곳을 헤집고 다녔다. 게다가 날은 너무 더웠다. 세상의 모든 것들이 제자리에 박힌 듯 꼼짝도 하지 않아 숨이 턱턱 막힐 지경이었다.

거실에 앉아 마늘을 까던 내가 멀미를 느끼기 시작한 건 엄마가 돼지고기를 갈아 완자를 거의 다 만들었을 때였다. 마치 썩은 음식 하나를 목구멍에 집어넣은 것처럼 속이 울렁거리기 시작했을 때 나는 냉장고로 달려가 사각 얼음을 입에 넣고 아그작 깨물었다. 양 볼에 잔뜩 얼음을 집어넣은 채 집 안에 있는 선풍기를 몽땅 틀어 대기도 하였다. 그러나 아무 소용이 없었다. 마치 날카로운 못으로 유리판을 긁어 대는 것처럼 신경을 자극하는 불쾌감은 좀처럼 사라지지 않았다.

도저히 숨을 쉴 수가 없었다. 최대한 입을 적게 벌린 채 라마즈 호흡법을 배운 산모처럼 열심히 숨을 내쉬며 천천히 거실을 거닐었다. 그러다 문득, 좁은 배수관을 따라 흐르는 폐기물들처럼 은밀히 겹친 살 부위나 부숭한 털이 엉켜 있는 곳, 셀 수도 없이 뚫린 땀구멍에서거나 혹은 겨드랑이 사이에서 흘러 나오고 있는 수상쩍고 불쾌한 냄새의 근원지를 찾기에 이르렀고, 그만 숨을 멈추고 말았다.

하필 그때 초인종이 울렸다. 아무것도 모르는 채 요리에 열중하고 있던 엄마는 앞치마에 손을 닦으며 재게 현관으로 달려가 문을 열었고, 깨끗하고 단아한 얼굴을 한 올케가 오빠 뒤에

서서 수줍게 고개를 숙였다.

새 며느릿감 인상이 썩 마음에 들었던지 엄마는 오빠와 그녀를 거실에 앉혀 놓고 더욱 얼굴이 상기되어 서둘러 식탁을 차리기 시작했다. 그리고 모든 준비가 끝났을 때 식탁 위에 그득한 음식들을 보는 엄마의 표정 위로 여유로운 미소가 잠깐 스쳤다. 뭔가 일이 어긋나고 있다고 느낀 건 그때부터였다. 거실에 조신하게 앉아 있던 올케가 주방으로 들어오는 순간 짧게 미간을 찌푸리는 게 눈에 들어왔다. 그녀도 냄새를 맡은 것이었다. 안타깝게도 미래의 시댁에 대한 설렘과 존경심도 그녀의 미간을 펴주지는 못하는 것 같았다. 그녀는 한결 경직된 표정으로 식탁에 앉았고, 오빠가 그녀의 옆에, 엄마가 맞은편에 앉는 것으로 긴장된 식사가 시작되었다.

그녀의 다소곳함이 부끄러움에서 비롯된 것으로 짐작한 엄마는 젓가락을 쥐어 주며 끊임없이 음식을 권했다. 그러나 하릴없이 젓가락만 움직일 뿐 실제로 그녀의 입에 들어가는 것은 아무것도 없었고, 내 눈에 보이는 것이 엄마의 눈에 보이지 않을 리가 없었다.

엄마는 좀 더 그녀가 편안해할 수 있도록 노력했고 애정의 표시로 그녀의 밥그릇에 음식들을 듬뿍듬뿍 집어다 주었다. 밥그릇에 놓이는 음식의 양에 비례하여 그녀의 표정은 점점 곤혹스럽게 변해 갔다. 그녀로서도 빚쟁이처럼 버젓이 자신의 밥그릇 위까지 점령하고 나선 할당량마저 외면할 수는 없었을 것이기 때문이었다. 결국 비장한 표정으로, 연방 땀을 닦아 내며 그녀는 음식을 먹기 시작했다. 그러다 마지막으로 남은 전을 입에 넣는 순간 갑자기 헛구역질을 하며 화장실로 달려가고 말았다.

순간 모든 것이 명확해졌다. 너무나 갑작스럽게 말이다. 그리고 갑작스러운 것이 늘 그렇듯 남아 있는 사람들에게 그것은 당혹감으로 작용했다. 우리들만이 공유하고 있던 은밀한 치부 하나가 여지없이 드러나는 느낌이었다. 오빠마저 그녀를 따라 화장실로 달려간 뒤 급격히 침통해진 엄마는 깊은 숨을 내뱉었다. 자신의 아둔함에 대한 자책에서 비롯된 탄식이었다.

첫 만남이 그랬으므로 나는 당연히 두 사람이 결코 원만하게 지내지는 못할 것이라고 짐작했고, 어느 정도의 염려와 또 어느 정도는 시누이로서의 굴절된 시선으로 두 사람을 지켜보게 되었다. 때문에 두 사람이 같은 울타리에 머물게 된 지 불과 며칠 지나지 않아 엄마가 아프다는 소식이 들리자 내 주머니 사정으로서는 꽤 무리가 가는 쇠꼬리를 보란 듯이 사들고 점령군처럼 집으로 들이닥쳤던 것이다.

대문은 열려 있었고 집 안은 텅 빈 것처럼 조용했다. 식탁에는 우윳빛 스프가 대접에 담긴 채 놓여 있을 뿐 올케는 어디에도 보이지 않았다. 아마도 약국에 갔거나 시장에 간 모양이라고 생각하면서도 나는 증거를 확보한 민완 형사처럼 내심 흡족한 심정으로 엄마가 거처하고 있는 방문을 열었다.

그러나 순간 멈칫했다. 자신 있게 걸어온 길 끝에서 진창에라도 빠진 기분이었다. 당연히 험한 몰골로 혼자 누워 앓고 있을 거라는 내 예상은 보기 좋게 빗나가고 말았다. 게다가 나란히 누워 무슨 이야긴가를 도란도란 나누던 두 사람이 불륜 현장이라도 들킨 것처럼 당혹스러워하자 달갑지 않은 불청객이라도 된 듯한 기분에 소외감마저 느껴야 했다.

주방에서 보았던 우윳빛 스프를 얼굴에 잔뜩 뒤집어쓴 엄마가 목덜미며 앞섶으로 뚝뚝 떨어지는 것들을 닦아 내느라 허둥대기 시작했다.

「그래, 웬일이냐.」

겨우 얼굴을 닦은 뒤 내게 한 첫 소리가 그거였다. 내 방문을 그다지 반갑게 여기지 않는 듯한 말투에 마뜩찮은 기분이 된 나는 자신도 모르게 불쑥 내뱉고 말았다.

「뭐 하는 거예요. 아프다고 해서 달려왔더니. 남세스럽게.」

왜 그렇게 말했을까. 공연한 심술이 거품처럼 끓어올랐다.

「언니는 편찮으신 분한테 지금 뭐 하고 있는 거예요. 팩이 하고 싶으면 조용히 혼자서 할 것이지.」

사실 왜 화를 내고 있는지 나도 정확히 알지 못했다. 그저 조금 놀랐을 뿐인데 말이다. 아니, 어쩌면 올케에 대한 묘한 질투심이 꼭꼭 감추어 두었던 내 열등감을 부추겼는지도 몰랐다.

결혼 전 24년을 같이 살았지만 그날, 처음으로 엄마를 본 것 같았다. 엄마도 한가하게 누워 유행가를 흥얼거리며 팩이나 매니큐어로 치장할 수 있다는 사실이 왜 그렇게 충격으로 다가왔을까. 사실, 내게 있어서 엄마의 이미지는 감히 누구도 대항할 수 없는 여전사 같은 것이었다. 우선 신체적으로도 여성성이라는 것과는 거리가 멀어 보였다. 평생 파마 한 번 하지 않고 짧은 커트를 고수한 엄마는 그 나이에는 드물게 키도 170센티나 되었고 체구도 큰 편이었기 때문에 언뜻 보면 영락없이 힘깨나 쓸 법한 남자로 오해받기에 알맞았다. 외할아버지를 닮아 목소리가 굵었고 뼈도 단단했다. 손이나 발은 웬만한 남자의 것보다도 더 크고 투박했다.

그에 비해 돌아가신 아버지는 천상 약골이었다. 피부도 희고 체격도 작았다. 건강하지도 못해 늘 이런저런 종류의 약을 몸에 지니고 다녀야 했다. 그런 상황이니 아버지와 엄마의 사이가 좋지 못했던 것은 당연하게 여겨졌다. 물론 강골이라고 해서 성격마저 그랬다는 뜻은 아니다. 특히 아버지를 대할 때의 엄마는 여전히 말이 없고 무뚝뚝하기는 했지만 지나치게 유순해서, 아버지의 호령에 절절매는 모습을 보면 사냥꾼에게 포획당한 둔한 곰 같다는 느낌이 들 정도였다. 심지어는 아버지가 잘못한 경우에도 그랬다

3

아마도 일요일이었을 것이다. 한껏 게으름에 빠져 있는 나와 오빠를 데리고 아버지가 간 곳은 길이 너무 가팔랐다. 분홍빛

연탄이 함부로 깨어진 채 길목의 반을 차지하고 있었고 달동네의 전경이 늘 그렇듯 우리 세 사람의 움직임을 따라 허술하게 닫힌 대문들 안에서는 개들이 사납게 짖어 댔다. 여자는 그 오르막의 끝에 살고 있었다. 가지런한 치열을 드러내며 우리를 향해 웃는 여자를 보는 순간 어처구니없게도 나는 한눈에 호감을 갖고 말았다. 냄새 때문이었다. 그녀에게서는 부드럽고 은은한 향기가 났다. 꽃 냄새 같기도 하고 이국의 과일 냄새 같기도 했다. 엄마에게서 나는 인내와는 비교도 할 수 없는 그런 냄새였다. 게다가 벽 한쪽에 걸려 있는, 아무리 겹쳐 입어도 전혀 무게를 느끼지 못할 것 같은 실크 잠옷이며 단정한 감색 슈트가 나를 취하게 만들었다. 그래서였는지도 모르겠다. 다소곳이 앉아 사과를 깎는 여자와 그 모습을 바라보며 벙실대는 아버지가 오래된 부부처럼 잘 어울린다고 생각하게 된 것은.

방 한쪽에 놓여 있던 비키니 옷장에서 여자가 선물까지 내주었던 걸 기억해 보면 아마도 그 만남은 이미 오래전에 예정되어 있었던 듯하다. 오빠의 것은 그 또래의 아이들이라면 누구나 갖고 싶어한 워크맨이었고, 내 것은 팔과 다리가 구부러지는, 하늘거리는 금발이 엉덩이까지 내려오는 바비 인형이었다.

엄마가 여자의 존재를 알게 된 건 워크맨 때문이었다. 책상 서랍 속에서 그것을 발견한 엄마는 오빠를 추궁했고 결국은 여자에 대한 이야기를 듣고 말았다. 당연히 엄마는 오빠를 앞세우고 여자를 찾았다. 그러나 공교로운 일이 벌어지고 말았다.

첫 만남 이후로 몇 번 아버지를 따라 여자 집을 찾았던 나도, 그날따라 그녀가 해주는 수박화채를 얻어먹을 꿍심으로 그곳에서 아버지를 만나기로 약속했던 것이다.

그녀의 하늘거리는 잠옷을 걸치고 덕지덕지 화장품을 바르고 있던 나는 홍시같이 붉어진 얼굴을 한 엄마가 와락 방문을 열어젖히자 기함을 하며 여자의 뒤로 숨었다. 잔뜩 성이 난 멧돼지처럼 엄마는 방으로 뛰어 들어왔다. 그러곤 당장에라도 여자를 요절낼 듯 씩씩댔다.

아버지가 온 건 그때였다. 예기치 못한 상황에 아버지 역시 깜짝 놀라 잠시 주춤대는 것 같았다. 그러나 엄마와 여자 사이에 형성되어 있던 힘의 균형은 어느 순간 묘하게 뒤틀려 정반대로 흐르기 시작했다. 아버지를 보는 순간 엄마는 현저히 기를 누그러뜨렸다. 그에 반해 부들부들 떨고 있던 여자는 터무니없이 방자해져 그 자리에서 스프링처럼 튀어 일어났다. 그러더니 갑자기 헛구역질을 해대며 보란 듯이 아버지의 품 안으로 뛰어들었다.

「우욱, 이게 무슨 냄새야. 꼭 뭐가 썩는 것 같아.」

어처구니없게도 여자는 임신 중이었고, 갑작스러운 그녀의 입덧을 아버지는 기다렸다는 듯이 엄마 탓으로 돌렸다. 아니, 엄밀히 말하면 엄마의 냄새 탓으로 돌렸다.

「당신, 이리 나와!」

아버지는 마치 모든 잘못이 엄마에게 있는 것처럼, 여자가 보는 앞에서 함부로 엄마를 끌고 밖으로 나갔다.

알 수 없는 건 엄마도 마찬가지였다. 잘못한 사람이 당신이기라도 한 것처럼 더 이상 아무 말도 하지 못하고 잔뜩 주눅이 든 채로 아버지에게 끌려 집으로 돌아왔던 것이다. 그날 아버지는 엄마를 천하에 무례하고 천박한 여자로 몰아세우고, 남편을 의심하는 부도덕성에 대해 흥분했다. 아버지의 외도가 엄연한 사실인데도 그랬다.

그런 일이 있은 후 채 몇 달도 지나지 않아 갑작스럽게 아버지가 돌아가시자 그때까지도 아버지의 서슬 때문에 남편의 외도에 대해 변변히 따져 보지도 못했던 엄마는 장례식장에서야 여자와 다시 조우를 하게 되었다. 언젠가 보았던 감색 슈트를 입은 여자에게서 임신의 흔적은 찾아볼 수 없었다.

장례식이 끝난 뒤 엄마가 제일 먼저 한 것은 아버지의 흔적을 없애는 일이었다. 엄마는 우선 아버지가 사용하던 물건들을 빠르게 처분했다. 그런 뒤 아버지의 것은 물론, 가끔씩 당신과 함께한 사진까지도 다 불에 태워 버렸다. 그런 행동을 다 이해할 수는 없었지만 그렇다고 이해 못할 것도 아니었다.

엄마는 더 무뚝뚝해져 갔다. 말이 없어졌고, 바깥에서 일하는 시간이 많아졌기 때문에 피부는 점점 검게 변했다. 먹성이 좋아졌고, 그에 따라 살집도 붙어 한결 키가 커졌다.

4

겉으로야 못마땅한 척했지만 엄마의 변화가 그다지 싫은 것만은 아니었다. 낯설고 어색하긴 해도 변화가 엄마의 생활에 어떤 활기를 가져다 준 것은 부인할 수 없는 사실이었고, 지난 시간을 되돌아볼 때 그 정도의 즐거움쯤은 충분히 누릴 자격이 있기 때문이었다.

그러나 아무리 좋게 생각한다 해도 그것이 실제로 보기에도 좋다는 것과는 별개의 일이었다. 아무리 화장을 해도 엄마가 갑자기 고와진다거나 여성스러워질 리는 만무했으므로 나는 가끔 당혹스러웠다. 화장을 한 엄마는 전혀 곱지 않았다. 오히려 불편하기까지 했다. 물론 멋을 부리기에는 조금 늦은 감이 있었다. 화장도 오랫동안 해야 자연스럽게 멋이 우러나는 것이기도 했다. 하지만 그 모든 것을 감안하고서라도 가뜩이나 두터운 입술에 똑바르지 않게 그려진 립스틱이며 전혀 색도를 조절하지 못한 새도는 괴기스럽기조차 했다.

오빠는 달랐다. 딱히 뭐라고 표현할 수는 없지만 적어도 나보다는 엄마에 대해 좀 더 따뜻한 감정을 갖고 있는 것이 분명했다. 엄마 옆에만 가면 어김없이 맡아지는 그 냄새를 오빠가 알지 못하는 것만 보아도 알 수 있는 일이었다. 그것이 마음에 들지 않았다. 오빠와 엄마가 갖고 있는 모종의 끈끈한 관계 속에 나는 왜 편입되지 못하는 것일까.

전적으로 생김새나 성격이 아버지를 쏙 빼닮은 나와 달리 오빠는 비교적 양친을 고루 닮은 편이었다. 웅숭깊은 눈이나 흰 피부, 마른 체구 따위의 용모는 내가 보기에도 다분히 아버지에게서 물려받은 것이었다. 그러나 중요한 일이 아니면 좀처럼 입을 떼지 않는 과묵함, 늘 한 가지 일에만 몰두하는 고지식한 성격은 주로 어머니에게서 느껴지는 성품들이었다. 처음 아버지를 따라 여자의 집에 가서 받은 워크맨을 거절하지 못하고 가져왔다는 사실에 대해 오빠는 매우 수치스러워했다. 그 달콤한 유혹을 뿌리치지 못한 자신을 부끄러워해서 어쩌다 나한테 음악을 듣는 모습을 들키기라도 하면 귀밑까지 붉어졌다.

그런 사람이었으니, 장성한 오빠가 의무감에서든 애정에서든 엄마를 배려하는 것이 당연하게 여겨지긴 해도 가끔은 의외로 느껴지는 면도 없지 않았다. 이를테면 자줏빛 속치마나 인조 보석이 박힌 머리핀 등을 발견하고 출처를 물었을 때, 오빠가 사왔지 뭐냐, 늙은이가 저런 걸 어떻게 입으라고, 하며 엄마가 적당한 설렘이 깔린 표정을 지었을 경우였다.

그러나 그런 선물들로 인해 엄마가 한층 발랄해진 게 사실이었으므로, 집안은 늘 평안하고 훈훈했다. 모든 것이 순조롭게 진행되는 느낌이었다. 엄마에게 생기기 시작한 미묘한 변화들은, 오빠의 결혼과 더불어 한 가정이 평범하게 자리 잡아 가는 과정들로 여겨졌다.

다만 아쉬운 점이 있다면 아기였다. 결혼한 지 3년이 지나도록 올케가 임신을 하지 못했던 것이다. 처음엔 차차 생기겠지,

하고 여유 있게 생각했지만 막상 속절없이 시간이 흘러가자 올케는 초조해하기 시작했다. 올케의 나이가 이미 초산을 경험할 연령에서 많이 늦어 있었고 오빠는 집안의 장손이었던 것이다.

그러므로 3년이 지난 뒤 드디어 올케가 임신했을 때, 엄마는 당장에라도 애가 나오는 것처럼 서둘렀다. 그날부터 집안일에서 손을 떼라는 특별 조치를 내렸고, 일하다가도 밥을 먹다가도 벙긋거려 보는 우리조차 덩달아 즐겁게 했다. 우리가 그랬으니 당사자인 오빠는 얼마나 좋았을까. 과묵하고 무뚝뚝한 성격답게 평소 아기에 대한 어떤 조바심도 내보이지 않던 오빠는 갑자기 다른 사람이 된 것 같았다. 소식을 듣고 달려오자마자 나와 엄마가 보는 것도 개의치 않고 벅찬 표정으로 오래오래 올케를 안아 주었다. 의외였지만 그다지 나빠 보이지는 않았다.

5

어렵게 들어선 만큼이나 아기는 맹렬하게 제 존재를 알리며 올케를 괴롭히기 시작했다.

「어떡하냐. 네 언니가 다 죽게 생겼다.」

내게 전화를 걸어 엄마는 그렇게 말했다. 며느리에 대한 애정이 듬뿍 담긴, 더할 수 없는 안타까움이 가득한 음성으로였다.

「네가 먹을 것 좀 해와라. 나는 통 젊은애들 입맛을 못 맞추겠다.」

그런 엄마를 유별스럽다고 빈정거리면서도 나는 기꺼이 집으로 달려갔고 변기를 붙든 채 토악질하고 있던 올케를 보았다. 아닌 게 아니라 화장실에서 나오는 모습이 해쑥했다. 지난 몇 년간 통통하게 살이 오른 얼굴은 처음 우리 집에 왔을 때보다 더 푸석했고, 먹은 것도 없이 계속해서 토하는 바람에 입가에서는 신물 내가 풍겼다.

「웬 애기가 저렇게 요란스럽게 들어서냐. 세상에.」

엄마는 두 손을 비비며 안절부절못했다. 그러나 집에 머무르는 동안 숨바꼭질하듯 엄마와, 화장실 사이를 들락거리는 올케를 보고 나는 그녀의 입덧이 반드시 음식 때문만은 아니라는 것을 알았다.

냄새가 힘들지 않느냐고, 평소의 나답지 않은 따뜻함을 비쳤던 것은 아마도 그 순간 내 안에서 꿈틀대고 있는 그녀에 대한 연민 때문이었을 것이다. 음료수가 필요하다는 핑계로 엄마를 슈퍼에 보낸 뒤 그렇게 묻자 허겁지겁 해가지고 간 음식들을 씹지도 않고 목구멍으로 넘기던 올케는 화들짝 놀라 나를 바라보았다.

「큰일이에요. 입덧이 심해서.」

될 수 있는 한 부드럽게 말하려고 나는 애썼다. 엄마의 냄새를 못 견디는 것이 그녀의 탓이 아니라는 것을, 크게 죄스러워하지 않아도 된다는 것을 말하고 싶었다.

「죄송해요, 아가씨. 참으려고 해도 잘 안 돼요. 어머니만 옆에 오면 속이 뒤집힐 것 같아요. 꼭 일부러 그러는 것처럼…….」

「언니 탓이 아니에요.」

나는 올케의 손을 잡아 주었다. 얼굴뿐만 아니라 어느새 손가락까지도 파리하게 말라 있었다.

그때 갑자기 툭, 하는 소리가 들렸다. 뒤돌아보니 어느새 돌아온 엄마가 냉장고에 음료수를 집어넣고 있었다. 깜짝 놀라 자리에서 일어나 기색을 살펴보았지만 엄마는 좀처럼 등을 돌리지 않았다.

6

결국 5개월이 될 무렵에 올케는 친정으로 갔다. 지독한 입덧이 좀처럼 끝날 기미를 보이지 않아서였다. 그날 이후 현저하게 몸을 도사리던 엄마는 조금은 비통한 얼굴로, 그러나 여전히 며느리에 대한 애정을 잃지 않은 표정으로 올케를 보냈다. 올케 역시 어쩔 줄 몰라 했지만 결국은 엄마의 뜻에 따랐다. 불과 5개월 만에 몸무게가 너무 많이 줄어 몸에 살이라곤 하나도 남아 있지 않은 상태였기 때문에 그녀로서도 어쩔 도리가 없었을 것이다.

엄마는 내게도 당분간 집에 들르지 말 것을 명령했다. 말로는 그동안 음식을 해 나르느라 고생했으니 이제 그만 쉬라고 했지만 나는 엄마가 더 이상 나를 반가워하지 않는다는 것을 알았다. 딸만이 느낄 수 있는 직감 같은 것이었다.

모두 다 내쫓아 버리고 엄마는 무엇을 하고 있을까. 가끔 그것이 궁금했다. 혹 그날 올케와 내 대화를 엿듣고 어떤 충격을 받은 것은 아닐까, 걱정이 되기도 했다. 그러므로 갑자기 집에 들를 생각을 하게 된 것은 지극히 당연했다.

대문은 열려 있었지만 현관문은 닫혀 있었다. 엄마는 무슨 문이건 간에 도대체 닫힌 꼴을 보지 못했다. 문이 닫혀 있으면 속에서 불이 나는 것 같다고 하며 벌컥벌컥 화를 냈다. 그래서 집 안의 문이란 문은 언제나 열려 있어서 늘 산만한 느낌을 주곤 했다. 거기다 경첩에서 낡은 문소리라도 날라치면 어디선가 금세 유령이라도 튀어나올 것같이 괴괴하기까지 했다. 가끔씩 들르는 나도 그런데 아직 새댁 티를 채 벗지 못한 올케는 더욱 못마땅했을 것이었다. 그러나 올케는 현명한 사람이었다. 속은 어떨지 몰라도 자기의 방문을 제외하고는 모두 다 엄마의 뜻대로 내버려 두었다. 그러나 그것마저도 참을 수가 없는 모양이었다. 식탁에 앉아서 도란도란 이야기를 나누다가도 문득문득 올케의 방문을 노려보았던 것을 보면. 그럴 때 엄마의 시선을 따라 올케의 닫힌 방문을 바라보면, 이상하게도 나까지 그 방 안에 꼭 뭔가 특별한 것이 있을 것 같다는 느낌이 들었다.

볼 수 없는 것은 언제나 은밀한 매력을 준다. 그리고 그 매력은 종종 거부할 수 없는 유혹을 수반하는 법이다. 올케의 방에 별다른 것이 없으리라는 것을 잘 알고 있으면서도 엄마를 따라 그곳을 바라볼 때마다 종종 당장 그 방문을 활짝 열어젖히고 싶은 충동이 일었다. 엄마도 마찬가지였을 것이다. 그러나 그런 일은 일어나지 않았다. 올케가 다른 방문을 다 양보했던 것처럼 엄마 역시 한 번도 그 닫힌 방문을 타박하진 않았다. 오히려 빈정거리는 나를 타일렀을 뿐이었다.

나는 현관 안으로 들어섰다. 방문과 화장실 문도 단정하게 닫혀 있었다. 거실에 서서 새삼 낯선 곳에 오기라도 한 것처럼 집 안을 둘러보았다. 어쩐지 거실 분위기가 생경했다. 비단 모든 방문들이 단정하게 닫혀 있었기 때문만은 아닌 것 같았다. 그동안은 알지 못했던 무엇인가가 안에 감추어져 있는 것 같았다. 가구들은 여전히 제자리에 놓여 있었다. 벽지나 장판도 그대로였고 크고 작은 여러 가지 장식품들도 변한 것이 없었다. 다만 조금 깨끗해지고 환해졌을 뿐이었다. 거실이 깨끗하다니 의외였다. 올케도 나도 없는 집 안을 엄마가 번들번들 윤이라도 냈단 말인가. 엄마는 집 안이 단정한 것을 좋아하지 않았다. 너무 깨끗하면 사람 사는 맛이 나지 않는다는 게 이유였다.

나는 천천히 엄마 방의 문을 열었다. 방은 비어 있었다. 대신 방 안 가득 괴어 있던 무엇인가가 기다렸다는 듯이 밖으로 쏟아져 나왔다. 나도 모르게 미간이 찌푸려졌다. 향이었다. 그러나 향이 아니기도 했다. 시내의 가판점 어디에서든지 쉽게 살 수 있는 그것은 소량의 천연 재료를 제외하고는 모두 다 싸구려 인조 향료와 알코올이 뒤섞이긴 했지만 어쨌거나 향이라고

명명할 수 있는 것이었다. 그러나 그것이 함부로 풀어져 나와 집 안에 숨어 있는 먼지와 필시 엄마의 몸에서 풍겨 나왔을 그 살 냄새와 섞여 좁은 방 안을 온통 발효시키고 있을 때는 이미 향이라 말할 수 없었다. 차라리 악취에 가까웠다. 그 악취 속에 숨어 있는 불온한 냄새가 문을 여는 순간 맡아졌다. 뭔가 실체를 알 수 없는 불길한 음모가 집의 내부에서 은밀하게 들끓고 있는 것 같았다. 나는 서둘러 밖으로 난 창문을 열어젖혔다.

나는 고된 노동을 하기라도 한 것처럼 제풀에 지쳐 식탁 의자에 앉았다. 그러자 올케의 방문이 정면으로 들어왔다. 그 방문을 보는 순간 가슴이…… 뛰기 시작했다. 내 안에 애써 감추어져 있던 의혹이 기다렸다는 듯이 몸을 뒤틀며 빠져나오려 하고 있었다. 설사 엄마가 그 방에 들어가 있다 한들 무엇이 문제란 말인가. 나는 짐짓 아무렇지도 않은 척 자문했다. 뭔가 필요한 물건을 급하게 찾느라 들어갔을 수도 있다. 나는 또 그렇게 대답했다. 그럼에도 불구하고, 한번 싹을 틔운 의혹은 수그러들지 않았다. 아니, 오히려 점점 무서운 속도로 맹렬히 자라며 나를 충동질하기 시작했다. 나는 올케의 방문을 열어 보고 싶지 않았다. 그러나 그렇게 생각하는 순간 내 몸은 벌써 일어나 올케의 방문 앞에 서 있었다. 나는 잠깐, 마른기침이라도 하여 엄마에게 내가 문밖에 있음을 알리고 싶었다. 그러나 내 몸은 극도로 긴장한 채 어떤 미세한 소리도 허용하지 않았다.

손잡이로 다가가는 팔이 내 것이 아닌 것처럼 뻣뻣하게 굳어

졌다. 손바닥에서 땀이 거품처럼 끓었다. 손잡이를 돌리자 달
칵, 하는 소리가 났다. 나는 제풀에 놀라 호흡을 멈추었다. 오
랫동안 열린 적이 없었던 것처럼 세 군데에 각각 박혀 있는 경
첩들이 제각기 낡고 둔탁한 소리를 내기 시작했다.

　냄새가 왈칵, 쏟아져 나왔다. 침구나 옷을 넣어 두는 살굿빛
장롱이 보였고, 그 밑으로 붉은 이불이 깔린 침대가 눈에 들어
왔다. 침대 위에 씌어 있는 붉은 이불이 생경했다. 비록 그 방
에 자주 들어가 보지는 않았다고 하지만 최소한 그 이불이 올
케의 것이 아니라는 것 정도는 알 수 있었다. 아직 살림의 때가
묻지 않은 침실답게 올케의 방은 살굿빛 장롱과 침대와 또 커
다란 창을 가리고 있는 커튼까지 비교적 부드럽고 따뜻한 기운
을 띠는 것들로 이루어져 있었다. 그러나 침대 위에 깔려 있는
짙은 붉은 색의 이불은 비록 한껏 멋을 부려 만들어지기는 한
것이었지만 바로 그런 이유로 더욱 도발적이고 불온한 느낌을
주고 있었다.

　그리고 침대 옆으로 오도카니 거울이 있었다. 그 거울이 눈
에 들어오는 순간, 나는 움찔 뒤로 물러섰다. 엄마가 거울을 통
해 나를 보았던 탓이었다. 단지 눈이 마주쳤을 뿐인데 까닭 없
이 가슴이 뛰었다. 그러나 엄마는 전혀 움직일 기미조차 없이
여전히 화장대 의자에 앉아 거울 쪽을 향하고 있을 뿐이었다.

　나는 짧게 신음했다. 삼켜진 신음이 부드러운 정제처럼 뱃속
으로 퍼지며 점점 더 크게 부풀려지고 있었다. 엄마, 하고 불러

보았지만 소리들은 신음 속에 무참히 섞여 버릴 만큼 미약했다.

거울을 바라보고 있었다, 엄마는. 잠깐, 거울을 통해 나와 눈
이 마주쳤다고 생각한 것은 나만의 느낌이었다. 엄마는 거울을
보고 있었지만 꼭 그것만을 보고 있는 것 같지는 않았다. 거울
이면의 것, 거울 안의 것, 거울을 통해 나타난 자신의 저 안쪽에
숨어 있는 또 다른 자신, 그 모든 것들을 보고 있는 것 같았다.
언제까지나 꼼짝도 하지 않을 것처럼 그렇게 앉아서. 엄마가
입고 있는 요란한 레이스의 자주색 속치마가, 언젠가 오빠가
사다 주었던 것임을 나는 기억해 내었다. 그 옷을 바라보며 선
홍색으로 물들던 엄마의 표정을 떠올렸다.

가뜩이나 탄력 없는 볼에 함부로 덧칠해진 파운데이션과 짙
은 색조 화장으로 인해 엄마의 얼굴은 더할 수 없이 을씨년스
러워 보였다. 한껏 고혹적인 눈빛으로 거울의 이곳저곳을 살피
고 있었지만 그런 표정은 무참하다 못해 괴이하기까지 했다.
나는 서둘러 문을 닫았다.

7

오빠는 막 방문을 열고 있었다. 과일 접시를 든 채 방으로 들
어가려다 현관에 들어서는 나를 의아한 눈으로 바라보았다.

「다 저녁때 웬일이냐?」

음성이 껄끄러웠다. 조금 당황하는 것도 같았다. 어쨌거나

갑작스러운 내 방문을 반기지 않는다는 것은 분명했다. 때문에 나는 머쓱한 기분으로 현관 앞에 서서, 마치 두고 간 물건을 찾으러 오기라도 한 사람처럼 거실을 둘러보았다. 방문들은 단정하게 닫혀 있었고 거실엔 저녁때 구웠을 것이 틀림없는 생선 비린내가 아직 빠져나가지 못한 채 천장에 떠돌고 있었다.

신발도 벗지 않고 현관에 서 있는데도 오빠는 내게 들어오라는 말을 하지 않았다. 다시 방문을 닫은 채 거실로 나와 텔레비전을 켰을 뿐이었다. 그런 오빠의 행동이 내겐 그만 집으로 돌아가라는 말처럼 느껴졌다. 그렇지 않고서야 내가 불편해할 걸 알면서도 아무 말도 하지 않은 채 저렇듯 무심한 표정으로 텔레비전을 볼 수는 없을 것이었다.

「엄마는.」

나는 짐짓 퉁명스러운 음성으로 물었다. 그제야 오빠는 다시 시선을 돌려, 아직까지 내가 그곳에 있는 것이 의외라는 표정을 감추지 않고 뜨악하게 말했다.

「으응, 잠깐 나가셨는데.」

나는 신발을 벗고 거실로 들어섰다. 이상하게도 거실로 들어서자마자 올케의 방문이 먼저 눈에 들어왔다. 문득 침대 위에 깔려 있던 그 붉은 이불이 아직도 그 자리에 놓여 있을까, 하는 의문이 떠올랐다. 그러나 오빠 앞에서 그 방문을 열어 볼 수는 없었다. 나는 아무렇지도 않은 척 오빠 옆으로 가서 앉았다.

엄마는 좀처럼 돌아오지 않았다. 이제 겨우 입동이 지났다고는 하지만 날씨는 예전에 비해 턱없이 차가운 기류가 떼 지어 몰려다니고 있었기 때문에 흡사 겨울의 한 정점에 이르기라도 한 것처럼 매서웠다. 엄마가 무슨 볼일이 있어 이런 날씨 속을, 더군다나 아홉시가 넘은 시간에 나갔을까, 하는 생각이 잠깐 들었지만 묻지는 않았다. 계속 아무 말도 하지 않고 어색한 분위기를 유지시키는 오빠에게 묻고 싶지도 않았거니와 아까의 말투로 보아 오빠 역시 자세한 사정을 모르는 것 같아서였다.

오빠의 무심함에 은근히 화가 났다. 노인이 다 저녁때 집을 나서는데 자세한 사정을 물어보지도 않았다는 것이 이해가 되지 않았다. 더군다나 이 시간이 되도록 엄마가 돌아오지 않고 있는데도 어쩐지 그다지 걱정스러워하는 것 같지 않았다. 언짢은 말들이 입 안 가득 괴어 우글대고 있었지만 짐짓 입을 다물고 아무 말도 건네지 않았다. 나는 습관처럼 시계를 들여다보았다. 잠깐 문밖으로 나가서 기다릴까 하는 생각이 들었지만 집으로 들어오는 길이 여러 갈래로 되어 있었기 때문에 그럴 수도 없는 일이었다. 이러지도 저러지도 못한 채 흡사 보기 싫은 이복오빠와 어깨를 대고 있기라도 한 것처럼 불편한 심정으로 계속 앉아 있는 수밖에 없었다.

「너 집에 안 가냐. 이 서방이 안 기다려?」

한참이 지났을 때 무료하게 텔레비전을 보던 오빠가 말했다. 그 음성에서 귀가하지 않는 엄마를 걱정하는 심정 따위는 전혀 찾아볼 수 없었다.

「엄마가 안 오셨는데 어떻게 가.」

「엄마가 어린애냐. 걱정할 필요 없어. 들어오는 길에 친구분이라도 만나셨나 보지, 뭐. 너나 빨리 가라. 공연히 이 서방한테 말 듣지 말고.」

「오빠!」

나는 엄마가 들어오지 않는 것이 마치 오빠의 탓인 것처럼 거칠게 불렀다. 그러나 나를 돌아본 오빠의 얼굴에는 이해할 수 없는 노여움이 가득했다.

「전에도 이런 일 있었어?」

나는 마음을 가라앉히며 침착하게 물었다. 그렇다고, 오빠는 짧게 대답했다. 그 짧은 대답이, 전에도 엄마가 이런 밤중에 나간 적이 있었다는 것인지, 아니면 엄마가 누군가와 밤늦도록 이야기를 나누기도 했다는 것을 뜻하는지 언뜻 분간이 가지 않았다. 그러나 더는 물어볼 수가 없었다. 오빠가 과장되게 기지개를 켜며 하품을 했기 때문이었다. 그리고 그 과장된 몸짓이 나와는 아무 말도 하고 싶지 않다는 뜻이라는 것을 모를 만큼 나는 눈치 없는 애가 아니었다.

결국 나는 자리에서 일어났다. 그러고 싶어서가 아니라 오빠가 그걸 원해서였다. 한참 아무 말 없이 앉아 있던 오빠는 그제야 생각난다는 듯 띄엄띄엄 말했다. 엄마가 나가며 어쩌면 누군가를 만나 늦을지도 모르겠다는 말을 했다고. 그 말은 거짓이었다. 오빠가 떠듬떠듬 말을 꺼내는 순간 그가 거짓말을 하려 한다는 것을 나는 눈치 챘다. 비단 오빠가 거짓말을 할 때면 더듬듯 천천히 말을 하기 때문만은 아니었다. 엄마는 누군가를, 그것도 이런 밤중에 만나 이야기를 나눌 사람이 아니었다. 더군다나 그 사실을 지금에서야 기억해 낸다는 건 앞뒤가 맞지 않는 일이었다. 그러나 나는 아무 말 없이 일어났다. 그 말을 믿어서가 아니라 거짓말을 해서라도 나를 내쫓고 싶어한다는 것을 알았던 탓이었다.

「나 갈게. 엄마 오면 전화나 해줘.」

나는 화가 난 것처럼 퉁명스럽게 말한 뒤 현관을 나섰다. 오빠의 표정이 비로소 부드러워졌다.

「너무 걱정하지 마. 무슨 일이야 있겠니.」

그러나 현관을 나서며, 문이 안에서 잠기는 소리를 듣는 순간 나는 현관 입구에 엄마의 슬리퍼가 놓여 있었다는 사실을 기억해 냈다. 별일이 없는 한, 엄마는 1년 내내 그 슬리퍼 하나만 사용한다는 사실을 떠올렸다.

8

수직으로 내리꽂히던 시간들이 서서히 그 방향을 이동하고 있었다. 그런 뒤 가속도에 의해 급강하하던 시간은 어느 순간 직선 위에 서서 지향점을 잃은 채 끝도 없이 지루한 행렬을 계속하기 시작했다. 기다리는 것은 더디 오는 법이었다. 그 기다림이 점점 절박하게 느껴질 때 오히려 능장을 부리며 천천히 뒤를 따를 뿐이었다.

내 경우에 시간이 그랬다. 지난번 집에 다녀온 뒤로 나는 원인 모를 초조함에 하루에도 몇 번씩 올케의 출산 날짜를 따져보곤 했다. 올케가 빨리 아기를 낳는 것만이 이제까지 순조롭게 진행되어 오던 것들을 유지시키는 방법이라는 생각이 머리를 떠나지 않았다. 시간이 흐를수록 지난번 엄마의 행동이 목에 걸린 가시처럼 자주 나를 괴롭혔다.

그 일이 떠오를 때마다 다시 한 번 집에 가보아야 하는 것이 아닐까 하는 생각이 들었다. 하지만 그렇게 할 수 없었다. 엄마가 자주색 레이스 속치마를 입고 올케의 방을 차지하고 있는 모습을 다시 볼 용기가 도저히 나지 않았다. 더군다나 그 눈빛이라니…….

대신 올케에게 몇 번 전화를 했을 뿐이었다. 겉으로는 지독한 입덧이 이제 조금 나아졌느냐는 안부 전화였지만, 내심은 무슨 이야기라도 들을 수 있지 않을까 하는 기대에서였다. 그러나 사실상 애초부터 그런 일은 가능하지 않다는 것도 알고 있었다. 올케가 시집온 뒤 한 번도 그녀와 머리를 맞대고 곰살궂게 이야기를 나누어 본 적도 없었는데 오랫동안 얼굴도 보지 못한 상태에서 전화기에다 대고 속을 내보일 리가 없었다. 그럼에도 전화를 걸었던 것은, 뭐랄까 가슴이 답답해서였다. 누구하고든 엄마에 대한 이야기를 나누고 싶었고, 그 적절한 대상이 바로 올케였다. 그러나 그런 이야기는 꺼내지도 못한 채 전화를 끊어야 했다.

　그런데 내 전화가 그녀 딴에는 꽤 반가운 모양이었다. 평소 그다지 살갑게 굴지도 않던 시누이가 몇 번씩이나 전화를 한 것이 나에 대한 불편함을 어느 정도 불식시켰음인지 아침에 전화를 걸어 이제는 어느 정도 입덧도 줄어들어 잠깐 집에 들르려고 하는데 시간이 나면 놀러 오라는 것이었다. 별 생각 없이 그러마고 대답하다가 문득 지난번의 일이 떠오르자 차라리 내 집에 들렀다가 가는 것이 어떻겠느냐고 서둘러 말을 바꾸었다. 다행히 그녀는 선뜻 그렇게 하겠다고 했다.

　막상 올케와 같이 집에 간다고 생각하니 정작 내 자신이 무슨 잘못을 저지르기라도 한 것처럼 가슴이 뛰기 시작했다. 그 날따라 할 일이 태산 같았지만 도저히 아무 일도 할 수 없을 것 같았다. 결국 아무것도 하지 못하고 이리저리 뛰어다니다가 그녀가 오기로 한 시간이 거의 다 되어서야 엄마에게 전화를 해야겠다는 생각을 떠올렸다. 나는 서둘러 전화를 걸었다.

　「그래?」

　엄마의 반응은 너무나 아무렇지도 않았다. 내심 엄마의 당황한 목소리를 들을 수 있으리라 기대했던 나는 조금 맥이 풀렸다.

　「그런데 왜 거기부터 간대니?」

　오히려 내가 궁색한 변명을 늘어놓아야 할 지경이었다.

　「으응, 직접 간다는데 그냥 내가 같이 가자고 했어요.」

「왜?」

「뭐, 그냥. 엄마, 나 집에 들르는 거 별로 좋아하지 않잖아. 그래서 든든한 빽, 내가 모셔 가려고.」

「싱겁기는. 몸도 무거워서 움직이기도 힘들 텐데. 그래, 새애기 오는 대로 같이 와라.」

엄마의 여전히 심상한 목소리를 듣자 비로소 마음이 편안해졌다. 혹시 지난번에 무엇을 잘못 보았거나 아니면 그다지 대수롭지도 않은 일을 가지고 공연히 마음고생을 했다는 생각이 들기도 했다.

몇 달 사이 다시 살이 오른 올케는 완전히 입덧이 가신 것 같았다. 엄마와 마주 앉아 이야기를 나누는 사이사이 앞에 놓인 과일을 쉴 새 없이 집어 먹는 것을 보면. 엄마 역시 올케가 자신 때문에 피하다시피 친정으로 간 사실을 잊은 것 같았다. 그만큼 올케를 바라보는 엄마의 눈은 자애롭고 여유로워 보였다.

「그래, 언제라고 했지, 출산일이.」

「어머니, 잊으셨어요? 꼭 한 달 남았어요.」

「한 달? 그럼 네가 간 지가 벌써 그렇게 오래됐단 말이냐?」

되묻는 엄마의 목소리가 컸다. 단순한 놀라움을 표시하기에는 조금 지나치다 싶을 정도였다.

「어머니는…… 저는 시간이 너무 안 가는 것 같은데 어머니는 그렇지 않으신가 봐요?」

짐짓 섭섭하다는 듯이 올케가 울상을 지었다. 아차 싶었던지 엄마가 어색하게 웃으며 말했다.

「너도 내 나이 되어 봐라. 시간이 어찌나 빨리 가는지 꼭 도 망치는 것 같다.」

「어머닌, 아직 정정하신데 뭘 그러세요.」

「정정하긴, 이제 죽을 날만 기다리고 있는데. 그래서 그런지 요즘은 애비만 보면 네 아버님이 생각난다. 그 양반 무뚝뚝 하긴 해도 나한테는 참 잘했지.」

문득 장식장 옆에 놓여 있는 오빠의 사진을 바라보며 엄마가 말했다. 눈빛이 어찌나 애달팠던지 흡사 엄마가 실제로 돌아가 신 아버지를 보고 있는 것은 아닐까, 하는 착각마저 들 지경이 었다. 그러나 그것은 명백한 거짓말이었다. 엄마는 아버지가 돌아가시기 직전 다른 여자와 살림을 차렸다는 사실을 그새 잊 은 것일까, 아니면 내가 너무 어려서 그 일을 잊었을 거라고 믿 고 계신 것일까.

마침 그때 기다렸다는 듯이 올케의 뱃속에서 꼼짝도 하지 않 고 있던 아이가 발길질을 해대지 않았더라면 언제까지 불편한 연극은 계속될 듯싶었다.

접시에 남은 마지막 사과를 달게 집어 먹던 올케가 갑자기 어깨를 구부리며 배를 감싸 쥐었을 때 나는 재빨리 올케에게 다가갔다.

「왜 그래요?」

「한동안 잠잠하더니 또 발길질을 해대나 봐요. 어찌나 세게 차는지 창자가 다 끊어지는 것 같아.」

「아무래도 안 되겠어요. 방에 가서 쉬어야겠어요.」

영악하게도 올케의 방에 들어갈 좋은 구실을 떠올리곤 나는 짐짓 자상한 시누이가 되어 올케를 부축했다. 주방을 나오기 전 잠깐 악의적인 심정으로 엄마를 돌아보았다. 엄마는 식탁에 널려 있던 사과 껍질을 치우며 혼잣말처럼 중얼거리고 있었다. 아기가 사내앤 거야. 애비도 그래서 나도 몇 번씩이나 숨이 넘어가는 줄 알았지.

조금 있으면 괜찮을 거라는 올케를 나는 억지로 방으로 데려 갔다. 방에 들어서자마자 어쩔 수 없이 침대로 시선이 갔다. 당연한 듯 침대 위엔 그 방의 분위기에 적당히 어울리는 미색 이불이 부드럽게 깔려 있었다. 은은하게 뿌려진 향수 때문인지 엄마의 흔적 또한 느껴지지 않았다.

올케의 진통은 침대에 눕기가 무섭게 가라앉았다. 공연히 엄살을 피운 것 같아 송구스럽다며 올케는 얼굴을 붉히면서 금세 일어나려 했지만 오랜만에 시댁에 왔으니 긴장이 될 만도 하다며 그녀를 만류했다. 그리고 그것은 진심이었다.

오빠는 늦도록 들어오지 않았다. 친정을 떠나기 전 통화했을 때 퇴근하자마자 곧바로 오기로 약속했다며 올케는 섭섭한 표정을 지었다. 그도 그럴 것이 그녀의 말에 의하면 한 번도 처가에 들른 적이 없었다는 것이었다. 결국 올케는 오빠를 만나지도 못한 채 다시 친정으로 돌아가야 했다. 올케는 이왕 온 김에 하룻밤을 지낸 뒤에 돌아가고 싶어했지만 엄마가 기어코 그녀를 돌려보냈다. 기껏 만난 며느리 잡는다고 사돈어른들이 흉을 본다는 게 이유였다.

「어째 기분이 이상해요.」

대문을 나설 때까지도 영 미련을 벗지 못한 올케가 골목을 돌아 나오다 문득 뒤돌아 서서 말했다. 무엇을 뜻하는지 짐작 가지 않는 바가 아니었지만 나는 모르는 체했다.

「어머니 마음 모르는 것도 아닌데, 꼭 쫓겨나는 것 같아서 자꾸 속상해지려고 하는 것 있죠. 남의 집에 온 것같이 어색하기도 하고.」

「애기 날 때 되니까 많이 예민해져서 그래요.」

「그렇겠죠.」

올케가 힘없이 웃으며 말했다. 그러나 미련까지는 쉽게 떨어지지 않는 모양으로 골목을 완전히 빠져나올 때까지 자주자주 뒤돌아보았다.

9

기다림의 끝이 오고 있었다. 나는 하루라도 빨리 올케가 아기를 낳아 집으로 돌아가기를 바라고 있었고, 유배를 간 심정으로 시간을 보내던 올케도 막상 거꾸로 자란 아기 때문에 결정한 수술 날짜가 다가오자 아기를 낳는 것보다는 집으로 돌아갈 수 있다는 사실에 더 기뻐했다. 엄마 역시 출산 전에는 사돈 댁 신세를 많이 졌으니 산후 조리는 당신이 하겠노라며 시장에 나갈 때마다 물 좋은 미역이라면 닥치는 대로 사들였다. 덕분에 집 안엔 짠 미역 냄새가 가시지 않았다. 통 발길을 하지 않던 오빠도 출산일이 다가오면서는 이따금씩 올케를 찾았다.

오빠가 처가에 간 날이면 엄마로부터 저녁 초대를 받았다. 사실상 초대라고 표현하기가 무색한 그 조촐한 식탁엔 그동안 엄마가 부지런히 사다 나른 미역국이 매번 놓여 있었다. 아직 아기도 낳지 않았건만 엄마는 벌써부터 미역을 한가득 불려 곰솥에 푹푹 끓여 놓고 있는 중이었다.

「사다 보니까 너무 많아서 처치를 할 수가 없어서 그랴. 또 미역은 몸에도 좋다잖냐. 사골이랑 같이 끓였으니까 너도 많이 먹어라.」

흡사 당신이 아기를 낳기라도 한 것처럼, 아니면 몇십 년 동안 미역이라곤 구경도 하지 못한 사람처럼 정신없이 미역 줄기를 입으로 집어넣는 모습에 기가 질려 아무 말도 하지 않고 있으면 내 시선을 의식한 듯 비굴하게 웃으며 그렇게 말했다. 매번 식탁에 올라서이기도 하지만 정작은 아귀같이 먹어 대는 엄마에게 질려 나는 처음 몇 번을 제외하고는 사골이 입에 맞지 않는다는 핑계로 번번이 국을 밀어냈다. 그러면 두 번도 권하지 않고, 멀쩡한 음식 버리면 벌 받는다라는 그다지 자신 없는 말을 중얼거리며 내 국 역시 당신의 입속으로 꾸역꾸역 밀어

넣었다.

미역이 너무 많아서라고 했지만 나는 그 말이 믿기지 않았
다. 그렇다면야 더 이상 미역을 살 이유가 없지 않은가. 그러나
엄마는 그 뒤에도 여전히 미역을 사다 나르는 눈치였다. 그렇
게 먹어 대고 있음에도 줄어들기는커녕 오히려 집 안 곳곳에
쌓여 가고 있는 것을 보면. 흡사 지성이라도 드리듯 하루도 빠
짐없이 미역국을 끓여 대서 나중엔 가게를 지나다 한쪽에 놓인
미역을 보기만 해도 욕지기가 치밀 지경이었다.

그 와중에도 시간은 흘렀다. 이렇게 말하니까 시간이 어느
순간 저만치 달아난 것같이 느껴지지만 사실은 그 반대였다.
시간은 정말, 지긋지긋하게 흐르지 않았다. 거의 서 있는 것 같
았다. 시간이 너무 꼼짝도 하지 않았기 때문에 엄마가 저토록
무지막지하게 먹어 대는 미역이 혹시 앞으로의 시간은 아닐까,
하는 생각마저 들 정도였다. 그랬으므로 드디어 올케로부터 전
화를 받았을 때 나는 뛸 듯이 기뻤다.

입원 수속을 하고 오는 길이라고 말하며 올케는 집에 아무리
전화를 해도 엄마가 받지를 않는데 혹시 무슨 일이 있는 건 아
니냐고 물었다.

「무슨 일은. 요즘 엄마, 언니 줄 미역 사러 다니느라고 아무
정신이 없어요. 아마 언니 애기 나면 미역국 먹느라 고생 좀
할 거예요.」

「미역국요?」

「그래요. 진작부터 엄마가 미역국을 끓여 대는 통에 하도 먹어 대서 나도 애기를 열 명은 난 것 같다니까.」

「아가씨는.」

「좌우지간 별일 아닐 테니까 걱정 말아요. 내가 엄마 모시고 빨리 갈게요. 본관 팔백삼호라고 했죠?」

수화기를 내려놓은 뒤 나는 곧바로 엄마에게 전화를 걸었다. 그러나 한참이나 신호가 가도록 엄마는 전화를 받지 않았다. 아무래도 또 어디론가 미역을 사러 간 모양이었다.

나는 외출 채비를 서둘렀다. 통화가 된 뒤에 집으로 갈까 했지만 그러면 너무 늦을 것 같았다. 지금부터 나서면 어쩌면 골목쯤에서 외출했다가 돌아오는 엄마를 만날 수도 있을 것이었다. 그러나 어느 곳에서도 엄마는 만나지 못했다. 집 근처에서 만날 수 있지 않을까 하여 주위를 두리번거리며 걷다 보니 어느새 집으로 들어가는 골목이었다.

현관문을 열자마자 기분 나쁜 냄새가 기다렸다는 듯이 몰려왔다. 누린내와 시큼한 토사물 냄새와 싸구려 향수가 함부로 뒤섞인, 뭐라 말할 수 없이 끈적하고 불쾌한 냄새였다. 나는 꼼짝도 하지 못한 채 그대로 현관에 서 있었다. 불길한 생각이 온몸을 온통 동여맨 채 나를 놓아주지 않았다. 엄마를 불러 보았지만 자신 없고 떨리는 내 목소리만 입 안에서 맴돌 뿐이었다.

주방 쪽에서 매캐한 연기가 가득 피어오르고 있었다. 달려가 보니 가스 불 위에 예의 그 곰솥이 까맣게 그을린 채 금방이라도 터질 듯 달아 있었다. 국물은 다 졸아 버리고 시커먼 미역들만이 불길하게 서로 엉킨 채 점점 타 들어가고 있었다. 서둘러 엄마의 방으로 향하다가 문득 떠오르는 생각에 올케의 방 쪽으로 몸을 돌렸다. 까닭 없이 마음이 떨려 왔다.

문을 여는 순간 나는 짧게 신음했다. 방 안 가득 시커먼 미역들이 마치 연체동물처럼 흐느적거리고 있었다. 불온한 무언가를 모의하듯 납작하게 숨을 죽이고 있거나 혹은 아슬아슬하게 부풀려진 채 엄마의 어깨와 팔과 다리에 달라붙어 유린하고 있었다.

벽에 기댄 채 쓰러져 의식을 잃은 엄마에게 나는 달려갔다. 그러나 엄마에게서 풍기는 냄새에 나도 모르게 호흡을 멈추어야 했다. 엄마에게 들러붙어 결코 떨어지지 않는 그 냄새와 싸구려 향수와 토사물들이 함부로 뒤섞여 숨이 막힐 것 같았다.

「엄마.」

나는 엄마의 어깨를 흔들었다. 그러나 엄마는 눈을 뜨지 않았다.

오빠가 달려온 것은 병원에 도착한 지 얼마 지나지 않아서였다. 응급실 앞에서 초조하게 서성대다 급하게 달려오는 오빠를 보자 왈칵, 눈이 뜨거워졌다. 생각보다 엄마의 상태가 좋지 않은 것으로 받아들였던지 오빠가 긴장된 얼굴로 내게 물었다.

「도대체 무슨 일이야?」

나는 고개를 저었다.

「정신을 잃으셨다면서? 어디서 낙상이라도 하신 거야?」

오빠는 계속해서 추궁하듯 물었다. 엄마의 상태가 나로부터 기인하기라도 한 것처럼 화가 난 표정이었다. 문득 엄마가 지난 한 달 동안 그렇게 미친 듯이 미역국을 먹어 댔던 일을 오빠가 알까, 하는 의문이 떠올랐다.

그때 응급실 안에서 담당 간호사가 나와 말했다.

「급체였어요. 웬 미역을 그렇게 많이 드셨죠? 뱃속에 온통 미역만 가득 차 있었어요. 노인네가 그렇게 먹을 수 있었다는 게 놀라울 정도예요.」

간호사는 엄마의 뱃속에서 꺼낸 미역들이 아직도 눈에 선하다는 듯이 고개를 내둘렀다. 나는 슬쩍 오빠의 얼굴을 바라보았다. 무슨 영문인지 몰라 되묻거나 놀라는 대신 오빠의 얼굴 위로 잠깐 옅은 그늘이 드리워졌다.

응급실 문을 열자 침대에 누워 있는 엄마가 보였다. 위 속에 있는 미역을 다 꺼낸 탓인지 그새 얼굴이 해쓱해 있었다. 하지만 응급실 안으로 들어선 오빠를 바라보는 엄마의 눈은 어쩐지 갓 시집온 새댁의 눈처럼 맑고 애틋한 면이 있었다. 그런 엄마를 오빠는 아이 다루듯이 머리와 볼을 쓰다듬어 주기도 하고 베개나 이불이 편한가를 살펴보기도 했다.

10

「싫어요.」

올케는 단호했다. 그러곤 이제는 조금도 양보할 수 없다는 자신의 심정을 보여 주기라도 하듯 아직 불편한 몸을 바쁘게 움직이며 퇴원 준비를 서둘렀다.

당연한 반응이었다. 남편도 없이 혼자 수술을 받고 입원한 것도 모자라 퇴원한 뒤 친정으로 가라는 것은 내가 생각해도 도무지 말이 되지 않는 일이었다.

「더 이상은 안 돼요, 아가씨.」

나를 바라보며 올케는 스스로 다짐이라도 하듯 지나치게 낮은, 그러나 거역할 수 없는 음성으로 말했다.

「가봐서 어머니 상태가 너무 안 좋으면 그때 갈게요. 나 공연히 생떼 부리려고 그러는 거 아니에요. 그이도 꼭 봐야겠어요. 도대체 무슨 일이기에 휴가까지 냈으면서 아직까지 아무런 소식도 없는지.」

「휴가요?」

「어제 회사에 전화를 걸어 봤더니 벌써 며칠 전부터 회사에도 안 나온대요.」

「그래요, 알았어요. 그럼 우리 이렇게 해요. 지금 내가 집에 전화를 해볼게요. 해서 통화가 되면 그때 오빠를 오라고 해요.」

「아니에요, 아가씨. 아무래도 그이 집에 없을 것 같아요. 우리 그냥 가요. 내 집 가는데 자꾸 무슨 연락이 필요하다는 거예요.」

더 이상은 말릴 재간이 없었다. 더군다나 갑작스럽게 움직인 탓에 올케 또한 몹시 지쳐 보였기 때문에 결국 앞장서야 했다. 그러나 사실은 올케의 핑계를 대서라도 정작 집에 가보고 싶은 것은 나였다. 나 역시 그동안 몇 번이라도 집에 가보고 싶은 마음이 굴뚝같았지만 이상하게도 선뜻 발길을 돌릴 수가 없었다. 엄마와 오빠를 두고 온 그날 이후로, 집은 마치 도저히 닿을 수 없는 먼 곳에 위치해 있거나 전혀 존재하지 않는 것 같았다. 올케의 말마따나 오빠는 어찌해서 근 일주일 동안이나 아무런 연락도 하지 않은 것일까. 엄마의 건강 상태가 갑자기 더 심각해진 것일까. 아니면 설마 그동안 사다 놓은 미역을 다 끓여 먹기라도 하고 있는 것은 아닐까. 그것도 아니라면 정말 피치 못할 사정으로 어디 멀리 가 있는 것은 아닐까. 집이 가까워질수록 밑도 끝도 없이 떠오르는 생각들로 마음이 복잡해졌다. 집으로 가는 길은 거대한 늪을 건너가는 것 같았다. 빠져나오려 하면 할수록 더욱더 걷잡을 수 없이 빠져 들어가는 것처럼 발목은 천 근의 무게가 되어 땅속 깊이 스며 들어가는 것 같았다.

「별일이야 있겠어요. 오빠도 급한 일이 생겼나 보죠, 뭐.」

자꾸만 무거워지려는 마음을 다잡기 위해서라도 나는 짐짓 명랑하게 말했다. 그러나 지나치게 명랑한 내 목소리는 올케와 나 사이에 깔린 깊고 무거운 우울을 더 견고하고 확실하게 다져 줄 뿐이었다.

올케의 표정은 비장했다. 아기를 낳고 돌아가는 것이 아니라, 아기를 어딘가에 유기하고 돌아오는 듯한 표정이었다. 나는 아무 말도 할 수가 없었다.

11

집은 조용했다.

조심스럽게 거실로 들어서며 나는 언젠가 거실 안에 떠돌던 예의 그 코를 자극하는 값싼 향수 냄새가 집을 가득 둘러싸고 있음을 알았다. 그 사이사이로 분명 온당하지 못한 들척지근한 땀 냄새, 인간의 가장 내밀한 곳에 숨어 있을 불온하고 비릿한 숨결이 미립자처럼 거실의 곳곳을 떠다니고 있음을 감지했다.

「어머닌 어디 잠깐 나가셨나 봐요. 아가씨, 저 애기 좀 방에 눕히고 나올게요.」

엄마의 방문을 열어 보고 온 올케가 자기 방으로 향하면서 말했다.

「언니, 잠깐만요.」

막 문을 열려고 하던 올케가 의아한 눈으로 나를 바라보았다. 그러나 막상 불러 놓고 보니 딱히 할 말이 떠오르지 않았다.

「왜요, 아가씨?」

「저기요. 애기 그냥 엄마 방에 눕히지 그래요. 거기가 더 볕

휴가 223

도 잘 들어오는데.」

겨우 그 소리냐는 표정으로 올케가 빙긋 웃으며 말했다.

「애기한테 우리 방을 보여 주고 싶어요.」

다시 뭐라 말할 틈이 없었다. 생각보다 일이 크게 어긋나고 있다는 것을 나는 올케의 방문이 열리는 순간 감지했다. 그리고 꼼짝도 하지 못한 채 문 앞에 그대로 서 있는 올케의 표정을 보고 알았다.

올케의 눈이 둥글게 부풀고 있었다. 올케의 얼굴과 귀가 점점 더 붉어지고 있었다. 그리고 그것은 서둘러 문 앞으로 달려간 나도 마찬가지였다. 내 눈 역시 터질 듯 부풀어졌고, 금방이라도 허물어질 것처럼 어깨와 다리가 심하게 떨리기 시작했다.

붉은 이불을 덮고 두 사람이 침대에 누워 있었다. 한 사람은 반듯하게 누운 채 천장을 향하고 있었고 또 한 사람은 반듯하게 누운 사람의 팔을 벤 채 그를 향해 몸을 비스듬히 하고 있었다. 반듯하게 누운 사람은 오빠였고, 오빠를 향해 비스듬히 누워 있는 사람은 엄마였다. 거실을 떠돌던 불온하고 들척지근한 땀 냄새는 그것, 두 사람이 덮고 있는 붉은 이불로부터 비롯되는 것 같았다.

올케의 시선이 이불 바깥으로 다리를 내민 엄마를 향했다. 오래된 고무처럼 탄력 없이 늘어진 엄마의 다리 위로 흉물스럽게 걸쳐 있는 자주색 속치마에 집중되어 있었다.

나는 엄마의 얼굴을 보고 있었다. 솜씨 없는 아이가 그림을 그려 놓은 것 같은 엄마의 얼굴은 너무 하얗거나 때론 너무 빨개서 회극적인 느낌을 주었다. 그 때문인지, 무슨 좋지 못한 꿈이라도 꾸는 듯 가끔씩 얼굴을 찌푸리는 엄마의 얼굴은 흡사 피곤에 지친 광대 같아 보였다.

나는 금방이라도 허물어질 듯 위태롭게 서 있는 올케에게서 아기를 떼어 냈다.

「우리 나가요.」

아기를 엄마 방에 눕혀 놓은 뒤 나는 다시 그녀를 부축했다. 말 잘 듣는 어린아이 같았다, 그녀는. 아무것도 판단할 능력을 잃은 사람처럼 그녀는 걸으라면 걸었고 서라면 섰다.

나는 바쁘게 움직였다. 아기가 잘 자는지 연방 엄마 방을 들여다보았고, 공연히 냉장고나 찬장 문을 열어 보았다. 갈증을 느끼는 것처럼 급하게 물을 두 잔이나 따라 마셨고 목이 잠긴 것처럼 연거푸 기침을 해대었다. 그래도 좀처럼 마음은 진정되지 않았다. 시간은, 한없이 길게 늘어져 있거나 멈췄는지도 몰랐다. 영원히 끝날 것 같지 않은 길고 지루한 오후의 햇살이 따갑게 거실을 비추고 있었다.

방문이 열린 건 그로부터 한 시간도 더 지난 후였다. 그 한 시간 동안 올케는 꼼짝도 하지 않았다. 올케의 표정은 비단 노여움만은 아닌, 놀라움이나 당혹스러움만을 담은 것은 아닌, 딱히 뭐라고 규정 지을 수 없을 만큼 복잡하고 신산스러워 보였다. 시선은 방문을 향하고 있었지만 눈빛은 생각에 빠진 사람의 그것처럼 깊고 공허했다.

방문이 열리자 튀어 오르듯 자리에서 일어난 사람은 나였다. 올케는 여전히 그쪽을 향하고 있으면서도 방문이 열렸다는 사실을 전혀 감지하지 못한 사람처럼 꼼짝도 하지 않았다.

먼저 달콤한 잠에서 막 깨어난 듯한 표정을 지으며 엄마가 나왔다. 어느새 자주색 속치마는 벗어 버리고, 엄마는 블라우스를 입고 있었다. 넓은 깃의 흰색 프릴이 달려 있는 그 옷을 보는 순간 거짓말처럼 아주 오래전 일이 선명하게 떠올랐다. 시간이 순식간에 뒷걸음쳐 그 옛날 내가 열 살이었던 적으로 되돌아간 것 같았다.

그날 늘 까만 중국식 바지나 모양 없이 늘어진 티셔츠 따위를 걸치던 엄마가 그 블라우스를 입었을 때 우리들 중 엄마에게 따뜻한 시선을 보낸 사람은 아무도 없었다. 그도 그럴 것이 공교롭게도 그날은 오빠와 내가 아버지를 따라 처음으로 그 여자네 집에 다녀온 날이었다.

그날따라 블라우스를 입고 수줍게 마당을 서성거리던 엄마와 부딪쳤을 때 아버지와 오빠와 나의 반응은 각각 달랐다. 아버지는 못마땅한 시선으로 엄마를 훑어보았다. 따뜻함이나 연민은 전혀 찾아볼 수 없는 싸늘한 눈빛이었다. 가늘게 눈을 모은 아버지의 표정에는 경멸만이 가득할 뿐이었다. 그리고 그건 나도 마찬가지였다. 엄마의 그런 모습은 우스꽝스럽기만 했다.

블라우스라니. 엄마에겐 가당치 않은 옷이었다. 오빠는 어떠했던가. 아버지와 나와 달리 오빠는 엄마의 시선에서 빗겨 나가기 위해 애쓰고 있었다. 아마도 엄마의 모습이 민망스러웠다기보다는 그날 선물로 받은 워크맨이 마음에 쓰여서였을 것이다. 그러나 어쩌면 조금이나마 믿었을지도 모를 오빠마저 얼굴이 온통 시뻘게진 채 좀처럼 눈을 마주치려 하지 않는 것을 보고 엄마는 마당 한구석에서 꼼짝도 하지 않은 채 어찌할 바를 모르고 허둥댔다. 그리고 그 뒤로 엄마가 그 블라우스를 다시 입는 것을 나는 본 적이 없었다. 그런데 이제 와서 그 블라우스를 꺼내 입다니.

그런데 이상한 건 엄마였다. 분명 우리를 보았는데도 엄마의 표정은 너무나 무심했다. 마치 우리가 누구인지를 잊었거나 전혀 보지 못하는 것처럼 곧장 당신 방으로 들어가 버리는 것이 아닌가. 그리고 엄마의 뒤를 이어 한결 꺼칠해진 오빠가 기지개를 켜고 나왔다. 낮잠을 자다 나온 탓인지 머리카락이 한쪽으로 쏠려 모양 없이 뻗어 있는 게 눈에 들어왔다. 언뜻 오빠에게서 아버지의 모습이 느껴진 것은 어쩌면 그 때문이었을 것이다.

오빠가 나오는 것을 보고서야 올케는 자리에서 일어나 주춤주춤 걸어갔다. 오빠는 문득 그 자리에 섰다. 짧은 순간 오빠의 얼굴에 당혹감이 스쳐 지나갔다.

오빠와 올케는 몇 년 만에 만난 사람들 같았다. 그 두 사람이 그토록 사이 좋은 부부였나, 과연 그렇게 기다리던 아기를 불과 며칠 전에 낳기는 했던 것일까 싶을 만큼 오빠와 올케는 서 먹하고 어색해했다. 올케는 아무 말도 하지 않고 오빠의 앞에 서 있기만 했다. 여린 어깨가 미세하게 흔들리는 것으로 보아 울음을 참고 있는 것 같기도 했다.

그때 아기의 울음소리가 들려왔다. 잠에서 깨어난 모양이었 다. 꼼짝도 하지 않고 서 있던 오빠가 그때에야 아, 하고 짧은 감탄을 내뱉었다. 아기가 같이 왔다는 것을 깨달은 것이었다. 아기의 울음소리가 들리는 동시에 올케는 그예 참았던 울음을 토해 내고 말았다. 아기의 울음이 간신히 참고 있던 그녀의 아 픔을 벼리고 지나간 것이었다.

울음소리가 점점 커지고 있었다. 태어난 지 겨우 6일밖에 되 지 않는 아기의 울음소리라고 하기에는 지나치게 크고 애처로 웠다. 오빠가 의아한 눈으로 엄마 방 쪽을 바라볼 때에야 나는 아기를 엄마 방에 눕혔다는 것을 기억해 내고 경악했다. 동시 에 떠오르는 불길한 생각에 그만 그 자리에 주저앉고 말았다. 그리고 예상했던 것처럼 올케의 처절한 비명 소리가 엄마 방에 서 들려왔다.

「엄마, 엄마, 잠깐만요.」

안타까운 오빠의 애원이 다시 들려왔지만 어쩐 일인지 나는 온몸의 신경 줄이 끊겨 버린 것처럼 그 자리에 주저앉은 채로 움직일 수가 없었다.

「아악, 아가씨, 아가씨!」

절박한 올케의 부름을 듣고서야 나는 휘청거리는 다리를 짚고 간신히 엄마 방 쪽으로 걸어갔다.

올케는 방문 쪽에 쓰러지듯 주저앉아 있었고 오빠는 두 손을 내민 채 절박한 표정으로 엄마를 바라보고 있었다. 엄마는 방 구석에 최대한 몸을 밀착시킨 채 올케와 오빠를 노려보고 있었다. 방문 쪽으로 다가가 그 눈빛과 마주하는 순간 나도 모르게 몸이 떨렸다. 그것은 엄마의 눈빛이 아니었다. 알지 못할 열기에 휩싸여 있는, 차마 표현할 수조차 없는 증오와 노여움을 가득 품고 있는, 분명 낯선 사람의 것이었다.

「엄마, 아기예요. 엄마 손자예요.」

오빠가 한 발 안으로 들어가며 최대한 낮은 음성으로 말했다.

「이게 요물이야. 이게 귀신이라고.」

엄마는 알 수 없는 소리를 뇌까렸다.

「엄마. 아기 얼굴 좀 보세요. 꼭 엄마를 닮았잖아요. 엄마가 그렇게 기다리던 우리 아기예요.」

「이것만 없으면 돼. 이것만 없으면 모든 것이 편해. 내가 잘할게. 정말 잘할게.」

엄마는 우리를 보고 있지 않았다. 엄마는 오빠와 이야기하는 것이 아니었다. 프릴이 달린 블라우스를 끊임없이 여미는 초조한 손끝에서 나는 엄마가 겹겹이 쌓인 시간의 적층을 투과해 그 옛날, 내가 열 살 적으로 달려가 버렸다는 것을 깨달았다.

어찌할 바를 모른 채 나는 벽에 몸을 대고 짧게 탄식했다. 오빠는 엄마가 눈치 채지 못할 만큼 조금씩 몸을 안쪽으로 움직이고 있었다. 그러나 채 또 한 발 옮기기도 전에 오빠는 다급하게 엄마를 불러야 했다. 엄마가 금방이라도 아기를 메어칠 듯이 한 손을 높이 들었기 때문이었다. 겨우 손끝에 아기를 들었을 뿐인 엄마는 환갑을 훨씬 넘긴 노인이 아니라 죽음을 집행하러 온 사자 같았다.

그때 바닥에 널브러져 있던 언니가 무릎걸음으로 빠르게 기어가 엄마의 다리를 잡아채고 아기를 잡았다. 뜻하지 않은 반격에 잠시 주춤했던 엄마는 곧 정신을 차리고 사정없이 언니를 내려치기 시작했다. 노인이라고는 했지만 엄마의 주먹은, 유달리 말랐을 뿐 아니라 며칠 전 아기를 낳아 쇠약해질 대로 쇠약해진 올케를 단숨에 쓰러뜨릴 만큼 위협적이었다. 잠시 맥을 놓았던 아기가 다시 울어 대기 시작했지만 엄마는 지옥 끝까지라도 끌고 갈 것처럼 절대로 잡은 손을 놓지 않았다.

결국 오빠가 나서야만 하는 상황이 왔다. 속수무책으로 맞기만 할 뿐 엄마의 손에서 아기를 떼어 내지 못하던 올케가 결국 엄마의 팔목을 물고 만 것이었다. 조금만 더 지나면 어쩌면 아기와 자신, 모두 숨이 끊어질지도 모른다는 절박한 심정이 올케를 충동질한 것 같았다. 엄마는 신음했다. 그러나 그뿐이었다. 절대로 아기를 주지 않겠다는 엄마의 집착은 무서울 정도로 놀라운 것이어서 올케의 이빨이 자신의 팔목을 사정없이 파고 들어가 선연한 피가 배어날 때까지도 아기를 놓지 않았다.

끔찍하도록 무거운 침묵이 방 안을 둘러쌌다. 두 여자의 가쁜 숨소리와 사정없이 등을 내려치는 소리만 울릴 뿐 올케의 울음소리도 엄마의 비명 소리도 들리지 않았다.

결국 두 사람을 떼어 놓은 건 그때까지 망연자실 서 있던 오빠였다. 오빠는 먼저 엄마의 손에서 아기를 빼앗으려 했다. 그러나 엄마가 여전히 힘을 잔뜩 준 채 손을 놓지 않았다. 드디어 아기의 얼굴이 새파랗게 질려 가기 시작했다. 오빠는 울고 있었다. 그러나 결국 아기가 까무룩히 잦아들기 시작하자 거센 힘으로 엄마에게서 아기를 떼어 냈다. 그 바람에 엄마는 잠시 균형을 잃고 뒤로 맥없이 나가자빠졌다. 나는 깜짝 놀라 달려갔다. 그러나 벽에 머리를 부딪친 엄마는 거세게 내 손을 거부했다. 그러곤 아기가 오빠의 손에서 내게 옮겨지는 것을 보곤 눈을 감아 버렸다.

12

올케는 아무 말도 하지 않았다. 며칠 사이에 10년은 늙은 표정으로 옆에서 곤히 잠들어 있는 아기를 보기만 할 뿐이었다. 오빠 역시 아무 말도 하지 않았다. 더 무슨 말이 필요하겠는가. 연이은 충격에 올케는 심한 우울 증세를 보이고 있었고, 엄마 역시 그날 자리에 누운 채 좀처럼 일어나지 못하고 있었다.

꼬박 열흘을 앓고 일어난 뒤 올케는 친정으로 돌아갔다. 기왕 이렇게 된 거 차라리 내 집에서 지내는 것이 어떻겠느냐고 만류했지만 올케는 힘없이 고개를 젓기만 했다. 그리고 엄마가 내게 왔다.

엄마는 풍을 맞았다. 혈압이 높고 체중이 과한 편이어서 평소에도 의사로부터 풍을 맞을 수 있다는 경고를 받아 온 터였는데, 공교롭게도 그날 왼쪽 어깨와 다리에 마비가 왔던 것이다. 다행히 치명적이지는 않아서 조금만 노력하면 어느 정도 운신은 할 수도 있다는 진단을 받았지만 그런 의사의 말을 비웃기라도 하듯 그 뒤로 엄마는 자리에서 일어나지 못했다.

나를 찾았다고는 하지만 내 집에 온 뒤로도 엄마는 전혀 입을 열지 않았다. 정말 엄마가 나를 찾기는 했을까, 의문이 갈 만큼 눈조차 마주치려 하지 않았다. 음식을 넣어 주면 넘기고 등이나 손을 닦아 주기 위해 잡으면 간신히 몸을 움직이려 애를 쓰기도 했지만 그것뿐이었다.

엄마의 무거운 체중을 감당하지 못해 비 오듯 땀을 쏟아 냈지만 움직일 수 있는 한 팔로 내 얼굴을 쓰다듬어 준다거나 하지도 않았다. 어쩌면 엄마가 나를 잊었을지도 모른다는 생각이 든 것은 바로 그 순간이었다. 엄마를 다루는 일이 힘에 부쳐 투정을 부릴 때가 있었다. 그러나 그 순간에도 시선은 벽 너머의 저 곳, 어쩌면 당신 마음의 가장 깊은 곳을 향하고 있을 뿐이었다.

왜 하필이면 나였을까, 가끔 엄마를 원망한 적이 있었다. 나는 엄마와 특별히 마음을 열고 이야기를 한 적도 없었고, 한 번도 같은 편이 되어 본 적도 없었다. 엄마를 이해해 보려고 노력하지도 않았다. 그런데 왜 하필이면 오빠가 아니고 나였을까. 그 이유를 찾는 데는 그리 오랜 시간이 필요하지 않았다. 엄마는 꼭 나여야 되는 것이 아니라 반드시 오빠가 아니어야 했던 것이다.

13

오빠는 좀처럼 오지 않았다. 시간이 이미 너무 많이 흘러가 버렸거나, 아니면 너무 천천히 지나가고 있는지도 몰랐다.

「무울, 물 좀.」

속이 타는 듯 성한 팔로 가슴을 쓸어내리며 엄마가 말했다.

나는 서둘러 자리에서 일어났다. 그러나 엄마가 여전히 완강하게 쥔 손을 놓지 않아 다시 그 자리에 주저앉아야 했다.

「당신 가만히 있어. 내가 떠올게.」

그런 내 모습을 본 상인이 말했다.

상인이 떠온 물을 단숨에 마셔 버리고도 엄마는 계속 물을 찾았다. 결국엔 병에 가득 들어 있던 물마저 숨도 쉬지 않고 삼켜 버릴 때는 어디에 저런 힘이 남아 있을까 의아할 정도였다. 그런 뒤 엄마는 비로소 편안한 표정을 지었다. 긴장이 늦춰진 듯 이제까지 저리도록 잡고 있던 손의 힘도 조금씩 느슨해졌다.

「이 서방, 고생이 많어.」

엄마가 희미하게 웃으며 말했다. 그 미소를 보는 순간 가슴 한편에 달려 있던 작은 슬픔 하나가 급격히 팽창되어 터지는 것처럼 온몸이 저려 왔다. 치받쳐 오는 그 슬픔의 중력을 감당하기가 힘들었다.

「규희야, 미안하다.」

엄마가 내 손을 잡았다. 따뜻하고 부드러웠다.

「엄마, 오빠 금방 올 거예요. 조금만 참으세요.」

엄마는 아무 말도 하지 않았다. 내 말을 듣고 있지 않거나, 이제는 오빠가 오지 않아도 된다는 것처럼 지극히 무심한 표정만을 짓고 있을 뿐이었다.

「엄마, 등 가려워? 긁어 줄까?」

오랫동안 누워 있었던 탓에 늘 가려움증으로 고생했던 일을 기억하고 나는 엄마를 밀어 벽 쪽에 붙였다. 끄응 소리를 내며 엄마의 몸이 둔탁하게 움직였다. 조심스럽게 등을 긁기 시작하자 작은 소름들이 현기증처럼 일시에 돋아났다.

「엄마, 시원해요?」

엄마는 아무 반응이 없었다. 너무 시원해서 아무 말도 하고 싶지 않은 것이거나 어쩌면 아이처럼 등을 내맡긴 채 잠이 들었을지도 모를 일이었다. 그때였다. 엄마의 바지가 서서히 젖기 시작한 것은. 오줌을 싸고 있었다, 엄마는. 방금 전에 먹었던 물을 도로 쏟아 내듯이, 이제까지 먹어 왔던 물들을 다 내뱉듯이 엄청난 양의 오줌을 끝도 없이 내보내고 있었다.

「엄마, 오줌 싸요?」

등을 다 긁은 후 나는 아이를 달래듯 말했다. 그러나 엄마에게선 아무 반응이 없었다. 상인에게 나가 있으라는 눈짓을 한 뒤 나는 벽에서 엄마를 떼어 냈다. 중심을 잡지 못한 엄마의 몸이 풀썩 요 위에 뉘어졌다.

그때 거실 쪽에서 초인종 소리가 났다. 곧 문이 열리는 소리가 들리고 다급한 오빠의 목소리가 들려왔다. 아기의 울음소리가 들리는 것으로 보아 올케도 온 모양이었다.

「엄마, 오빠가 왔어요. 올케도요.」

나는 서둘러 옷을 갈아입히며 말했다. 그러나 엄마는 아무런 반응도 보이지 않았다.

「엄마, 오빠가 왔다니까요. 애기도 오고요.」

엄마는 여전히 눈을 뜨지 않았다. 선뜻 떠오르는 불길한 예감에 나는 몸을 숙였다. 거짓말처럼, 지향점을 잃고 정지해 있던 시간처럼 심장이 멎어 있었다. 나는 다급하게 엄마의 몸을 흔들었다. 그 모든 것을 다 맡겨 버린 듯, 엄마는 이리저리 흔들리기만 할 뿐 여전히 아무런 반응도 보이지 않았다.

푸른 용

먼지는 끝도 없이 날렸다. 좀처럼 열리지 않는 창문의 틈새에서, 그 틈을 사계절 내내 가리고 있는 버티컬 사이에서, 그 버티컬 아래로 이물스럽게 놓여 있는 기구들 사이에서 가볍게 내려앉았다가 폭죽처럼 터져 나가며 클럽의 내부를 가득 메우고 있었다.

손에 들린 빗자루를 귀숙은 내려다보았다. 먼지들이, 흡사 수십 개의 흡반이 달린 연체동물처럼 머리카락과 뒤엉켜 몽글몽글 붙어 있었다. 그것들을 귀숙은 하나씩 손으로 떼어 냈다. 찐득한 느낌과 함께 이내 서걱대는 잿빛 뭉치가 손에 와 닿자 간단없이 바닥에 튕겨 버렸다.

마지막으로 몸에 들러붙은 것들을 떼어 내다 귀숙은 밭은기침을 했다. 빠져나갈 곳을 찾지 못해 서성거리던 탁한 공기들이 어느 틈에 몸속으로 스며들어 진드기처럼 자리를 잡고 있었던 모양이었다. 흠흠, 목젖의 틈을 막고 가볍게 소리를 내어 보지만 아무런 소용이 없었다.

귀숙은 일어나 시계를 보았다. 바늘은 막 아홉시를 통과하고 있었다. 지금쯤 문을 닫는 것이 좋지 않을까, 생각했다. 그동안의 경험으로 보아 이 시간에 손님이 올 확률은 거의 없었기 때문이었다. 그러나 그럴 수는 없었다. 아직도 영업이 끝나려면 한 시간이나 남았고, 그 시간에 가벼운 운동 정도는 충분히 할 수 있었다. 혹시라도 오늘따라 제시간에 오지 못했던 사람이 조금이나마 몸을 풀기 위해 잠깐 들를지도 모를 일이었다.

서늘한 한기에 몸을 움츠리며 귀숙은 공연히 서둘러 청소를 시작했다고 후회했다. 조금 더 시간이 가기를 기다린 후에 했다면 적어도 추위 때문에 이렇듯 몸을 떨 일은 없었을 것이라는 생각이 들었다. 그러나 어쩔 수 없었던 게, 정말 오랜만에 가까운 친구를 퇴근 후 만나기로 약속이 되어 있었던 것이다.

벌써 몇 달째, 가깝게 지내고 있는 친구를 귀숙은 통 만나지 못했다. 귀숙이 일하고 있는 헬스클럽에서 그다지 멀지 않은 곳에 여기와는 비교도 되지 않는 최신 시설을 갖춘 클럽이 문을 연 다음부터였다.

위기감을 느낀 주인은 제일 먼저, 쉬는 날을 없애는 것으로 자신의 긴장감을 표출했다. 일요일마다 문을 닫던 종전의 관행을 깨고 평소와 다름없이 문을 열어 놓도록 했다. 그런 뒤엔 영업 시간을 연장했다. 아홉시였던 폐문 시간을 늘려 아무리 손님이 없다 하더라도 반드시 열시가 된 후에 문을 닫도록 귀숙에게 지시했다.

주인의 그 같은 전략은 처음엔 주효한 것 같았다. 퇴근 시간이 늦어 제대로 운동을 하지 못했던 남자 회원들은 그 같은 결정에 쌍수를 들고 환영하며 밤늦도록 남아 운동에 열중했다. 때로 귀숙은 열시가 훨씬 지난 시간까지 카운터를 지켜야 했다.

일요일도 마찬가지였다. 무료하게 주말을 보내던 사람들은 문을 열기가 무섭게 클럽으로 모여들었다. 소파에 앉아 일간지 한 부에 보너스로 나오는 다섯 가지의 스포츠 신문을 장황하게 펼쳐 놓고 콧구멍을 쑤셨다. 가끔 아령을 흔들었고 더 가끔 음악에 맞추어 러닝 머신을 탔다. 자신의 전략에 감탄하며 주인 남자는 하루 종일 입을 벙긋거렸고 그에 비례하여 귀숙은 더 바지런히 움직여야 했다.

꼭 한 달 만이었다, 무료 시식대에 몰려드는 것처럼 앞을 다투어 나오던 사람들이 약속이나 한 듯 딱 발길을 끊기 시작한 것은. 언제 그랬냐는 듯 사람들은 일요일은커녕 평일에도 얼굴을 내밀지 않았다. 가뜩이나 낡은 기계들은 쇳소리를 내기 시작했고 귀숙은 녹이 슨 기계 틈에 기름칠을 하느라 더욱 바쁘게 움직여야 했다.

발길을 끊기는 주인 남자도 마찬가지였다. 처음 긴장감에 하루 종일 클럽을 지켰던 주인은 오히려 클럽의 회원들보다 먼저 지쳐 얼굴을 보이지 않았다. 그는 다시 예전의 생활로 돌아가

동네 건달들과 어울려 사우나를 즐기거나 러브 체어가 있다는 선전 문구를 커다랗게 매단 모텔에 들어앉아 육백이나 섰다를 치며 핏대를 올렸다. 그러나 더 이상은 일요일에 아무도 나오지 않는다는 것을, 아홉시가 넘으면 클럽이 텅텅 비어 버린다는 것을 알면서도 주인은 새로운 영업 방침을 다시 바꾸지 않았다. 아니, 어쩌면 영업 방침을 바꾼 사실조차 잊었는지 몰랐다. 때문에 귀숙은 여전히 열시가 넘어서야 퇴근했다.

귀숙은 미칠 것만 같았다. 아침 일곱시부터 밤 열시까지 꼼짝없이 클럽을 지키고 있으면 일 자체보다도 터질 듯한 음악에 혹사당한 두 귀가 금방이라도 떨어져 나갈 것만 같았다.

하루 종일 소음이나 다를 바 없는 음악을 듣고 있노라면 머리 한쪽을 누가 날카로운 송곳으로 계속해서 찔러 대는 것 같은 착각에 빠져 들어갔다. 청각 또한 약해진 모양인지 목소리까지 터무니없이 커져 누군가와 이야기할 일이 있으면 악을 쓰는 것 같은 자신의 목소리에 깜짝 놀라 주위를 살필 때가 한두번이 아니었다. 귀숙은 그저 아무 소리도 들리지 않는 곳으로 빨리 도망가 이불을 뒤집어쓰고 눕고만 싶었다. 퇴근하기가 무섭게 아무것도 할 엄두를 내지 못하고 집으로 달려간 건 바로 그 이유에서였다.

사정이 그랬으므로 귀숙은 기어코 오늘만은 친구를 만나 그동안 못다 한 수다를 떨어야겠다고 마음먹었고 약속 시간에 늦지 않으려고 마지막 손님이 나간 여덟시 30분부터 서둘러 청소를 시작했다. 물론 천장과 버티컬과 기구에 먼지가 내려 앉지 않도록 하라는 주인 남자의 명령만 아니었어도 그렇듯 서두를 이유는 없었다. 그러나 며칠 전, 근 1년째 하루도 쉬지 않고 나오던 중년 여자 하나가 클럽에 먼지가 너무 많아 도저히 나올 수가 없다며 새로 생긴 클럽으로 가버린 뒤로 주인 남 자는 날카로워지기 시작했다. 근래 들어, 은근히 손님이 줄어 드는 것이 바로 클럽 안에 가득한 먼지 때문이라고 그는 믿고 싶어했다. 아이들의 겨울 방학이 시작되는 이맘때쯤이면 늘 손님이 줄어든다는 것을, 중년 여자가 새로 옮겨 간 클럽에는 최신형 공기 청정기와 쾌적한 샤워 시설이 갖추어져 있다는 것은 외면한 채, 모든 것을 먼지 탓으로 돌리려 하고 있었다.

난방 기구 하나 없이 넓기만 한 클럽은 마치 한데라도 나와 있는 것처럼 을씨년스러웠다. 단단하게 파카까지 입었지만 옷 속까지 스며드는 서늘함에 진저리가 쳐질 정도였다. 아마 그 때문이었을 것이다. 클럽에서 일을 시작한 지 1년이 넘도록 한 번도 사용할 생각을 하지 않았던 운동 기구에 귀숙이 눈을 돌 린 것은.

귀숙은 파카를 벗고 러닝 머신에 올라서 보았다. 단지 벨트 위에 올라섰을 뿐인데 날카롭고 가파른 암석 위에라도 올라간 것처럼 긴장되었다. 회원들이 사용할 때는 편안하고 자연스러 워 보였는데 막상 올라서자 균형을 잡을 자신이 없었다. 귀숙은 숨을 들이쉬며 침을 삼켰다. 그런 다음 조심스럽게 시작 버튼을 눌러 보았다. 우둘투둘한 감촉이 발바닥에서 느껴지는 것과 동시에 벨트가 움직이기 시작했다. 순간 귀숙은 잠시 중심을 잃고 몸을 비틀거렸다. 느린 속도였지만 쉬익쉬익 소리를 내며 벨트가 일정한 방향으로 움직이자마자 허방을 딛는 것과 같은 무력감과 긴장감이 빠르게 머릿속을 스쳐 지나갔다.

러닝 머신에서 내려와 귀숙은 다시 사이클에 올라탔다. 편안했다. 허리를 굽히고 양손으로 손잡이를 잡자 먼 옛날 처음 자전거를 배우기 위해 학교 운동장에서 비틀거렸던 기억들이 꿈결처럼 떠올랐다. 귀숙은 시작 버튼을 누른 뒤 천천히 페달을 밟기 시작했다. 그러자 뒤에서 누가 밀어 주기라도 하는 것처럼 다리가 빠르게 움직였다. 가속력이 붙기 시작하자 실제로 자전거를 타기라도 하는 것처럼 숨이 가빠 왔다. 귀숙은 손잡이에서 손을 떼고 가슴을 쭉 펴보았다. 그러자 실내의 서늘함이 바퀴 사이로 갈라지는 신선한 공기인 양 가슴이 환하게 열렸다. 이제까지 귀숙을 감싸고 돌던 서늘한 한기는 어느 틈에 사라져 버린 뒤였다. 등에서 작은 땀방울들이 솟아나기 시작하자 입고 있던 티셔츠마저 벗어 버리고 싶은 충동에 귀숙은 눈을 감았다. 눈을 감은 채로 먼지를 빼기 위해 열어 놓은 창 틈으로 새어 나오는 바람을 가르기라도 하듯 양팔을 벌려 보았다.

그때 갑자기 출입문이 열리는 소리가 들려왔다. 귀숙은 깜짝 놀라 뛰어내리듯 사이클에서 빠져나왔다. 조금 전 자신의 행동을 누군가에게 들켰을지도 모른다는 생각에 순간적으로 얼굴이 달아올랐다. 귀숙은 짐짓 바쁘게 움직이며 기구들 사이를 걸어다녔다.

섬뜩한 찬바람을 잔뜩 몸에 매단 채 실내로 들어오고 있는 사람은 뜻밖에도 건물의 지하에 있는 중국집에서 배달일을 하는 남자였다. 무슨 힘든 일이라도 하고 왔는지 들어서는 모습이 지쳐 보였다. 고개도 제대로 들지 못한 채 안으로 들어서던 그가 잠시 출입구에 서서 귀숙을 바라보았다. 지나치게 직설적인 그의 눈빛에 귀숙은 얼굴을 붉혔다. 무례함에 기분이 언짢았지만 클럽의 회원에게 따질 수도 없는 노릇이었다.

고개를 숙인 채 카운터로 돌아오며 귀숙은 언뜻 벽에 걸린 시계를 훔쳐보았다. 아홉시 30분이 막 지나고 있었다. 운동을 하기에는 지나치게 늦은 시간이었다. 그가 아무리 서두른다 해도 열시 전에는 돌아가지 않을 것이라는 생각이 들자 귀숙은 조급해지기 시작했다.

설상가상으로 그는 조금도 서두르지 않았다. 평소와 마찬가지로 천천히 전신 거울이 놓여 있는 곳에 서서 봉을 어깨에 멘채 허리를 좌우로 움직였다. 그리고 트레이닝 복으로 갈아입은 뒤 근육을 형성시켜 주는 랫 풀 다운에 가서 앉았다.

공교로운 일이 아닐 수 없었다. 그가 앉은 기구는 귀숙의 자리와 정면으로 마주하고 있는 곳에 놓여 있는 것이었다. 때문에 의자에 앉아 좌우로 허리를 비틀며 몸을 풀기 시작하는 그와 언뜻언뜻 눈이 마주쳤다. 겸연쩍은 마음에 귀숙은 짐짓 무심한 표정으로 다른 곳을 바라보았다. 그러나 그가 여전히, 어쩌다 눈이라도 마주치면 화난 사람처럼 고개를 돌리던 평소와는 달리 끊임없이 몸을 비틀면서 조금도 시선을 돌리지 않은 채 집요하게 자신을 바라보고 있다는 것을, 귀숙은 고개를 돌린 쪽에 놓여 있는 거울을 통해 알 수 있었다. 자신도 모르게 귀숙은 몸을 움츠렸다.

그가 운동의 강도를 결정해 주는 추를 스프링 위에 올려놓았다. 애써 무심한 척했지만 클럽의 곳곳에 설치되어 있는 거울 사이로 각각 몸이 잘린 채 보이는 단호한 표정과 추를 올려놓는 어깨 위에 선명하게 그려진 푸른 용의 문신을 귀숙은 훔쳐보았다.

열 개의 추를 올려놓은 뒤, 그는 양손으로 스프링의 손잡이를 잡은 채 천천히 가슴 쪽으로 잡아당기기 시작했다. 그러자 그의 어깨와 팔뚝 위로 엉겅퀴 줄기 같은 푸른 핏줄이 돋아났다. 망울져 있던 꽃이 피듯 순간의 일이었다. 팽창된 근육은 금방이라도 터져 버릴 것만 같았다. 그러자 어깨 위에서 숨을 죽이고 있던 푸른 용이 금방이라도 튀어나올 것처럼 꿈틀거리기 시작했다. 귀숙은 숨을 죽였다. 그의 거친 호흡이 클럽의 내부에 가득 들어찼고, 어깨 위에서 빠져나온 푸른 용이 자신을 향해 와락 달려드는 것 같았다. 긴장감을 견디지 못한 귀숙은 서둘러 오디오의 전원 버튼을 눌렀다.

사방 네 개의 스피커에서 일시에 터져나온 음악 소리가 잠시 숨을 트이게 했다. 그제야 길게 호흡하며 이해할 수 없는 긴장 감에 귀숙은 의아해했다.

여러 개의 탁구공이 튀는 듯한 발랄한 음악과 달리 가쁜 숨을 몰아쉬며 운동에 몰입하고 있는 그는 왠지 비장해 보였다. 운동을 하고 있다기보다는 보이지 않는 누군가와 싸움이라도 벌이는 것 같았다. 그 때문인지도 몰랐다. 그가 슬퍼 보인다는 생각이 든 것은.

문득, 언젠가 그랬던 것처럼 자신의 형수이기도 한 중국집의 주인 여자에게 또 한바탕 욕을 얻어먹었을지도 모른다는 생각이 들었다. 뒤이어 그가 꼭 운동하기 위해서 클럽을 찾은 것은 아닐지도 모른다는 생각이 들었다.

귀숙은 얼마 전 그가 일하고 있는 중국집에서 점심을 먹던 때를 떠올렸다. 목요일이었고, 식사 시간을 한참 넘긴 세시 무렵이었다. 그날따라 유달리 점심이 늦었었다. 때문에 그 시간에 혼자 식당에 들어가 무언가를 먹어야 한다는 것이 어쩐지 부담스러워 귀숙은 그냥 지하에 있는 중국집으로 들어갔다.

그는 주방에서 주인 여자와 싸우고 있었다. 아니, 싸웠다기보다는 일방적으로 여자에게 욕을 먹고 있었다는 편이 옳다. 여자는 잔뜩 화가 난 표정으로 양팔을 걷어 올린 채 끊임없이 그에게 뭐라 떠들어 대고 있었다. 그 두 사람 사이로 무슨 일인가를 하고 있는 주방장의 모습이 보였다.

주방장은 그의 형이자 주인 여자의 남편이기도 했다. 자신의 아내와 동생이 심하게 다투고 있는 사이에서 그는 아이러니컬하게도 자장 소스를 만드는 일에 열중하고 있었다. 운두가 깊고 넓은 검은색 프라이팬을 짧은 팔로 높이 들어 올릴 때마다 프라이팬을 따라 와락 솟구쳐 오르는 붉은 가스 불빛은 주방에서 싸우고 있는 그와 중국집 여자의 모습을 다소 희극적으로 보이게 만들었다. 주방장은 두 사람이 싸우는 소리를 듣지 못하거나, 아니면 그 두 사람의 존재 자체를 인식하지 못하는 것 같은 표정을 짓고 있었다. 깍둑썰기로 말끔하게 잘린 호박이나 돼지고기, 양파 따위의 재료들을 천장 높이 띄웠다가, 또 정확하게 프라이팬에 받아 드는 진지한 표정에서는 어떤 희열마저 느껴졌다. 비록 남자 구실은 하지 못하더라도 중국집 남자가 만드는 요리들이야말로 비길 데 없이 훌륭하다고 떠들며 말하던 클럽 여자들의 수다를 귀숙은 문득 떠올렸다.

여자는 여전히 그에게 소리를 지르며 흥분하고 있었다. 잔소리를 듣고 있는 그가 다름 아닌 주방장의 동생이라는 사실을 귀숙은 클럽에 드나드는 여자들이 주고받는 소리를 통해 알고 있었다. 이른 아침, 아직 중국집이 문을 열기 전에 그가 나와 운동할 때면 클럽에 드나드는 사람답지 않게 비교적 단단한 그의 몸을 거울을 통해 훔쳐보며 여자들은 사이클에 나란히 앉아 이를 드러내고 의미심장한 미소를 짓기도 했다. 그런 뒤, 흠뻑 땀에 젖은 그가 샤워를 한 뒤 출입문을 빠져나가면 여자들은

그제야 주체할 수 없이 근질거리는 입술들을 나불거렸다. 교통
사고를 당한 뒤 이미 오래전부터 남자 구실을 하지 못하는 그
의 형에 비해 그는 지나칠 만큼 야성적이어서 본의 아니게 생
과부로 사는 중국집 여자가 그의 단단한 팔뚝이나 허벅지를 보
고 아침저녁으로 혀깨나 깨물 것이라며 여자들은 시시덕거렸
다. 그가 불량배들과 어울려 사람을 패고 벌써 두 번이나 교도
소에 갔다 왔다는 것도 클럽의 여자들로부터 들은 이야기였다.
그의 형수이기도 한 중국집 여자가 울며 겨자 먹기로 두 사람
을 써도 될 정도의 돈을 주어 가며 그를 데리고 있다는 것과,
그럼에도 불구하고 걸핏하면 그가 금고 안의 돈을 꺼내 배달
도중 사라져 버린다는 이야기도 마찬가지였다. 하지만 실은 그
것도 모를 일이라고, 그 여자가 어떤 여잔데 생짜로 돈을 주어
가며 시동생을 먹여 살리겠느냐고 여자들은 은밀히 목소리를
낮추기도 했다.

그 이야기들의 근간이 되는 대부분의 이야기들, 다시 말하면
그가 교도소에 다녀왔다는 것, 별다르게 하는 일 없이 형의 집
에 얹혀사는 것 따위가 주로 중국집에 자주 들러 주인 여자와
스스럼없이 집안 대소사를 주고받는 미장원 여자의 입을 통해
흘러나왔다는 것을 감안하면 반 정도는 맞을 터였고, 반 정도
는 다소 과장된 이야기일 터였다. 귀숙이 알기에 중국집 여자
는 시동생에게 용돈을 듬뿍듬뿍 얹어 줄 만큼 인심 좋은 사람
이 아니었다. 오히려 그녀는 같은 건물에서 일하는 사람들로부

터 지나치게 계산이 빠르고 야박하다는 말을 듣고 있었다. 귀숙도 중국집 여자가 공동 수도세를 잘 내지 않으려 하고, 화장실 청소도 하지 않는다는 것을 알고 있었다. 그녀의 남편이 사계절 내내 같은 바지를 입고 다니는 것만 보더라도 그녀가 시동생에게 잘할 리는 만무했다.

그러나 클럽의 여자들이 상상하는 것과 같은, 중국집 여자와 그를 잇는 불온한 이야기를 들을 때면 귀숙은 저절로 인상을 찌푸렸다. 이야기의 주인공인 그 두 사람이 시동생과 형수라는 관계를 떠난다면 그다지 어울릴 만한 구석이 없기는 했지만, 며칠 전 클럽의 문을 닫은 뒤 집으로 돌아가는 길에 보았던 것을 생각해 보면 반드시 그런 것만도 아니라는 생각이 들었기 때문이다. 정말이지 그때 그곳에서 두 사람과 마주쳤을 때 귀숙은 자신이 몹쓸 짓을 하다 들킨 것처럼 어디론가 재빨리 숨고 싶었다.

어떤 좋지 못한 소문을 말로만 듣는 것과 막상 목격하는 것과는 차이가 너무 컸다. 더군다나 그 소문이 입에 올리기에는 다소 껄끄러운 것일 때는 더욱 그러했는데, 귀숙이 자취방으로 들어가는 길목의 중간에 있는 여관 앞에서 옥신각신하는 두 사람과 마주쳤을 때가 바로 그런 경우였다. 두 사람은 무슨 이야기인가를 심각하게 나누며 상대방을 잡아당기기도 하고, 또 뒤돌아서 외면하기도 했었다. 그런 두 사람의 관계를 짐작하기는 그리 쉬운 일이 아니었다. 처음에 두 사람이라는 것을 알아보앉을 때는 꼭 여자가 남자에게 매달려 무언가를 사정하며 여관 안으로 무작정 끌고 가려는 것처럼 보였다. 그러나 잠시 후 두 사람과 눈을 마주치기 직전에는 그 반대로 남자가 여자를 달래기도 하고 자못 심각한 표정으로 여자의 어깨를 끌어당기기도 하는 것 같아 그들 중 누가 상대방에게 사정하고 있는지 분간이 되지 않았다. 그러나 그 모든 것을 차치하고라도, 거리에서 방황하기에는 지나치게 늦은 시간에 그것도 시동생과 형수가 여관 앞에서 실랑이를 벌이는 것을 본다는 것은 민망스러운 일이었다. 그러므로 귀숙은 재빨리 오던 길로 되돌아가려고 했지만 그 순간 두 사람이 동시에 귀숙을 알아보는 바람에 멈칫멈칫 가던 길을 가게 되었던 것이다. 물론 귀숙은 두 사람에게 인사하지는 않았고, 그것은 두 사람도 마찬가지였다. 그리고 다음날 남자는 변함없이 아침 일찍 나와 아무 일도 없었던 것처럼 운동을 했다.

처음 남자가 클럽 안으로 들어섰을 때 당황한 것은 오히려 귀숙이었다. 마치 감추고 싶은 잘못을 그에게 들키기라도 한 것처럼 귀숙은 달아오른 쇠처럼 얼굴이 빨개져 짐짓 다른 쪽을 보고 앉아 있어야 했다. 그러나 그는 아무렇지도 않은 것 같았다. 평소와 똑같이 너무 무심해서 오히려 그런 일이 있었나 의아할 지경이었다.

또한 그가 한때는 동네의 불량배였다는 것, 사람을 때리고 교도소에 다녀왔다는 이야기 따위는 어느 정도 근거가 있는 말 같기도 했다. 처음 그가 클럽에 나와 등록하고 운동을 시작하던 날, 어깨에서부터 팔목까지 그려진 푸른 용을 보고 놀라 입을 다물지 못했던 걸 귀숙은 지금도 기억하고 있다. 그가 아령이나 역기를 들 때면 단단한 팔목 위로 튀어나온 퍼런 정맥 때문에라도 그 용은 금방 튀어나와 하늘로 올라갈 것만 같았다. 더군다나 그의 눈빛은, 마주한 사람의 기를 옴짝달싹 못하게 할 정도로 매서운 데가 있었다. 어쩌다 카운터에 앉아 거울을 통해 그의 눈빛을 보기라도 하면 귀숙은 그의 얼굴과 정확히 마주치기라도 한 것처럼 화들짝 놀라 고개를 숙이곤 했던 것이다.

처음 그가 자장면을 배달한다는 이야기를 들었을 때 귀숙이 자신도 모르게 풋, 웃었던 건 그런 이유에서였다. 과연 그가 배달한 자장면을 현관에서 편안하게 받을 수 있는 사람이 있을까, 하는 생각이 들었던 것이다. 그러나 곧 손님들 중 누군가와 시비가 붙어 사고를 치거나, 그도 아니면 가게의 돈을 몽땅 털어 사라져 버릴 것이라는 주위의 예상에도 불구하고 그는 비교적 오랫동안 배달과 서빙을 착실히 하고 있는 중이었다.

여자는 귀숙이 들어온 것을 알면서도 소리 지르는 것을 멈추지 않았다. 멈추기는커녕 오히려 주방 창을 통해 힐끔힐끔 귀숙을 바라보며 목소리 톤을 더 키우는 것 같았다. 시간을 잘못 맞춰 들어온 것 같아 귀숙은 차라리 밖으로 나가 포장마차에서 오뎅이라도 먹는 것이 나을 것이라는 생각에 다시 자리에서 일

250

어나려 했다. 그런 움직임을 감지한 여자가 다시 한 번 그를 하얗게 흘겨보며 빠르게 다가왔다.

아유, 헬스 클럽 아가씨네. 어쩐 일이래. 우리 집엘 다 오구.

이제까지 그를 상대로 그악스럽게 내뱉던 목소리와는 영 딴판으로 여자는 눈웃음을 치며 물었다. 의외로 실내에 가득한 자장 냄새가 여자에게서 느껴지지 않았다. 대신 상큼한 샤워 코롱 냄새가 배어 나오자 귀숙은 문득 고개를 들어 여자를 바라보았다. 그러고 보니 방금 세수를 하고 화장한 사람처럼 얼굴이 촉촉했다.

바로 그때, 여전히 몸을 돌리지 않은 채 서서 막 담배에 불을 붙이려던 그가 뒤를 돌아보았다. 귀숙이 들어온 것을 그제야 알았던 모양이었다. 당혹감에 그의 표정이 짧은 경련을 일으키는 것이 주방 창을 통해서도 선명히 느껴졌다. 귀숙은 마치 보아서는 안 될 광경을 보기라도 한 것처럼 허둥댔다.

점심이 늦었나 보네. 그래, 뭐 먹을래? 자장면? 짬뽕?

여자는 지나치게 친근했다. 그는 그때까지도 이쪽을 내다보고 있었다. 귀숙은 방금 전까지 그에게 소리를 지른 것이 자신이기라도 한 것처럼 불편한 심정이 되어 공연히 벽에 붙어 있는 철 지난 달력을 바라보았다.

여기 헬스 아가씨, 짬뽕 하나!

여자가 주방에 대고 소리치자 그때까지 자장 소스를 만들고 있던 주방장 남자가 다리를 절룩이며 옆으로 걸어가 짬뽕 국물이 들어 있는 솥에 불을 붙였다. 여자는 아무 일도 없었다는 듯이 콧노래를 흥얼거리며 바쁘게 주방과 홀 사이를 드나들었다.

여기 짬뽕 나왔어요. 모자라면 더 줄 테니 얼마든지 얘기해.

여자가 짬뽕을 귀숙의 식탁에 내려놓는 것과 그가 주방에서 나와 귀숙의 앞에 있는 식탁에 와서 선 것은 거의 동시에 일어났다. 귀숙은 흠칫 놀라 그를 바라보았다.

막 한 떼의 손님이 지나갔던 모양으로, 그가 선 식탁에는 소스가 흉물스럽게 굳어 가고 있는 탕수육 접시와 푸른빛이 도는 고량주병 몇 개가 놓여 있었다. 그는 자리에 앉지도 않은 채 그중 아직 반쯤 있는 병을 찾아 단숨에 들이켰다.

병에 들어 있는 술을 다 마신 그가 잠시 미간을 찌푸리며 입을 닦아 냈다. 그런 뒤 그는 한쪽에 아무렇게나 놓여 있던 점퍼를 집어 들고 빠르게 가게에서 나갔다.

아유, 아주 내가 못살아. 이젠 대놓고 협박을 하는구먼. 누가 술 먹고 꼬장 부리면 무서워할 줄 아나.

출입문을 향해 여자는 내뱉듯 소리를 질렀다. 아직 지하를 빠져나가지 못한 그의 발소리가 계단에서 울리고 있었으므로 귀숙은 공연히 마음이 조마조마했다. 금방이라도 얼굴이 벌겋게 상기된 그가 거칠게 가게 문을 열고 들어올 것 같았다.

뜻밖에도 남자는 클럽에 와 있었다. 중국집에서 나와 클럽 안으로 들어서다 귀숙은 거울을 통해 막 줄넘기를 끝내고 가쁜 숨을 고르고 있는 그를 발견하고 흠칫 놀랐다. 클럽에 들어서

자마자 그때까지 줄넘기를 했던 모양인지 평소에 힘든 내색을 하지 않던 것과 달리 그는 어깨를 들썩이며 좀처럼 움직이지 못했다.

귀숙이 거울을 통해 그를 본 것과 마찬가지로 그 역시 거울을 통해 귀숙을 본 것 같았다. 그러나 그의 표정은 아무런 변화가 없었다. 물론 그가 놀란 표정을 짓거나 할 이유는 없었다. 귀숙은 한 번도 그에게 말을 걸어 본 적도 없었고, 클럽을 드나드는 사람들에게 으레 하는 것 같은 가벼운 인사를 해본 적도 없었다. 그리고 그것은 그도 마찬가지였다. 다만 다른 것이 있다면 귀숙이 그를 제외한 다른 회원들과 인사를 주고받은 것에 반해 그는 아무하고도 인사를 하지 않는다는 것이었다. 그는 늘 우울했고 지나치게 건조했다.

무심코 카운터를 바라보던 귀숙은 숨 가쁘게 주홍 불빛을 깜박이는 전화기를 보고 깜짝 놀라 수화기를 들었다. 퇴근 후에 만나기로 했던 친구였다.

왜 이렇게 전화를 늦게 받아. 전화벨이 스무 번도 더 울렸다. 난 벌써 나간 줄 알았네.

지나치게 음악 소리가 큰 데다 잠시 그의 생각을 하느라 한참 동안이나 벨이 울리는 것을 듣지 못했던 모양이었다.

어머, 웬일이야. 벌써 약속 장소에 나와 있는 거야?

습관적으로 오디오의 볼륨을 낮추며 귀숙은 수화기에 대고 소리를 지르다 잠시 움찔했다. 그때까지 운동에 열중하고 있던 그가 난데없이 실내를 울리는 귀숙의 목소리를 듣고 돌아보았던 것이다.

조금만 기다려. 금방 나갈 테니까. 아직 손님이 있어서 그래.

수화기를 손으로 가린 채 귀숙은 숨을 죽이며 말했다.

아니, 그게 아니라, 귀숙아 미안해서 어떡하니? 갑자기 일이 생겨서 오늘 못 만날 것 같아. 하필이면 정우 씨 어머니가 오늘 저녁 먹으러 오라고 전화했지, 뭐니. 너 만나기 전에는 식사가 끝날 줄 알았는데 아직 정우 씨 집에서 못 나가고 있거든. 그래서 잠깐 화장실에 와서 전화하는 거야. 내가 다음에 다시 전화할게. 미안해, 귀숙아.

친구는 급하게 자신의 말만 한 뒤 서둘러 전화를 끊어 버렸다. 귀숙은 마음이 허탈했다. 그녀를 만나기 위해 일찍부터 클럽의 먼지를 청소하느라 부산을 떨었던 일이 다 공연한 일이 되자 갑자기 덩그러니 남은 시간들이 막막했다.

미안해요.

갑작스러운 말소리에, 상심해하던 귀숙은 놀라 고개를 들었다. 어느새 옷을 갈아입은 그가 카운터 앞에 서서 자신을 바라보고 있었다. 귀숙은 조금 당황했다. 그가 무슨 말을 하고 있는지도 언뜻 판단이 서지 않았다.

그가 다시 희미하게 웃으며 말했다. 햇빛 아래서 관광 사진을 찍는 사람처럼 표정이 어색했다.

나 때문에 약속이 깨진 것 같은데…….

귀숙은 그제야 고개를 끄덕였다. 전화 내용을 들은 모양이었
다. 그렇다 하더라도…… 그에게서 어떤 의외성을 발견한 것
같아 저절로 미소가 지어졌다.

안 바쁘면 같이 술 한잔 할래요?

처음에 귀숙은 잘못 들은 것이 아닌가 했다. 그는 여전히 무
심한 표정으로 신발장에서 꺼낸 신발을 신고 있었다. 신발을
다 신은 그가 여전히 현관에 선 채 자신을 바라볼 때에야 귀숙
은 그가 자신을 기다리고 있다는 것을 알았다.

순간적인 망설임들이 빠르게 머리를 스쳐 지나갔다. 하지만
귀숙은 결국 자리에서 일어났다. 오늘만은 덩그러니 남은 시간
들을 고스란히 안은 채 집으로 돌아가고 싶지 않았고, 또 그에
게서 느껴지던, 실체를 알 수 없는 어떤 우울함에 대한 호기심
이 든 탓이기도 했다.

그는 지하의 중국집을 향해 앞장서 걸었다. 계단을 내려가
중국집의 문 앞에 섰을 때 문득 뒤돌아서서 변명하듯 말했다.

이곳이 편해서요.

귀숙은 무의미하게 고개를 끄덕였다. 그런 귀숙의 모습을 그
는 수긍의 뜻으로 여겼는지 다시 되돌아서서 굳게 잠겨 있던
문을 열었다. 기다렸다는 듯이 내부의 곳곳에 깊이 숨어 있던
지하 특유의 음습한 냄새가 와락 덤벼들었다. 다음으로 볶은

야채 냄새와 매콤한 고춧가루 향과 비릿한 고기 냄새가 앞다투어 후각을 파고 들어왔다. 문득 심한 다툼을 벌이고 있는 그와 중국집 여자의 가운데에서 짧은 팔로 부지런히 프라이팬을 들어 야채들을 뒤집던 주방장의 진지한 표정을 귀숙은 떠올렸다.

귀숙에게 자리를 내준 뒤 그는 서둘러 주방으로 들어갔다. 그답지 않게 바쁘게 움직인 뒤 내온 것은 언젠가 먹어 본 적이 있는 짬뽕 국물과 양념도 하지 않고 익힌 몇 가지의 해산물이었다. 음식을 사이에 둔 채 귀숙과 그는 잠시 머쓱한 심정으로 앉아 있었다. 엉겁결에 따라오기는 했지만 이렇게 늦은 시간에 그와 마주 앉아 있다는 것이 조금 아이러니컬하다는 생각이 들었다. 그 역시 불쑥 말을 꺼내기는 했지만 당황스럽기는 마찬가지인 것 같았다.

그런 머쓱한 심정을 그는 귀숙의 앞에 놓인 커다란 유리잔에는 맥주를, 자신의 작은 잔에는 고량주를 채워 넣는 것으로 대신했다. 그런 뒤 급하게 자신의 잔을 비워 냈다.

사실…… 그쪽 때문에 약속이 깨진 것, 아니에요.

그가 몇 잔째인가 비워 낸 후에야 귀숙은 자신의 앞에 놓인 맥주잔을 만지작거리며 말을 꺼냈다. 약속이 깨진 것이 그 탓이 아니라는 것을 말해 주고 싶어서가 아니었다. 낯설고 불편한 감정을 불식시키기 위해서는 무슨 말이라도 해야 할 것 같아서였다.

그는 아무 말 없이 몇 번 고개를 끄덕였다. 그 역시 일의 근간을 안 것에 대한 반응을 보인 것이라기보다는 그 자신만의 무슨 생각에 몰두해 그저 의미 없이 고개를 끄덕이는 것 같았다. 어쩌면 처음부터 그 사실을 알았던 것일지도 몰랐다.

그냥…… 누군가와 이야기를 하고 싶었어요.

또 몇 잔을 비운 뒤 그가 불쑥 꺼낸 말이었다. 그렇게 말한 뒤 잠시 머쓱해서였는지, 아니면 연거푸 들이마신 술로 인해 몸에 열이 오른 탓이었는지 몸을 뒤척이며 점퍼를 벗어 의자에 걸었다. 점퍼를 벗자 안에 감추어져 있던 그의 단단한 근육이 불쑥 모습을 드러낸 것은 그가 비교적 몸에 꼭 맞는 반팔 티셔츠를 입고 있어서였을 것이다. 소매 아래로 예의 그 푸른 용이 실체를 드러내자 귀숙은 자신도 모르게 그곳으로 눈길을 돌렸다. 시선을 눈치 챘던지 그가 다른 손으로 문신을 가리며 말했다.

철없을 때 한 거죠. 철없을 때요…….

쓱쓱 어깨를 쓸어내리며 웃는 그의 표정이 어쩐지 씁쓸해 보였다. 귀숙은 새삼 그를 바라보았다. 머쓱하게 고개를 숙인 채 다시 잔을 채우고 있는 그가, 마치 이제까지 보아 왔던, 단단한 정맥과 근육을 드러내며 클럽의 공기를 채우던 그가 아니라 전혀 낯선 사람인 것 같았다.

그는 빠르게 취해 갔다. 그가 마신 것이 지나치게 독한 향을 품고 있는 술이기도 했고, 또 그가 서둘러 잔을 비웠기 때문이기도 했다. 마치 느린 화면이 지나가듯 그의 몸이 점차로 허물어지고 있었다. 단단한 그의 어깨가 굽고, 잔을 든 손에 힘이 빠지고, 또 문신을 그려 넣은 팔이 힘없이 꺾이는 것을 귀숙은 자리에 앉아 지켜보았다.

그리고 마침내 너무 취해 더 이상 움직일 수 없는 지경이 되었을 때 두 팔을 꺾은 채 그는 탁자에 쓰러지고 말았다. 몇 번 몸을 흔들어 보았지만 그는 꼼짝도 하지 않았다. 그제야 공연한 호기심으로 낯선 사람과 오랜 시간을 같이했다는 후회가 들었다.

저 그만 가볼게요.

귀숙은 자리에서 일어나며 말했다. 그러자 꼼짝도 하지 못하고 탁자에 엎드려 있던 그가 말했다.

오늘…… 고마웠어요…….

이상한 일이었다. 그 말을 듣자 거짓말처럼 실체를 알 수 없는 그 아픔이 자신에게 전이되어 오는 느낌에 귀숙은 몸을 떨었다. 한쪽에 놓여 있는 점퍼를 그에게 걸쳐 준 뒤 귀숙은 조용히 중국집을 빠져나왔다.

아홉시가 지나자 낯익은 얼굴들이 하나 둘씩 클럽 안으로 들어오기 시작했다. 날씨가 추운지 겹겹이 옷을 껴입었음에도 한결같이 빨갛게 상기되어 있었다.

출입문이 열릴 때마다 귀숙은 습관적으로 바라보았다. 평소 같으면 운동을 끝내고 남을 시간이 되었는데도 그는 보이지 않

았다. 아무래도 숙취에서 깨어나지 못한 모양이었다. 그러다 어느새 그를 기다리는 자신을 의식하곤 고개를 저었다.

귀숙은 자리에서 일어나 바쁜 걸음으로 클럽 안을 돌아다녔다. 아직 기구에 익숙지 않은 회원에게 다가가 사용법을 알려 주었고 클럽 곳곳에 함부로 놓여 있는 아령이나 줄넘기 따위를 제자리에 갖다 놓았다. 그러면서도, 자꾸 시선이 출입문 쪽을 향하는 것은 어쩔 도리가 없었다.

참, 자기 그거 알아?

또다시 열리는 출입구 쪽으로 귀숙이 무심코 시선을 돌렸을 때였다. 사이클에 앉아 부지런히 다리를 움직이던 여자가 제 옆에 앉아 버튼을 누르고 있는 여자에게 물었다.

뭘?

메뉴얼 버튼을 누르며 여자가 시큰둥하게 되물었다.

중국집 총각 말이야.

카운터로 걸음을 옮기던 귀숙은 자신도 모르게 그쪽으로 고개를 돌렸다.

그 총각 결국 사고 쳤대잖아.

사고?

그래. 결국은 그렇게 될 줄 알았지만. 그래도 오래 버티기는 했어.

무슨 사고를 쳤는데? 언제?

오늘 새벽에 그랬다는 것 같지. 글쎄, 사람을 칼로 찔렀대. 끔

찍하기도 하지. 찔린 사람은 죽지는 않은 모양인데, 중태인가
보더라고.

세상에, 누구를 찔렀는데.

근데 그게 말이야. 그 저번에 군의원으로 나왔다가 떨어진
강진석이라는 사람 있잖아. 그 사람이야.

어머, 그 사람을 왜?

그 총각, 옛날에 깡패였대잖아. 그 사람이 바로 거기 우두머
리쯤 되었다는 거야. 그런데 이 총각이 이젠 말을 듣지 않으니
까 아마 계속 괴롭혔던 모양이더라고.

그가 누군가를 다치게 했다니. 그럼 자신과 헤어진 뒤에 일
을 저질렀다는 말인가?

세상에 그러니까 믿을 놈 하나도 없다니까. 아니, 그렇다고
왜 사람을 찔러. 그 총각 무서워 보이기는 했지만 그래도 너무
끔찍하다.

근데 그게 그 총각만 욕할 것도 아니더라고. 다친 그놈이 중
국집 여자하고도 몇 번이나 놀아났다는 거야. 왜 바람둥이라
는 소문이 있긴 했잖아, 그 여자. 그러면서도 중국집 남자한테
는 그 총각 핑계 대며 협박까지 하고. 멀쩡하게 생과부로 살려
니까 눈이 뒤집혔던 거지. 그 여자 눈 좀 봐. 화냥기가 콩기름
처럼 좌르르 흐르는 게 혼자서는 하루도 못살 것같이 생겼잖
아. 언젠가도 그놈하고 여관에 들어가는 걸 총각이 잡아서 왔
다던데.

열심히 발을 놀리면서도 여자들은 계속 떠들어 댔다.

카운터에 앉아 여전히 출입구 쪽을 바라보며 귀숙은 어제저녁, 보이지 않는 누군가와 전투라도 하는 듯 운동에 몰입하던 그의 모습을 떠올렸다. 함께 중국집에 앉아 몇 잔의 고량주를 먹은 뒤 급격하게 허물어져 가던 유난히 풀기 없어 보이던 어깨를 기억했다. 아무 말 없이 잔을 비워 내며 그는 어제저녁 무슨 생각을 했던 것일까. 굳은 표정으로 운동을 해대던 모습과 씁쓸하게 웃으며 팔의 문신을 쓸어내리던 그의 머쓱한 미소가 보여 주는 그 낯선 괴리감의 정체를 귀숙은 알 것도 같고 또 모를 것도 같았다.

귀숙은 자리에서 일어나 창 쪽으로 걸어갔다. 완전히 밀폐된 실내의 공기가 지나치게 답답했고, 여자들이 내뱉은 말들이 미처 빠져나가지 못한 채 허공을 떠도는 것이 어지럽게 느껴졌기 때문이기도 했다. 신선한 공기를 빨아들이기라도 하는 것처럼 귀숙은 미닫이 창문을 활짝 열었다. 창문 아래로 늘 그가 타고 다니던, 그와는 너무 어울리지 않아 다소 희극적으로도 보이던 작은 오토바이 한 대가 덩그러니 서서 온전히 차가운 바람을 맞고 있었다. 그것을 바라보고 있노라니 날아오를 곳을 찾지 못하고 뒤척이던 푸른 용이 눈앞에 어른거리는 것 같아 귀숙은 오래도록 그곳에 서 있었다.

■ 해 설
무의식의 심연에서 긷는 이야기

장일구(문학평론가)

1

《맛동산 리시브》에 실린 작품들은 소설의 재미를 두루 체감하게 한다. 일상의 상념과 상사를 돌이키되, 예리한 시선으로 해체한 삶의 단면을 기술하여 구성한 서사가 사뭇 긴장감 넘친다. 그런데 그 긴장감은, 욕망이나 무의식의 양면과도 같이, 재미 이면에 가슴을 짓누르는 무게감을 수반하고 있어 밑도 끝도 없는 흥미만 끌지는 않는다.

따라서 그 소설 작품들을 단편적인 시선으로 응시해서는 곤란한 지경에 처하게 될지 모를 일이다. 여성의 소소한 일상을 다룬 이야기처럼 보이거나, 엽기적인 상상력으로써 자극적인 장면을 연출하여 주목을 끈 소설로 보이거나, 허무맹랑한 거짓부렁처럼 보이거나, 혹 작가의 도덕 관념이 어떨지 의구심이 들었다면, 필시 그러한 지경에 처한 경우일 터이다. 그 가치를 판단하기까지는 사뭇 면밀한 독서와 함께 서사의 본질에 대한 혜안이 요구된다. 특히 무의식과 이야기의 상관성에 대해 고심해야 할 것이다.

2

가령 모두(冒頭)에 실린 〈차를 타고 안개 속으로〉에서부터, 흥미롭지만 정작 이해하기 수월찮은 이야기를 접하게 된다.

낮에는 아이들의 놀이 도구로 쓰이다가 밤이면 '고양이의 휴식처'가 된다는 '낡은 소파'에 관한 이야기는, 소파에 얽힌 소소한 사랑의 추억을 떠올려 이야기하는 양상으로 전개된다. 그 아련한 추억은 전격(電擊)당하듯 얼굴에 상처를 입는다는 이야기로 인해 단절된다. 불길함을 몰아온 듯하다는 그 상처로 말미암아, 사랑의 가교 역할을 했다는 소파에 얽힌 이야기는 고통스러운 기억을 재생하는 이야기로 양상이 변모해 간다. '안개가 너무 짙은 탓'에, 가해한 실체를 가늠하지 못하다가 나중에야 고양이였을 것이라 깨닫기까지, '알 수 없는 두려움'이 주인공의 뇌리를 장악하고 있었던 듯하다. 짐짓 '걷잡을 수 없는 고양이의 주술에' 걸려들었던지, 이후 사건의 핵심에 고양이가 간여하게 된다.

심상치 않은 고양이의 공격을 받은 '그날'은 '모처럼 먼지 쌓인 책장을 정리'하던 날이었다. '별안간' 일을 벌였던 것이 사단이었는지도 모르겠지만, 그날따라 '물안개가 지독하게' 끼어서 예기치 않은 일을 겪게 된 모양이다. 책을 버리다가 어지러움을 느끼고 쓰러지면서 소파에 있던 고양이를 보지 못한 채 저 상서롭지 못한 동물에 손을 대고 말았던 것이다. 늘상 지내던 대로 그 밤을 보낼 것이지 일을 도모한 것이 문제였던 셈이다.

그리고 상처를 타고 고양이의 주력(呪力)이 전해졌던지, 늘상 하던 대로 '유리창에 기대어 맥주를 마시는 일이 계속되던 어느 날' 하필이면 고양이를 떠올리고야 만다. '의지와는 상관없는' 일이었다니, 과연 일상의 상념과는 전혀 무관한 일이 벌어질 기미가 때마침 엿보인다. 종내 그 여자의 의지와 무관하게 안개 속 질주가 감행되었던 것이다. 그것은 일상에서 탈주를 감행하는 데 상응하는 알레고리로 전제되는데, 그 탈주의 계기가 고양이에게 당한 상처와 상관된다는 점 또한 시사된다.

> 도로에서 나는, 자유로워짐을 느꼈다. [……] 문득, 내가 공중에 떠 있는 것은 아닐까, 혹여 아주 낯선 곳으로 와버린 것은 아닐까, 두려운 마음이 생길 지경이었다. 운전석의 거울로 멀어지는 도로를 살펴보았다. 조그만 사각 거울 안에는 안개만 가득했다. 다만 눈에 띈 것이 있다면 고양이에게 긁힌 상처였다. (23쪽)

일상에서 벗어나 '새로 난 국도'를 질주하는 감흥이, 탈주의 자유를 체감하는 데 상응할 법하다. 그런데 아예 '아주 낯선 곳'에 온 것처럼이나 방만한 자유로움은 더러 두려움에 이어질지도 모른다. 일상과 탈주의 아이러니한 역학 관계라 할 만하다. 그런데 자유의 시공으로 이어진 길을 따라 일상에서 멀어져 가고, 안개가 더욱 자욱해지는 가운데 하필 눈에 띈 것이 '고양이에게 긁힌 상처'라니, 고양이의 존재감이 낯선 질주의 도정에서 더욱 체감되었던 모양이다. 급기야 고양이 탓에 결정적인 사태가 벌어진다. 안개 속을 질주하다가 고양이를 친 것이다.

어두운 산길에서 차를 몰다 보면 더러 짐승을 칠 경우가 있으며 그저 불쾌할 뿐 별스럽지 않은 일로 치부할 수 있다. 주인공 또한 처음엔 그저 그런 기분이었던 듯하다. 그런데도 차에 치인 고양이가 널브러져 있는 형상이 심상치 않게 그려져 모종의 위기감이 감도는 전기가 된다.

헤드라이트에 비추인 고양이는 어둠 속에서 선홍색 피로 감싸여 있었다. 뜨거운 체온의 김이 피어오르는 것이 안개 속에서도 드러났다. 나는 그 자리에 쪼그리고 앉았다. 가까이에서 보니 몹시 긴장했던 듯 세모 모양의 귀를 날카롭게 세우고 있었다. 그러나 고양이는 잠든 것처럼 네발을 포개고 매우 편안한 자세로 누워 있었다. 조그만 얼굴이며 날카롭게 발톱을 세운 발은 상한 곳 없이 오직 본래는 흰빛이었을 배만 붉게 물들어 있을 뿐이었다. 땅 위로 쏟아져 나온 내장들을 보니 신기했다. 고양이도 사람같이 이렇게 많은 내장들이 얼키설키 이어져 있구나. 나는 고양이의 등을 살며시 쓸어 보았다. 아직 따뜻했다. (26쪽)

실은 형상 자체가 비상하기보다는 그 형상을 목도한 '나'의 반응이 의외다. 일견 두렵기도 하고 징그러워 그 자리를 얼른 뜨고도 싶으련만, '땅 위로 쏟아져 나온 내장'을 신기하다며 응시하고 심지어 등을 쓸어 보면서 아직 남은 온기를 체감하기까지 한다. 일상의 상념을 사뭇 뒤집는 행위에 모종의 긴장감이 감돌게 된다. 그 순간 오버랩 된 형상이 긴장감을 더욱 북돋운다.

사고가 났다는 말을 듣고 정신없이 뛰어나갔을 때, 운전사는 쪼그리고 앉아 아이를 보고 있었다. 눈물 범벅으로 달려 나간 나에게 미안하다는 인사도 하지 못하고, 누워 있는 아이의 손과 얼굴과 찢겨 나간 발을 만지고 있었다. 아이는 평온하게 눈을 감고 있었다. 전날 밤 내게 얼굴을 비비며 입을 맞추고 난 뒤 침대에 누웠을 때처럼. 아이의 몸에서는 뜨거운 기운이 끝없이 피어올랐다. 그 작은 몸 어디에 숨겨져 있었을까 싶게 많은 속엣것들이 몸 밖으로 튀어나와 도로를 물들이고 있었다. (26~27쪽)

아이가 차에 치여 찢긴 몸을 보았던 때의 충격적 형상을 떠올린 것이다. 그 충격은 정신적 원상, 곧 트라우마(trauma)가되어 뇌리를 장악하고 있었던 듯하다. 평소 드러나지 않고 무의식에 잠재되었던 그 형상은, 내장이 드러난 채 찢긴 고양이의 형상에 하나하나 조응되었던 것이다. 이때 그 인과의 함수를 찾는 것은 실상 무의미하다. 고양이의 몸을 가축하여 묻어 주기까지, 주인공의 행위가 범상한 것은 아니라도, 그 이유나 개연성 여부를 묻는 것 또한 그리 타당한 의문은 아니다. 잠재된 원상은 삶의 자리마다 전격하여 저주의 흑주술과도 같은 주력을 발휘하기 십상인지라, 그 실체나 작용 원리 따위를 가늠할 수 없게 마련이다. 왜 하필 고양이냐고 묻더라도 마땅히 응대할 얘깃거리가 없다. 고양이의 원형적 이미지가 그리 확연하지 않기 때문이다. 다만 야음을 휘지르고 다니며 쓰레기통을 뒤져 먹을 것을 탐하거나 기분 나쁘게 울어 대는가 하면, 눈에 섬뜩한 빛을 발하며 때로 사람을 공격하기도 하는 고양이의 생태를 떠올려, 그 부정적 이미지를 구성해봄 직은 하다.

여하간 이 이야기 속에서 고양이는 주술적 실체처럼 전제되어 있는데, 그 주력이 주인공의 원상을 돌이키게 한 것만큼은 '서사적 사실'이다. 아이의 죽음으로써 파경에 이른, 고통스러운 삶의 흔적을 콤플렉스로 빚어 정신을 산란하게 한 것도 고양이다. 애초에 안개 속 질주를 감행하게 한 것도 고양이 아니던가. 고양이의 간계는 급기야 또 다른 사고를 유발하고, '깊은 절망'에 싸인 채 안개 속에 내몰린 '남자'와의 사통을 불러일으키게 된다. 그것은 감상과 관능을 동시에 자극하는 '너무 짙은' 안개 탓이기도 했지만, 남자의 몸에 응신한 듯 그려진 고양이 탓이 더했다. 여자가 남자의 '광기' 어린 행동에서 고양이의 기운을 감지하고서는, 무엇에라도 홀린 듯 그의 몸을 받아들이고만 것이다.

고양이였다. 낙엽더미에 감춰졌던 고양이가 다시 그 시뻘건 내장을 지상에 드러내고 있었다. 목덜미로 차가운 고양이 털이 느껴졌다. 울컥, 하고 속엣것이 일어났다. 나는 나도 모르게 남자를 세게 끌어당겼다. 목으로, 어깨로 차갑게 부서진 고양이 피의 알갱이들이 스며 들어왔다. (34쪽)

고양이는 관능과 죽음의 이미지가 한데 뒤엉켜 에로스의 역설적 형상을 그려낸다. 공교롭게도 고양이 무덤 위에서 벌인 정사는 이를 표징한다. '뭔가 힘든 일'에서 벗어나고자, 안개로 뒤덮여 더욱 어두운 밤을 헤매던 그 남자만 하더라도 현실에 중압되어 뭔지 모를 트라우마를 안고 있었을지 모른다. 주인공이 '거역할 수 없는 어떤 광기'를 느꼈을 때는 이미 원상의 전격이 남자의 의식을 무너뜨린 다음이었을 법하다. 어차피 실체 없는 것이니 무엇 때문에 그리 했는지는 관심사가 아니다. 그 격정의 순간만큼은 정신적 고통에 억눌리던 욕망이 분출되어 어우러지는 때라는 점만 이해하면 그만이다. 욕정과 죽음의 충동이 동시에 분출되고 심지어 '허기'까지 한데 융해되어 벌이는 정사의 자리에서 '어떤 슬픔'이 솟구치는 것도 이상할 것은 없다. 감정의 양상을 구분하고 대조하는 것은 이성의 간계일 뿐이다. 저 욕망과 무의식의 향연에 어우러지는 온갖 감정을 역설적 이미지로 그리거나 이해하는 것은 의식의 한계를 방증하는 것이기도 하지만, 어쩌겠는가.

원상을 깨우는 고양이의 주술에 걸려들지 않고서는 그 이야기의 형상을 온전히 가늠할 수 없다고 해야 할까. 선정적인 이야기에 주목하게 되었다면 그 함의를 해석하지 못한 것이라 할 수 있다. 이야기의 양상은 모든 정황이 펼쳐지는 데 작용하는 고양이의 치밀한 주술 전략만큼이나 치밀하게 짜여 있으니, 읽노라면 그 이야기에 빠져들기 십상이다. 그러면서, 원상에 들린 채 삶에 안착하지 못하고 부유하는 이들의 고통에 연민을 보내거나, 고통스러운 그 현실에서 탈주를 감행하려는 부조리한 실존의 가슴 아픈 체험을 돌이켜 교감하게 될 법하다.

3

원상의 고통을 떠올리게 하는 주술사이면서 동시에 관능적 요부의 분신처럼 그려진 고양이의 형상에 대한 그녀(나)의 태도는 아이러니하다. 트라우마의 화신이랄 수 있는 고양이에게 연민을 표하며 가축하려 하면서도, 자기를 집요하게 강박하는 그것을 떼어 내려고 몸부림치기도 한다. 그것은 욕망을 분출하면서 쾌감과 고통을 아울러 맛보는 아이러니에 상응하는 듯하다. 그래서인지, 남자와 정사를 벌여 욕망을 채우면서도, 문득 아이의 죽음과 뒤이은 파경의 고통을 떠올리며 몸서리치는가 하면, 불륜을 저지르는 자신을 돌이켜 모멸하기도 한다. 고양이에 대한 이중적인 태도는 결국 고양이를 잘 묻어 주고선 왕

생을 기원하면서, 방황하는 자신에 대해 회한함으로써 갈음된다. 일견 뜻하지 않은 사건에 휩쓸리게 하여, 잠재되었던 고통스러운 기억을 되살리게 해, 의식의 켜마다 원상의 음영을 쌓았던 고양이를 긍정하는 듯 끝을 맺은 셈이다. 그러나 주인공이 여전히 짙은 안개 속으로 빠져 들어간다고 결말지어진 까닭에, 과연 그러한지는 여전히 모호한 것이 사실이다. 이야기의 묘한 여운이 남았기에, 고양이와 그것이 부른 원상의 이마주가 다른 이야기에 이어져 있는지 두고 볼 일이다.

마침 〈고양이 대학살〉을 통해서, 고양이에게 입혀진 요부의 형상이 욕정의 화신처럼 그려진다. '아주 무서운 소설'을 쓰겠노라는 여자의 '몽롱한 목소리'를 통해 들린 이야기는 '고양이를 죽이는 소설'이다. 상식적으로 용납하기 어려울 만큼 잔혹한 방법으로써 고양이를 죽이는 이야기는 '소설 속에서나 일어날 일이니까', 그 이야기를 꾸며 대는 여자를 두고 그다지 간악하다거나 끔찍하다고 여길 필요는 없을 것이다. 그렇지만 그 '잔인한 상상'에서 비롯된 이야기를 들으면서 욕정에 사로잡히는 '나'의 경우처럼, 살육 충동은 성적 충동과 같은 근저에서 비롯된다는 데 주목할 여지가 있다. 요부일수록 잔혹한 짓을 서슴지 않는다는 공포감이 실제로도 타당한지 모를 일이지만, 이 이야기 속에서만큼은 진실이다.

종내 여자는 어둠 속에서 '고양이 떼'를 몰고 다니며 '사바트의 제물'을 찾아 희생 제의를 도모하는 마녀 형상으로 전제되기에 이른다. 그리고 고양이는 사바트의 대상이 아니라 주체이거나 원조자가 되는 아이러니가 연출된다. 되레 마녀 형상인 그녀의 '고양이 죽이기' 이야기를 들으며 희생 제의를 원조하던 '나'야말로 돌연 희생양으로 뒤바뀌고 만다. 무슨 일이 벌어진 것인가.

사단은 고양이의 이마주에 겹친 트라우마에 있었다. 엽기적인 형상으로 그려진 고양이는 거의 원초적인 혐오감을 자아내기에 적당한데, 떠올리기조차 고통스러운 원상이 그 저변에 자리 잡고 있었던 것이다. 그것은 바로, 강간당해서 필시 처녀성을 잃었을 여자의 무의식에 각인된 상흔이다. '정욕의 분출구'를 찾은 사내들은 마치, 처녀를 제물로 올린다는 악마 의식인 사바트를 거행하기라도 하듯 윤간을 자행한다. 제물처럼 벤치에 누인 '여자들의 눈물과 탄식과 저주'를 사내들이야 '기꺼이 받아들였다'지만, 두 여자에게는 심각한 정신적 상처만 남았을 것이다. 그중 한 여자는 임신한 채 목매 자살했고, 한 여자는 고양이 떼를 거느리고 가해자를 제물로 삼아 마녀의 살육 제의를 감행한다.

실제와 허구의 경계가 분명치 않을 뿐만 아니라, '여자'가 지시하는 대상이 모호하여 단죄의 주객이나 실상이 선명하지 않지만, 무의식에 잠재된 트라우마의 발현 양상이 되레 그럴싸하게 그려졌다고 할 수 있다. 차라리 꿈이었기를 바라는 심산이 드러난다고 하면 좀 비약일까마는, 원상은 꿈에서라도 떠올릴까 봐 몸서리쳐질 만큼 무섭게 무의식을 강박한다. 그리고 여자가 치 떨었을 원상의 공포는 고양이 떼의 엄습을 타고 '나'에게 전이되어 온다. 한 맺힌 영혼이 주는 두려움 이상으로, 원상에 들린 무의식은 극한의 공포감을 전하는 것이다.

그 무의식이 전하는 전율은 긴장감을 잘 조율한 서술 양상으로 드러나 박진감을 더하는데, 어느덧 원상의 실체를 체감할 듯한 정황이 연출된다. 게다가 이 소설집의 거의 전반에 걸쳐 원상의 모티프가 이야기되고 있어, 차츰 구체적인 형상이 지어진다. 표제작인 〈맛동산 리시브〉만 해도 예외 없이 원상에 관한 이야기다.

'그'의 정체는, 정보를 제시하는 듯하면서도 지연을 심화하는 서사의 흐름을 타고, 미궁에 빠져든다. 다만 그가 '오토바이 사고'로 뇌를 다쳐 퇴행의 징후를 보이는데 '맛동산'을 비정상적으로 탐식한다는 사실만큼은 분명히 고지되어 있다. 하나 왜 그런 집착 증상을 보이는지는 전혀 알려지지 않았다. 듀스에 몰린 상황에서 '맛동산 내기'의 승부를 좌우하는 결정적 리시브를 두고 '맛동산 리시브'라 한다는데, 그가 맛동산에 집착하는 이유를 아는 이는 정작 없는 것이다. 그가 어린이 성추행 사건의 용의자로 지적되었을 때에도, 그 이상 징후는 사건과 아무런 상관이 없는 것으로 간주되었다고 한다. 그런데 그리 상관성을 부인한 문맥과는 달리, 이것이 사건과 모종의 관련이 있을 것이며, 그가 그런 짓을 저지른 것도 무슨 이유가 있을 것이라는 정도는 시사되어 있기에 궁금증이 커진다. 실제로 피해당한 아이가 보인, 맛동산에 대한 비상한 거부 반응으로 미루어 볼 때, 성추행과 맛동산 강요 사이에 모종의 관련이 있을 것이라고 추론할 여지가 없지 않다.

그를 발견한 이후로 매직미러 안쪽에서 아이는 계속 토하고 있었다. 젤리 같은 눈물들이 아이의 눈에 길게 매달렸다. 가뜩이나 아무것도 먹은 것이 없는 입에서는 수초 같은 위산들이 개구리 알처럼 조밀하게 뭉쳐진 채 뭉텅뭉텅 떨어져 내렸다.

물론 조금 정확히 말하자면 아이의 급격한 불안을 유도한 것은 그가 아니라 그의 손에 들려 있는 맛동산 봉지였다. (139쪽)

이를테면 맛동산은 아이의 원상을 자극하는 매개물이다. 혹은 맛동산 자체가 원상의 형상인지도 모른다. 성추행을 당할 때의 충격은 그대로 아이의 잠재의식에 각인된 채 원상을 조형하였을 테고, 그 상황에서 가장 선명한 인상으로 각인되었던 대상을 접하고선, 끔찍했던 순간을 무의식적으로 떠올리게 되는 것이다. 범인이 맛동산을 추행의 도구로 이용했을지도 모르는 만큼, 아이가 보이는 이상 반응이야말로 중대한 단서가 될 만할 것이다. 그렇다면 사건 현장에서는 무슨 일이 벌어졌던 것일까.

기실 사건의 정황과 관련하여 범인을 지목할 단서라고는 맛동산밖에 없다. 사건의 양상이 어떠했는지, 아이가 어떤 식으로 성추행을 당했는지, 과연 '그'가 가해자인지 등 분명한 것은 정작 무엇 하나 없다. 여자가 그를 피로연 자리에서 목격했던 만큼 알리바이가 증명되니 그가 범인이 아닐 가능성이 있다. 가령 범인이 용의 선상에서 벗어나기 위해 맛동산을 이용하여 가해했을 개연성이 있는 것이다. 물론 그가 여자를 잘 따르며 마음에 드는 여자에게는 맛동산을 강요하다시피 건네는 습관이 있다는 사실을 염두에 두고 보면, 그가 성추행범일 가능성 또한 다분하다. 그만큼 사건과 관련된 정황은 무척이나 모호하며 이야기의 초점이 아닐 수 있다.

여하한 정황이든 간에, 아이는 그 사건으로 인해 정신적 충격을 심히 받았으며, 맛동산으로 각인된 트라우마의 형상을 무의식에 안은 채 시시로 고통스러워할 것이다. 그런가 하면, '그'가 맛동산을 탐식하며 보이는 이상 행동도 그의 잠재의식에 각인되었을 원상을 짐작하게 한다. 그러나 그것이 어디에서 비롯되었는지, 어떤 기억의 투사인지에 대해서는 단서조차 없다. 다만, 먹을 것을 탐하는 욕망과 함께, 저 거친 과자를 잔뜩 목구멍으로 넘길 때에 맛과 함께 수반되는 고통의 아이러니가 시사되어 있다. 그것은 성적인 욕망에 관한 알레고리로 작용함 직한데, 여자가 크래브를 탐욕스레 삼키면서 '약간의 통증을' 맛과 함께 느끼던 상황이 연관된다. 사실로만 보면 무관하지만, 서사적 문맥에서는 서로 연관성 있는 심상을 환기하는 것으로 이해되는데, 성적 쾌감의 극점에서 마치 고통스럽다는 듯이 비명을 내뱉는 아이러니가 그려져 있는 것이다.

사건이 종결된 뒤 테니스 시합을 하는 이들이 '맛동산 리시브'를 '로스케 리시브'로 바꿔 부르며, 맛동산 내기 시합을 이를테면 관능적인 러시아 여자 내기로 치환한 것 또한 의미심장한 알레고리일 것이다. 이즈음 여자가 '우울증'에서 벗어나 '육감적인 생기'를 흘리며 테니스장에 나타난 것도 주목할 대목이다. 수술을 통해 인위적으로나마 처녀성을 되찾은 뒤라서 특히 그러하다. 전에 여자에게는 또한 무슨 일이 있었던 것일까, 궁금증만 낳은 채 이야기는 여운을 남긴다. 여자도 처녀성과 관련하여 모종의 원상을 짊어지고 있었던 것은 아닐까, 하는 정도만 가늠할 수 있을 뿐이다.

그렇다면 이 모든 원상들의 관계는 어떤 양상이며, 얽히고설켜 상호 작용하는 듯한 그 관계의 실체는 또 어떠한가. 의문과 함께 모호한 징후만 남고, 원상 자체가 그러하듯이 구상화되지 않은 채 이야기는 마무리된다. 하기야, 당최 결말을 내지 못할 이야깃거리니 이리 끝나는 것이 담론의 설득력을 더하는 요소도 될 법하다.

하여튼 원상은 실체가 없지만, 소소한 일상의 자리에서 문득 드러나 삶의 안정을 해치곤 한다.

〈마술 램프〉의 주인공은, 가난한 삶 속에서 느끼는 열등감이 콤플렉스로 작용하여, 하는 일마다 의도에서 엉뚱하게 빗나간 일을 당하기 일쑤다. 아이의 의식에 걸맞게 무구한, 혹은 치기 섞인 판단에서 비롯된 행동을 통해 겪는 일들이 아련한 연민을 자아낸다. 급기야 철로에 팔을 올려놓은 채 기차 바퀴에 절단되게끔 자해하는 장면에 이르면, 연민을 넘어 섬뜩한 공포감마저 조성된다. 가난한 삶의 무게를 이기지 못하고 기차에 뛰어들어 자살한 아버지에 대한 기억이 무의식에 원상으로 남아 있다가, 때마침 의식을 장악하여 엽기적인 자해를 유발했던 것이다. 자기 몸에 고통을 가하는 것조차 낭만으로 삼는 이상 징후를 빚어낸 원상은 나어린 한 소녀의 삶에 심대한 해악을 끼친 것이 분명하다.

고부간의 갈등이라는 심상한 제재를 사뭇 긴장감 있는 구성으로써 풀어 간 〈휴가〉에서도, 그 풍성한 이야기의 계기에 원상이 자리 잡고 있다. 남편의 애정을 제대로 얻지 못하던 '엄마'의 이상 징후는 '미역 폭식'으로 구상화된다. 아마도 그녀는 산후조리조차 제대로 못하였을 정도로, 남편의 사랑을 받지 못했던 듯하다. 그것이 오죽 한이 되었으면 며느리 줄 것이라며 장만한 미역을 죽음에 이를 지경으로 먹어 댔을까마는, 여기에도 실체를 가늠하기 힘든 원상의 간섭이 있었을 것을 짐작할 만하다.

그 원상의 정점에서 아들과의 기묘한 동침을 감행하였을 것인데, 변형된 오이디푸스 콤플렉스라고 할 만한 부적응 행동이 그려진다. 그것은 무의식의 심연에서 번져 나온 욕망의 변형인데, '나'와 '올케'가 함께 집에 들어서면서 감지한 냄새와 숨결은 그 알레고리다. '온당하지 못한 들척지근한 땀 냄새, 인간의 가장 내밀한 곳에 숨어 있을 불온하고 비릿한 숨결'은 분명 모자간 부당한 행위의 저변을 빗대기에 걸맞은 것이다.

그리고 '블라우스'에 얽힌 트라우마가 막 모습을 드러낼 때면 알 수 없는 긴장감이 감돌게 된다. 무슨 일이 벌어지려는 것일까. 순간 '오빠'의 모습에 '아버지의 모습'이 오버랩 된 것이 그 분위기를 고조시킨다. 그 '불길한 생각'은 예의 적중하게 되고, '엄마'는 손자를 '요물'이며 '귀신'이라며 바닥에 팽개쳐 해치려고 드는 사태가 벌어진다.

프릴이 달린 블라우스를 끊임없이 여미는 초조한 손끝에서 나는 엄마가 겹겹이 쌓인 시간의 적층을 투과해 그 옛날, 내가 열 살 적으로 달려가 버렸다는 것을 깨달았다. (229쪽)

저 위급한 상황을 조장한 것은 남편에게 버림받던 때에 각인된 원상이었던 것이다. 가부장의 권위에 잔뜩 주눅 들었던 삶 자체가 원상의 저변이었다고도 할 수 있다. 그러한 인고의 삶, 아니 억압된 삶 속에서 무의식적으로 아들에게 집착했을 법하다. 기묘한 콤플렉스로 변이된 원상이 결국 일을 낸 셈인데, 과연 비극적인 이야기가 빚어진 것이다. 비극은 더 이상 운명의 간계에서도 현실의 모순에서도 빚어지지 않는다. 원상이 빚어

낸 비극이 서사의 원형질을 채우게 되었다.

4

물론 그런 원상이 지어낸 삶의 중압감을 이야기하는 것 자체
가 실은 원상을 회복하려는 몸부림에 상응한다. 이를테면 실체
가 없어 아예 상흔조차 가늠할 수 없는 원상을 기술함으로써
의식에 떠올리는 것부터가 치유를 모색하는 단서다. 한의 응어
리 탓에 고통스러워하는 이들에게는 말문을 틔움으로써 넋두
리하게 하는 것이 거의 유일한 치유책이라는 사실을 염두에 두
고 보면, 한에 근사한 원상의 치유책을 이야기에서 모색할 수
있는 것이다. '서사적 치유'가 개연성 있어 보이는데, 그것은 욕
망을 억압만 함으로써 원상을 조장하는 일상에서 탈주를 꿈꾸
는 이야기로 실연될 차원의 것이다.

〈4월의 눈〉도 그런 사례일 텐데, 주인공은 조교 재임용이 되
지 않을 것 같은 상황을 예감하였기에 삶의 중압에 억눌린 터
다. 게다가 애인이 결혼에 동의하지 않았기에 낙태를 받은 처
지에 있다. 삶의 무게를 곱으로 짊어지고 있는 것이다. 그 스스
로는 특별한 일이라서 단단히 마음먹고 어렵사리 수술을 받지
만, 경험 많은 의사는 아무것도 아닌 양 심상하게 낙태 수술을
해준다. 이런 정황은 그녀가 늘상 마시는 '스페셜 커피'의 아이
러니에 묘하게 조응되는데, 일상과 비상함은 상대적이라는 사

실을 우의한 것으로 이해된다.

그런 가운데 주인공은 낙태를 마친 다음 굳이, 쾌감과 고통을 동시에 느끼게 하는 콜라를 들이켬으로써 불편한 뱃속과 심기를 상쾌하게 한다. 재임용에 동의해 줄 수 없다는 통보를 받은 다음에도 마찬가지로 콜라를 들이켠다. 일을 그르쳤으면서도 기묘한 쾌감을 느끼는 심리의 디테일이 그리 구체적인 형상으로 그려진 것이다. 원상 차원은 아니지만, 삶의 조건에 정신이 옭아매인 상황은 원상에 강박된 차원과 비등하다고 할 수 있다. 따라서 현실에서 탈주를 꿈꾸는 이의 이야기는 본질적으로 서사적 치유의 차원에 근사한다고 할 것이다.

그런 서사의 본질은, 일상의 욕망이나 호기심을 냉소하듯 이야기한 〈어드벤처 그린 반점〉이나 〈푸른 용〉을 통해서도 잘 구현되고 있다. 일상사를 담론하듯 하되, 일상의 상념을 전복하는 담론 양상이 돋보인다. 사실과 허구 사이의 역학을 잘 조율하여 펼쳐지는 이야기를 통해, 삶의 억압이나 권태에서 출구를 찾으려는 서사적 모색의 본색을 새삼 확인할 수 있는 것이다. 글을 달리하여 논거를 더해야 할 수 있는 말이겠지만, 어법에 어긋나지 않으면서도 틀에 박히지 않은 표현이 미더운 담론과 문체 양상도 이들 서사의 가치를 더하는 요인임이 분명하다.

맛동산 리시브

초판 1쇄 인쇄일 · 2003년 12월 5일
초판 1쇄 발행일 · 2003년 12월 10일
지은이 · 양선미
펴낸이 · 임성규
펴낸곳 · 문이당

등록 · 1988. 11. 5. 제 1-832호
주소 · 서울시 성북구 동소문동 4가 111번지
전화 · 928-8741~3(영) 927-4991~2(편)
팩스 · 925-5406
ⓒ 양선미, 2003

홈페이지 http://www.munidang.com
전자우편 webmaster@munidang.com

ISBN 89-7456-241-3 03810

이 소설집은 한국문화예술진흥원에서 문예창작지원금을 받아 출간되었습니다.